Leena Krohn

レーナ・クルーン
末延弘子──訳

ウンブラ／タイナロン

無限の可能性を秘めた二つの物語

UMBRA

TAINARON

新評論

解説——本書を読み解くために

本書の作者レーナ・クルーン（Leena Krohn、一九四七～）は、現代フィンランド文学を代表する作家の一人です。もっとも、彼女の作家活動は長く、今から三〇年も前、まだ彼女が大学生のときに画家である姉とともに出版した児童絵本『緑の革命』（*Vihreä vallankumous*、一九七〇年）で作家としてデビューします。その後、クルーンは童話や寓話をモチーフに多くの作品を著します。そのためか、長い間フィンランドで児童文学作家として認知されていました。しかし、本書の『タイナロン——もう一つの町からの便り』（*Tainaron. Postia toisesta kaupungista*、一九八五年）や『ウンブラ——パラドックス資料への一瞥』（*Umbra. Silmäys paradoksien arkistoon*、一九九〇年）の出版を契機に、児童文学の枠を越えた違う視点で、「神秘的リアリズム」（Maaginen realismi）を代表する作家として捉えられるようになっていきます。

『ウンブラ——パラドックス資料への一瞥』で作者は、矛盾であって矛盾でない世界、新たな認識の世界を探求しようとする主人公を登場させます。医師ウンブラです。「医師」という肩書きが示唆するように、ウンブラは理性的認識の象徴で合理主義者の代表です。しかし、合理主義者であるはずのウンブラは、日々の診察を通して理解し難い世界を体験します。その体験を、数理論理学者C・ブラリ＝フォルティが順序数の集合においてパラドックスを発見したようにパラドックスの資料として収集してゆくのです。

　医師ウンブラのもとを訪れる患者は、記号のように体が曲がりくねった女性、時間が逆行して日々若返っていく男性、心に病を負ったロボットなどさまざまです。しかも、これら患者にウンブラは医学的な治療を施すことができません。なぜなら、これら患者は「病のない患者」なのです。そのような「患者ではない患者」と医師ウンブラとの幻想めいた対話を通じて作者は、私たちと異なる世界が存在するということ、その異なる世界をどのように認識していくのかということを具現化してくれます。

　本書にはたくさんの「患者」が登場しますが、そのもっとも典型的な患者にニューロコンピューターのエッケ・ホモがいます。彼あるいは彼女は、「コワイノデス」とウンブラに心の病を打ち明けます。もちろん、ウンブラにはエッケ・ホモの苦労を理解することができません。本文にあるように、ウンブラは「ロボットは何も意味しない、考えない、知らない、覚えていない、ということなんです。ただ、単に〝意味している〟、〝考えている〟、〝知っている〟、〝覚えている〟だけなんですよ。〔……〕」と考えていたし、また「魂のない生物は苦しむことはできない。苦悶とは、魂自体の実体なのだ」と、合理的な認識をもっているのです。

　しかし、そのようなウンブラの既知の概念は、ロボットと人間の本質的な違いを比較することで次第に揺らいでいきます。そして、ソロモンの結び目を紐解くかのように自分の心境をエッケ・ホモに語るのです。

「君は、自分が考えているかのように動いているね。僕は、自分が選択したかのように動いている。僕は、君が本当に考えているとは信じてはいないが、僕が自分の意志で行動することも証明できないんだ。〔……〕」

ウンブラの認識は、ロボットが苦労するという驚異の世界へと傾斜してゆきます。順応しやすいロボットが人間の世界に留まり、知の豊かさを獲得することは、人間以上に意識することを重荷として苦労しなければならないとウンブラは悟るのです。そして、エッケ・ホモに自分の世界に留まるように忠告します。

「〔……〕抽象だらけの世界に留まっておきなさい。それは美しい世界だよ、不死の世界だ。かつて人間は、人間だけにその世界があると信じ込んでいた。だが、それは違う。それは君の世界だ、君の！」

同様の事例をウンブラは、複数の患者との対話の中で体験していきます。「〔……〕知人とは逆方向に、私はどんどん若返ってゆくのです」と語る氏ンイケ（現実の世界ではケイン氏）の場合は、次のように理解します。

「〔……〕あなたの問題は医学的に解明できないものなんですね。ただ、あなたが違う場所にいるということだけです。この状態が慢性的なのか一時的なのか、僕には分かりません。もしこのままの状態でしたら、僕が提案できることはただ一つ、別の宇宙を探すことをおすすめすることです。〔……〕」

また、夢と現実とを区別できないリウッタ夫人の場合は、物理学者シュレディンガーの猫の逆理と関連付け、このように語ります。

「あなたに起こったことは、無限の選択肢の一つにすぎないと言いたいのです。そしてほかの可能性は別の宇宙で同時に実現しているのです。リウッタ夫人たちは無数にいて、彼女たちに起こり得ることすべてが生じるのです。最悪のこと。最高のこと。ですから、どこかではあなたはご主人を起こし、ご主人は唸りながら背を向けずに起きてあなたを励ました。そして、お二人は再び眠りに落ちて、新しい愛の日が訪れたのです」

このように現実の世界と隔てられたウンブラにとってのパラドックスの資料は、患者を通して増え続けます。しかしながら、それらパラドックスの資料は、次第にウンブラにとって単に不在の世界を明示するだけの資料ではなくなります。ロボットとの対話を通して「苦悶するとはどういうことか」、あるいは強姦者ロデとの対話を通じて「欲することを欲することができないとはどういうことなのか」、「意志の自由とはいかなるものであるのか」など、ウンブラが自己を再認識していることからも分かるように、もはやパラドックスの資料はウンブラを自己の内面へと導く手引き書のような存在になっているのです。

仮に、この自己認識へ至るウンブラの体験を主体と客体の関係で言うならば、主体と客体の境界が失われ、それにより意志の疎通が直接的に可能となり、世界全体が普遍的に捉えられるようになったということになります。つまり、この段階においてウンブラが患者に対して抱いていた「ためらい」の空間は消滅し、患者との普遍的なコミュニケーションが可能になったのです。このことは、次のような表現からも読み取ることができるでしょう。

「彼女があなたに変わった瞬間があった。そして、また別の瞬間が深部で以前のあなたを動かした。そのとき、あなたは恐ろしくも私と混ざり始めた」

　もちろん、ウンブラだけではなく患者も同様な体験をします。顔面がマスクのように見えるほど爛《ただ》れたレインコートの女性の場合は、このように自己の存在を捉えるのです。

「他人は、見られているままの自分の姿を信じていると言いたいのです。私は違います。普通の顔をもった人たちとは、違ったふうに捉えているのです。それは、私の自明の理です。このことでずいぶんと損をしました。私の運命はこの認識です。つまり、私はここにはいないということです。それでも、いるかのように生きていかなければならないのです」

『ウンブラ』で描かれたこのようなテーマは、本書のもう一つの作品『タイナロン――もう一つの町からの便り』でも繰り返されます。

『タイナロン――もう一つの町からの便り』は、クルーンに特徴的な不可思議な世界で物語が展開されてゆきます。ギリシャ神話の黄泉の国へ通ずる門のある町「タイナロン」を思い起こさせる同名の町、本書では昆虫たちの住む不思議の国、を舞台に主人公である語り手が、自己に目覚める過程を詩体的に二八通の手紙に綴るのです。

　私たち人間と同一の空間にありながら、異なる世界に生きる昆虫たち。主人公である語り手は、私たちとは別の世界、昆虫の町で生活をします。その町で日々体験することすべてが語り手にとって興味深く、また奇妙に感じられるのです。

「〔……〕そこには〔タイナロンには〕文化と呼ばれるものすべてが欠けているのです。喜びや希望、裕福や野望が地上に築いて飾り立てるものすべてが」

このような感覚、あるいはメタモルフォーゼをタイナロン人（昆虫）たちの理解不能な生態であると語るような感覚が、現実的な世界に属する語り手を、同時に読者を現実とは隔てられた「ためらい」の世界へと導いてゆきます。この作品の中で、語り手が体験するそのような幻想めいた世界を通じて、作者は、（『ウンブラ』でそうであったように）異なる世界が存在するということ、その異なる世界をどのように認識していくのかということを示してくれるのです。もっとも、この作品の巻頭に「あなたは場所にいない、場所があなたのなかにいるのだ」というドイツ・バロック時代を代表する神秘主義的宗教詩人アンゲルス・シレジウスの不可思議な文が引用されていることからも分かるように、すでに作者はテクスト全体にわたって語り手に、そして読者にそれらの命題を明示してくれます。

シレジウスの表現は、現実の世界に生きる「場所にいる私たち」にとって、不可思議に、あるいは矛盾として感じられます。作中でもこのような現実的に判断しにくい事柄が幾つも表現されています。たとえば、主人公である語り手と女王マルハナバチの対話のなかで語り手は、一時も休むことなく出産している女王マルハナバチの存在を「万人の母」と理性的に、正確的には誇張して答えます。一方、女王マルハナバチは自己の存在を次のように述べるのです。「でも、ここには、あたくしは誰もいないのですよ、ぐるりとご覧になってお気づきになって！　そう、ここ、ここでは、どこよりもあたくしが少ないのです。〔……〕あたくしは大きな穴であって、そこから町が成長していくのですから。〔……〕」

シレジウス同様、女王マルハナバチが語るような神秘的な世界を、現実的に言葉で理解するのは容易ではありません。なぜなら、それは現実的に直視することのできない不在の因果律、言い換えるならば既知の原因で説明のつかない物質と精神の因果性を表現することにほかならないからです。それゆえ、この因果性を言葉で表現するとなると、幻想文学がそうであるように魔法使いのような超自然的な存在を出現させるか、神秘主義者がそうであるように一般的な因果律とは直接結び付かない別の次元の因果律を語ることになるのです。つまり、ウンブラのパラドックスの資料に類似性を見いだせるように、私たちが理性的に考えると矛盾に聞こえる事柄を語ることになるのです。それゆえ、現実の世界に属する語り手は、タイナロンで起こるすべてのことを理性的に判断できません。同様に読者も、語り手が手紙として綴る不可思議なタイナロンの世界を単に「異邦人的」な感覚では捉えられないのです（そのために、この作品は詩的な世界のように、一読ではなかなか理解できないかもしれません）。

しかし、面々と繰り返されるタイナロンの不可思議な世界を通じて、語り手がタイナロン人の認識の世界へと次第に傾斜していくように、タイナロンの世界と現実の世界との接点を読者にも気づかせてくれます。そのことは、たとえば語り手のメタモルフォーゼに対する考え方の変化に端的に表されています。これまで理解できなかったタイナロン人たちの生態について、語り手は次のように綴ります。

「〔……〕それがあなたのメタモルフォーゼ、でも別に嫌な気はしません。私がなぜそう思うようになったのか、お話しますね。人間は不十分だと分かったのです」

語り手は、（ウンブラがパラドックスの資料をそう理解したように）人間とタイナロン人の

さを知るのです。

違いを、タイナロン人ではなく、人間の精神、つまり内面に向けることで悟り、人間の不十分

「〔……〕だから、告白します。私が言うことすべてに言外の願望が含まれていると。その願望は、私のあらゆる行為にも結びついているし、ただ座って、そして見ているときにも関連しています」

しかし、その行為がもたらすものを、「〔……〕真実の目が私たちに向かないように、周囲に言葉を吐き出しているなんて！　徒労です！〔……〕」と語り手は述べます。つまり、個々の人間がもつ、願望、欲望がともなった意識的な行為では偏った認識しかできないというのです。語り手は、物事を真の意味で認識する「真実の目」を自己に向けます。自己を自覚することで意志を解放し、何者にも束縛されない「自由な意志」を見いだすのです。

ここで作品の巻頭に明示された命題、シレジウスの「あなたは場所にいない、場所があなたのなかにいるのだ」という表現に立ち返ることができます。神秘主義者がそう考えるように、この表現は自己の内面の奥底を突き破り、神（高次な存在）との統合を図ることを示唆しています。本書の語り手の体験に類似性を見いだすことができるように、自己は「真の自己」に目覚め、同時に自己が神のような高次な意志を獲得し、普遍的な認識（悟りの境地）へと至るのです。神の視点では、現実と非現実の間に境界はなくなり、それぞれが普遍的な世界に内包された個別の現実となります。このような段階に至るまでの過程を語り手は、手紙に次のように綴っています。

「あなたも気づいているでしょうか。つまり、欲することを欲さないときがやって来て、内を見るのです。何が見えるでしょう？　終わりなき意志の連続、無限のあなたが大勢いる。あなたたち全員が記憶の執拗な細糸に編み込まれるのです。最終的にはあなた自身も、その薄くて細い糸以外の何者でもなくなり、それは震え、ぴんと張り詰める……」

このような境地に達した語り手は、もはやタイナロンに来た理由を思い出す必要はないのです。

「私には、タイナロンに来る理由がありました。それは重々しい理由であったに相違ありません。けれども、それが何であったのか私は忘れてしまいました」

この意味において、ギリシャ神話から作者が引用した「タイナロン」という町も、神に近づくことのできる場所を暗示しているということが理解できます。また、作者が取り上げてきた「昆虫たちの町、タイナロン」は、次のような文章からも読み取れるようにすべてを同一の視点で眺められる高次な場所なのでしょう。

「〔……〕タイナロン以外に、幾つもの時代や神がいる町を、いまだかつて見たことがないと思っています。大聖堂の消え入りそうな天辺や、ミナレットの丸天井の剥げ落ちる金、ドーリア式寺院の清らかな柱頭を一望できる所はタイナロン以外にありません。ここでは、それらは肩を並べてそびえ立ち、それぞれが自分の色を出しているのです。〔……〕」

このように、クルーンの作品は一見すると幻想文学のようでありながら、テクスト内で現実と非現実の不均衡なバランスは維持されません。ウンブラが次第にパラドックスの世界を容認するように、また語り手が次第にタイナロンの世界を容認するように、作中で幻想は弱められ消滅してしまいます。むしろ、このような手法は、コロンビア人作家ガルシア・マルケスが描くような、きわめて現実的でありながらも幻想的に感じられる世界へ読者を引き込んでいく作品群を想起させてくれます。日常の世界にあって「幻想と感じられる現実」を描くことによって現実をより現実的にし、新たな認識の可能性を示してくれるのです。つまり、この点においてクルーンの作品は、マルケスの作品がそうであるように神秘的でありながら基本的にはリアリズムで書かれているのです。

これまでフィンランド文学では、クルーンが描くような世界は、ヘルヴィ・ユヴォネン（Helvi Juvonen、一九一九〜一九五九）が詩集『氷底』（Pohjajäätä、一九五二年）のなかで自然界の小さな生物から神秘的な力を感じ取るように、もっぱら詩的なジャンルで表現されてきました。なぜなら、詩的なジャンルは、文と文を意味論的に繋ぎ合わせ、幻想が存在するために必要な表象的な性格を拒むからです。つまり、詩的な表現のなかでは幻想は幻想でなくなり、詩的な読み方として受け止められるのです。あるいは、仮に小説として描かれるとすれば、ヴェイヨ・メリ（Veijo Meri、一九二八〜）の小説『マニラ麻の綱』（Manillaköysi、一九五七）がそうであるように、本来のあらすじとは結び付かない逸話を人物の意識を介して多層的に描出するか、エーヴァ＝リーサ・マンネル（Eeva-Liisa Manner、一九二一〜一九九五）の劇作『燃え尽きたオレンジ色』（Poltettu oranssi、一九六八年）がそうであるように、精神病患者と医師との間に生じる認識の世界を描出するというものでした。

クルーンは、「現実により一層深く潜り込む仕掛け」を、『ウンブラ』ではパラドックスの資料のなかから、『タイナロン』では昆虫の世界のなかから描き出そうと試みます。物理学、数学、生物学、神話など分野を問わず多岐にわたって新たな表現を開拓し、巧みにテクスト間に互換性をもたせます。同じテクスト内にあらゆる分野を取り入れることによって、作者は普遍的な世界を模索しているのです。そして、普遍的な世界で個々の分野をつなぎとめるように、常に人間の可能性や孤独、そして自己認識など共通のテーマが繰り返されます。その巧みさゆえに、もっとも詩体的、哲学的、あるいは形而上学的な作品の性格のために、彼女の作品はフィンランドにおいて「難解な文学」として捉えられる傾向にあります。

しかし、すべてを深く理解する必要はありません。詩を解釈するように、作者が描く多様な世界のなかから一つでも読者の経験に呼応するものを感じ取れればいいのです。このようなクルーンの作風は、フィンランド文学のなかで独自のジャンルを形成し、そして新たな表現の可能性を示してくれます。

私たちは、日常的な世界においてさまざまな体験をします。それら体験を、私たちはどのように認識するのでしょう。本書の二作品は、そのような疑問を「不完全な現実に生きる」私たちに投げかけてくれます。そして同時に、その質問に対する一つの可能性をも示してくれるのではないでしょうか。そんな人間の原点に立ち返らせてくれる作品を、翻訳し紹介してくれた訳者の長年の労を多としたいと思うのです。

解説の最後に、フィンランド文学の概説を附しておきます。邦訳名は私の方で記しました。

概説フィンランド文学

フィンランドは、西のスウェーデン（一二〇〇頃～一八〇九）、次いで東のロシア（一八〇九～一九一七）治下を経て一九一七年に独立します。言語は、フィンランド語とスウェーデン語を公用語とし、両言語に加えて北方先住民族サーミ人が用いるサーミ語で文学作品が著されています。文学の歴史は、一三世紀以降、キリスト教書物の翻訳に始まり、一八三一年に独自の文化機関であるフィンランド文学協会が設立され発展を遂げます。長年他国の治下にあった歴史を反映して、フィンランド文学の全般的な特徴は、世代を問わず作中で国民像を追い求めている点が挙げられます。また、表現技法では、四脚の強弱格からなる固有のカレワラ韻律が民俗詩に用いられる点が特徴的です。

独自の文学は、一九世紀初頭、啓蒙思想の流布、ロシア治下への移行など環境が変化するなか、民族ロマン主義が興隆し誕生します。作家たちは、民族の意義を探求し、フィンランドの民族や自然、歴史に根差した作品を描き始めるのです。この時代を代表する作家のヨハン＝ルドゥヴィ・ルーネベリ（Johan Ludvig Runeberg、一八〇四～一八七七）は、フィンランドの民衆の実態を詩集『詩』（*Dikter*、一八三〇年）に観念的に描写し、またエリアス・レンルート（Elias Lönnrot、一八〇二～一八八四）は民族の根源を求め、フィンランドの民族叙事詩ともいうべき『カレヴァラ』（*Kalevala*、一八三五年／増補版、一八四九年）を編纂しフィンランド文学の礎を築きました。そのほかに、ザクリス・トペリウス（Zachris Topelius、一八一八〜一八九八）は、歴史小説『軍医物語』（*Fältskärns berättelser I-V*、一八五一〜一八六六年）や児童文学『子どものための読み物一〜八』（*Läsning för barn I-VIII*、一八六五〜一八九六年）で、アレクシス・キヴィ（Aleksis Kivi、一八三四〜一八七二）は、戯曲『クッレルボ』（*Kullervo*、一八六四年）や長編小説『七人兄弟』（*Seitsemän veljestä*、一八七〇年）でそれぞれのジャンルを開拓しました。

一九世紀末から二〇世紀前半の文学は、近代化、ロシアの圧制、独立と時代が変遷する中、散文では写実主義的に、また自然主義的に社会や民衆の生活が描かれ、叙情詩では独立気運の中、民族ロマン主義の再来であるカレリアニズムが興隆する一方で、新たな時代へ向けてモダニズムが起こります。この時代、小説ではユハニ・アホ（Juhani Aho、一八六一〜一九二一）の『牧師の妻』（*Papin rouva*、一八八五年）、アルヴィット・ヤルネフェルト（Arvid Järnefelt、一八六一〜一九三二）の『土地は皆のものである』（*Maa kuuluu kaikille!*、一九〇七年）、イルマリ・キアント（Ilmari Kianto、一八七四〜一九七〇）の『赤い戦線』（*Punainen viiva*、一九〇九年）、ヨエル・レフトネン（Joel Lehtonen、一八八一〜一九三四）の『プトキノトコ』（*Putkinotko*、一九二〇年）といった民衆の生活を写実的に描いた小説が書かれ、殊にフランツ＝エミール・シッランパー（Frans Emil Sillanpää、一八八八〜一九六四）はフィンランドの独立にともなう内戦を舞台に、とあるフィンランド人の生涯を自然主義的に綴った『聖貧』（*Hurskas kurjuus*、一九一九年）で一九三九年にノーベル賞を受賞しました。

そのほかに、ヨハンネス・リンナンコスキ（Johannes Linnankoski、一八六九～一九一三）のドン・ファン小説『真紅の花の歌』（*Laulu tulipunaisesta kukasta*、一九〇五年）、エストニアの民話を題材に禁断の愛を描写したアイノ・カッラス（Aino Kallas、一八七八～一九五六）の小説『狼の花嫁』（*Sudenmorsian*、一九二八年）、社会分析を試みたオラヴィ・パーヴォライネン（Olavi Paavolainen、一九〇三～一九六四）の随筆『現代を求めて』（*Nykyaikaa etsimässä*、一九二九年）などがあります。

叙情詩では、エイノ・レイノ（Eino Leino、一八七八～一九二六）の『聖霊降臨祝歌』（*Helkavirsiä*、一九〇三年）などの新民族ロマン主義詩集や、オット・マンニネン（Otto Manninen、一八七二～一九五〇）、ヴェイッコ＝アンテロ・コスケンニエミ（Veikko Antero Koskenniemi、一八八五～一九六二）など象徴主義的な詩集がフィンランド語詩を代表し、スウェーデン語詩ではエーディット・ショーデルグラン（Edith Södergran、一八九二～一九二三）が詩集『詩』（*Dikter*、一九一六年）でモダニズムを開拓します。

そのほかに戯曲では、ミンナ・カント（Minna Canth、一八四四～一八九七）の『労働者の妻』（*Työmiehen vaimo*、一八八五年）やヘッラ・ヴオリヨキ（Hella Wuolijoki、一八八六～一九五四）の『ニスカブオリの女たち』（Niskavuoren naiset、一九三六年）が時代を代表し、児童文学ではアンニ・スヴァン（Anni Swan、一八七五～一九五八）が優れた作品を残しています。

第二次世界大戦後の文学は、散文では時代を反映して、戦争を舞台に人間の心理を描いたり社会を風刺したりした作品、あるいは過去や幻想の世界に現実を描き出す作品が盛んに著されます。叙情詩では、西洋で興隆したイマジズムを背景に詩の改革が進められ、フィンランド語詩のモダニズムが花開きます。この時代を代表する小説として、古代にロマンを求めたミカ・ワルタリ（Mika Waltari、一九〇八〜七九）の『エジプト人シヌヘ』（*Sinuhe, egyptiläinen*、一九四五年）や、戦争を介して新たな社会への解決策を模索したヴァイノ・リンナ（Väinö Linna、一九二〇〜一九九二）の『無名戦士』（*Tuntematon sotilas*、一九五四年）、ヴェイヨ・メリ（Veijo Meri、一九二八〜）の『マニラ麻の綱』（*Manillaköysi*、一九五七年）など、国際的に評価の高い作品を輩出しています。

　そのほかに、ラウリ・ヴィータ（Lauri Viita、一九一六〜一九六五）、アンッティ・ヒュル（Antti Hyly、一九三一〜）、マルヤ＝リーサ・ヴァルティオ（Marja-Liisa Vartio、一九二四〜一九六六）、ヴェイッコ・フオヴィネン（Veikko Huovinen、一九二七〜）などが活躍しました。叙情詩では、エイラ・キヴィッカホ（Eila Kivikkaho、一九二一〜）の『野原を抜けて』（*Niityltä pois*、一九五一年）、ヘルヴィ・ユヴォネン（Helvi Juvonen、一九一九〜一九五九）の『氷底』（*Pohjajäätä*、一九五二年）を皮切りに、パーヴォ・ハーヴィッコ（Paavo Haavikko、一九三一〜）の『遠のく道々』（*Tiet etäisyyksiin*、一九五一年）やエーヴァ＝リーサ・マンネル（Eeva-Liisa Manner、一九二一〜一九九五）の『この旅』（*Tämä matka*、一九五六年）などの作品でフィンランド語詩のモダニズムが開花します。また児童文学では、トーヴェ・ヤンソン（Tove Jansson、一九一四〜二〇〇一）の「ムーミン物語」が国際的に知られ、独特の挿し絵を効果的に配置して幻想的な世界を描き出しました。

一九六〇年代から一九七〇年代の文学は、散文では政治、フェミニズム、犯罪など多岐にわたり題材を求めた革新的な作品が盛んに著されます。叙情詩では散文と同様に政治や文化に題材を求める作品や、ダダイズムやシュールリアリズムなどの芸術表現を追求する作品が著されます。この時代を代表する小説として、戦時の政治集団の動向を綴ったハンヌ・サラマ（Hannu Salama、一九三六〜）の『犯人ありし所、目撃者あり』（*Siinä näkijä missä tekijä*、一九七二年）や、女性問題を取り上げたマルタ・ティッカネン（Märta Tikkanen、一九三五〜）の『強姦された男』（*Män kan inte våldtas*、一九七五年）や、犯罪社会を扱ったマウリ・サリオラ（Mauri Sariola、一九二四〜一九八五）の『ヘルシンキ事件』（*Lavean tien laki*、一九六一年）などが挙げられます。叙情詩では、ペンッティ・サーリコスキ（Pentti Saarikoski、一九三七〜一九八三）の政治的風刺詩集『実際には何が起こっているのか』（*Mitä tapahtuu todella?*、一九六二年）、カリ・アロンプロ（Kari Aronpuro、一九四〇〜）の言語表現を追求した『メッキ天使』（*Peltiset enkelit*、一九六四年）やヴァイノ・キルスティナ（Väinö Kirstinä、一九三六〜）の『飾らないダンス』（*Luonnollinen tanssi*、一九六五年）、若者文化を描いたヤルッコ・ライネ（Jarkko Laine、一九四七〜）の『プラスティック釈迦』（*Muovinen Buddha*、一九六七年）などの詩集がフィンランド語詩を代表し、スウェーデン語詩ではボ・カルペラン（Bo Carpelan、一九二六〜）、サーミ語詩ではニルス＝アスラク・ヴァルケアパー（Nils-Aslak Valkeapää、一九四三〜二〇〇一）が高い評価を得ます。児童文学ではハンヌ・マケラ（Hannu Mäkelä、一九四三〜）の『フーおじさん』（*Herra Huu*、一九七三年）などが知られています。

一九八〇年代から一九九〇年代の文学は、小説が主軸を成します。作家たちは、善と悪、都市と地方、親と子など現代人の新たな価値観を秤にかけ始めるのです。この時代を代表する作家として、本書の著者であるレーナ・クルーンやロサ・リクソム（Rosa Liksom、一九五八～）がいます。前者は、本書で紹介している『ウンブラ』などの作品で不完全な現実に生きる人間の可能性を神秘的リアリズムで表現し、後者は『忘却の1／4』（*Unohdettu vartti*、一九八六年）など、ポスト・モダニズムに通ずる文体で現代人像を表現し国際的に高い評価を得ています。

そのほかの小説では、アンッティ・トゥーリ（Antti Tuuri、一九四四～）の『ポホヤンマー』（*Pohjanmaa*、一九八二年）、アンニカ・イダストローム（Annika Idström、一九四七～）の『我が愛する父』（*Isäni, rakkaani*、一九八五年）、ユハ・セッパラ（Juha Seppälä、一九五六～）の『スーパーマーケット』（*Super Market*、一九九一年）、そして、サーミ人作家キルスティ・パルット（Kirsti Paltto、一九四七～）『ソレイケ！　私のトナカイ』（*Guhtoset dearvan min bohccot*、一九八六年）など優れた作品が著されています。今後、期待される作家として、現代社会の空虚さを子どもと大人の対話を通して屈託なく描いた小説『シーアへのごほうび』（*Kiltin yön lahjat*、一九九八年）で数々の賞に耀いたマリ・モロ（Mari Mörö、一九六三～）などがいます。

フィンランド文学協会員、フィンランド文学研究家
末延　淳

もくじ

「着座」

ウンブラ／タイナロン

（株）新評論は、レーナ・クルーンの著書『タイナロン』および『ウンブラ』の日本語訳出版に際し、フィンランド文学情報センター（FILI:Suomen kirjallisuuden tiedotuskeskus）より助成金が授与されました。ここに、厚く感謝の意を申し上げます。

Me, Shinhyoron Publishing Inc., olemme suuresti kiitollisia Teille, FILI:lle, Suomen kirjallisuuden tiedotuskeskukselle siitä, että Te myönsitte suurella ystävyydellänne ja hyväntahtoisuudellanne käännöstuen pyrkimyksellemme Leena Krohnin *Tainaronin* ja *Umbran* japaninnosten toteuttamiseen.

ウンブラ——パラドックス資料への一瞥

C・ブラリ＝フォルティ(1)もしくは疲弊者ヘルプセンターに捧ぐ

奇妙な道

病棟に入院患者がかつぎ込まれた。担架で運び込まれるのが普通であるが、この患者は男性二人によってかつぎ込まれたのだ。なぜなら、患者の体は輪状となっていたために担架では運べなかったのだ。その瞼はきつく閉じられ、口元には薄笑いを浮べている。筋肉といえば、ぴんと張ったロープのように硬直していた。

患者は一〇四号室へと連れていかれた。ベッドには、すぐさま高い囲いを設置しなければならなかった。輪が床に転げ落ちないように、そして医者たちの手から離れて国道へと逃走しないためだ。この国道は、病院を通り越して北の果てへと続いている。

患者は爪先と脳天で均衡を保っており、頭部は踵にくっついている。輪は回り出す気配はないが、内なる無尽蔵のエネルギーが身体を震撼させていた。輪は空回り状態なのだ。これほどの漲る力ならば、いつだってベッドの高い囲いを飛び越えかねない。

「Grand movement」と、誰かが声を落としながらそう言った。

「Arc-en-circle」

一体どういう意味なんだ？　ウンブラもその場に居合わせていた。暗い面持ちでいながらも、しっかりとベッドの脇に立っている。ウンブラの訝しげな表情……こういったケースに出くわしたのは初めてなのだ。

（1）イタリアの数理論理学者。順序数の集合においてパラドックスを発見。

女性のつくり出した大きなループに、まず目をやり、そしてループの向こうにある病院のがらんとした白い壁を見やった。その虚しさ、それを人間の体がロケットペンダントのように縁取り、ウンブラの頭を悩ませた。しかし、脳裡に浮かんだ疑問はたった一つ。

「どうして、よりによってO《オー》なんだ？」

声に出してそう言うと、こう続けた。

「どうして、ほかのアルファベットで試されないんですか？」

患者は聞いているふうではなかったし、待っている様子でもなかった。尻尾を噛んでいる龍のようだ。疑問点と言えば、歯が自分自身を食むことができるのか、あるいは胃は胃を消化できるのかといったことであった。しかし、それは無理なように思えた。

そこに輪がある。始まりも終わりもない環状線、奇妙な道だ。骨折りながら進めばいい。好きなだけ遠くに行けばいい、結局は、戻ることになるのだから。道？　それよりも、一ヵ所に固まってしまったような状態での女性の体は閉じられた回路に似ている。

君は誰なんだ？　名前、職業、既婚者、それとも未婚者なのか。それに生まれた場所と時間は？　女性に関して何の手がかりもないまま、ウンブラはカルテから情報を読み取っている。その場で患者を診察し、強めの緊張弛緩剤を処方した。回診を続けようとしたところに、状況を把握できないでいる患者の夫がウンブラを止めた。

「先生、どうなんでしょうか？」

「奥さんは大丈夫ですよ。この状態が数時間、もしくは丸一日は続くでしょう」

翌日、患者の様子を診にやって来ると、ベッドにはO《オー》の文字はなく、数字の8ができ上がっていた。おそらく、この女性はウンブラの質問を聞いていたのだろう。そして、何か新しい試みに踏み出たのであろう。つまり、今度はダブル・ピルエットを完成させたわけだ。どうやったら筋肉や骨、腱や軟骨がゴムのように撓《たわ》んでは伸びているのか、誰にも理解できなかった。しかし、いかにして生じたかということに関しては、さらに理解に苦しんだ。人間の体を、こうまでして抑えられない力によって形成する、そんな見えない強制とは一体何なのか。

懸念していることは、新しくできた強烈な形が女性の背骨を砕いてしまうのではないか、ということだ。アクロバットは話しかけても一言も言わず、彼女の体勢を変えようとしても、すぐに元の恐ろしい状態に戻ってしまう。寝る体勢とは言えないまでも、いずれにしろ水平状態なのだから、これは数字の「8」ではなく無限の記号なのだとウンブラは考えることにした。病院のベッドに、生きたアペイロン(2)が持ち込まれたのだ。

こんな具合に理解したものの、それは、診察や予後、また治療の観点から重要ではなかった。ただ、ウンブラ自身にとっては目ざとい発見であったにすぎない。そのせいで、ウンブラはひとりつぶやいた。

「またか?」

この患者のなかに、この無口な肉輪のなかに、彼は個人的に送られたメッセージを受け取っていたのだ。

なんという、そぐわぬ考え！　単に自己中心的というわけではなく、嫌な感じのする曖昧さ

(2)ギリシャ語で「限界なきもの、無限」という意味。古代ギリシャの自然哲学者アナクシマンドロスによる、万物の不生不滅説。

だ。日の光に耐え切れない考えであり、ウンブラ自身にさえもその存在を明らかにしようとはしないものである。人間の不幸がそんな意義を差し出すものであるとは信じ難い。あるとしたならば、運命――ウンブラのように、この言葉を用いたいのであれば――が絡み合って結び目となり、女性のつくり出したアペイロンよりも複雑奇怪なのである。だが、人輪は何かをウンブラに求めている。

「紐解いて」と、輪は言った。

「私を開けて、どこに始めがあって、どこに終わりがあるのか見せて」

男爵夫人の不在

一体どういった経緯で、ドン・ジョヴァンニのような自立した上流階級の男性が、こんな遠く離れた北方に、こんなに何もない――惨めな、とは言わないまでも――状況に陥ってしまったのだろうか?

疑う余地もなく、どうにもならない理由で、こんな所まで追いつめられたのだろう。それに――ほかでもないドン・ジョヴァンニなのだから――あやふやな情事に冒険、またはスキャンダルやそんなようなとりとめのないことが理由であるのも間違いはない。こんな枝葉末節はどうであれ、当時、どんなに華やかであっても、医者としてウンブラがドン・ジョヴァンニの人生に足を踏み入れることになった今——あるいは、その後の存在と言った方がいいかもしれない——そこに残っているのは萎びた幹でしかない。

「レポレッロ氏という方が、先生とお話ししたいとおっしゃっているようですが」

ウンブラの受付助手がそう告げた。なまりのある年配の男性の嗄れ声が耳元で響く。

「ウンブラ先生ですか？　お願いですから足を運んで下さいませんか。診ていただきたいのは、私の友人のドン・ジョヴァンニなんです」

ウンブラが聞き返さなければならないほどに、レポレッロ氏は意味ありげにアクセントを置いて名前を言った。

「ドン・ジョヴァンニ？　まさか、あの……？」

「ええ、まさにそうです」

レポレッロは前にも増して強く言いきり、その事実には彼自身の手柄も多少なりともかかわっているかのようだった。

「しかし……」とウンブラは戸惑い、再び口をつぐんだ。そして、こう言うつもりだったのだ。「これは、お引き受けできないでしょう？」

しかしながら、よく考えたあとに押し黙った。無理かどうかは実際には自分に関係のないことであり、仕事はいずれにせよまっとうしなければならないのだ。そういったわけで、ただ一つだけ質問した。

「どういった症状ですか？」

「咳、便秘、不眠症、鬱病、めまい、口の乾き、記憶喪失、激怒、節制障害、ときおり見られる精神的錯乱、一般に言う虚弱症」

レポレッロは黙り込んで、しばらく考えにふけっているようであった。「とどのつまりは、老衰です」と、彼は溜息を漏らしながら重い調子で続けた。

ドン・ジョヴァンニが年を取るはずがない。それは、似つかわしくない。そうウンブラは思った。男爵がすでに想像以上に高齢に違いないことはもちろん分かっていたが。気づかれないように素早く年を数えながら、当直で疲弊した目頭に人差し指をきちんと押し当てる。そこが——彼にとっては——的確さが潜んでいるところなのだ。

レポレッロ氏の診断は文句のつけようもなく正しいが、諭すようにこう言った。

「老衰自体は、何の緊急事態でもありませんよ」

そうは言ったものの、身支度を済ませていたウンブラであった。

*

この界隈には一度も訪れたことがない。こんな地域があるとは、ウンブラは知らなかったほどなのだ。

みぞれが打ちっぱなしのコンクリートの高層ビルに影を落とし、ギザギザのビルの頂上は仄暗くなっている。北へと続く車道を縁取るバッテリー(3)の間をウンブラは走った。車から降りるときに、電話ボックスのガラス戸の破片を踏み潰した。買い物天国で汚れたビニール袋が足元

(3)道路の駐車場などに備え付けてあるバッテリーで、冬の間、車のエンジン凍結を防ぐもの。

でカサカサと鳴っている。ドン・ジョヴァンニの住んでいるＰ棟の壁には、憤りと謎めいた記号で満ちており、その謎解きには数十年という歳月がかかりそうである。

レポレッロ氏がドアを開けた。フリギア帽を被り、中国のカフタンに似た裾の長い絹のジャケットを羽織っている。裾から黄色いベストの前身ごろが顔を出し、ちょうどボーイが着ているような二枚合わせの繋ぎ目のボタンが光を放っていた。首には、年代物であろう白いスカーフが幾重にも巻きつけられている。こめかみには、褪《さ》めた巻き毛が垂れ下がっていた。

レポレッロがすすめるままに奥に進むと、ウンブラの目に、あまりぱっとしない二ＤＫが飛び込んできた。リビングの窓からは八車線のパノラマが広がった。夕刻時、ラッシュの喧騒は逆巻く海原に似ている。

往診で何かしら幾つかの住まいを見てきたウンブラは、足を踏み入れた途端にカオスの匂いに包まれた。レポレッロとドン・ジョヴァンニの二ＤＫは、静寂な中にも趣がまったく正反対のインテリアが互いに歯向かっているようであった。家具の一部は環状道路沿いのディスカウントショップで買い求めたもので、たとえばボール紙でできた本棚、ウィーン製椅子の贋作、ビニール紐で編んだマットなどがそうだ。バラの木でできた、絹の光沢をもつ小箱の蓋上では青銅製の卓上時計が時を刻み、壁には真珠の扇がかけられているなど高価な品もある。シャンデリアの本水晶は樫の葉枝の形をしており、銀の燭台——ウンブラはこの方面に多少造詣があるのだ——をデザインしたのはドゥヴィヴィエ本人に間違いないだろう。けれど、当の患者ドン・ジョヴァンニはどこにいるんだ？　その昔、同名オペラ[4]が書かれていたが。

（4）モーツァルト作曲の歌劇。女性と次々に恋に落ち、その後始末を従者のレポレッロに任せる好色貴族ドン・ジョヴァンニ。自分の節操のなさが原因で、殺人まで犯す。

まず、ウンブラは咳声を耳にし、そしてトリコットパンツ[5]を目にした。パンツは、手入れの怠っているソファベッドの背もたれに投げ捨てられている。奥へと入っていくと、椅子の肘かけに垂れ下がっているコックドハット[6]を床に落としそうになった。帽子の縁取りにはダチョウの羽が施されている。ソファベッドの下に押し込められていたバックルシューズ[7]の飾り留め部分が顔を覗かせていた。昔は輪をかけて煌々と照り輝いていたことだろう。

唇に指を当て、レポレッロは近づくように手招きした。そこには、膝を抱えた骨ぎすの物体があり、腰も曲がり、はげ頭で、鳥の嘴のような生き物が横たわっていた。同じ男（最終的には、どういった意味で同じなのかということだが）のひん曲がった腕に抱かれた女は数しれないのだ。タータンチェックの毛布が腰まで包み込み、当時の華美な容姿までも覆い被さっていた。シャツのレースフリルは、以前はお抱え女中たちが熱心に糊づけしていたのだろうが、今では染みと皺だらけだ。出たばかりの咳で、そのフリルは揺れに揺れた。

患者を診るまでもなかった。男はまさに、今、死のうとしているのだ。ウンブラがもっと近寄ってみると、さっきの診断が間違っていることに気づいた。というのも、ドン・ジョヴァンニの潤いのない瞼が閃光のように瞬き、眼光が走ったのだ。彼はまだ意識を失っていない。眠っているわけでもない。瞼の下にはエネルギーが張っており、それはウンブラにまっすぐにぶつかってくる。しかし、それはドン・ジョヴァンニが寝ているソファから放たれているとは感じられず、ソファも患者もいない、そんな所からきているように感じた。

「こんにちは」、ウンブラが声をかけた。

（5）メリヤス織りの伸縮性のあるタイツ。

（6）18世紀によく用いられた正装用の三角帽。縁反帽。

「ジョヴァンニ、先生にご挨拶なさって。先生はあなたのためにわざわざいらっしゃって下さったんですよ」と、レポレッロがたしなめるように言った。

「ボンジョルノ」と、ウンブラが繰り返した。

ドン・ジョヴァンニは声に出して答えはしなかったが、ウンブラの職業的な探るような眼差しがジョヴァンニの黒い視線とぶつかり合い、その深淵に靄がかかった膜が張っているのが見えた。奥底には何か陰鬱とした、けれど色めき立ったものが耀いていた。今でも熱く燃えている火花は、花盛りの時代には大勢の心を焦がしたことだろう。

ウンブラは、彼の手首を握りしめた。なんて感覚のない手。なんて弱々しくて遅々とした脈拍。冷や汗が真っ青な額に滴る。その額の皮は、臭覚の鋭いブラッドハウンドの頭のように締りなく折り畳まれている。ウンブラは血圧を測った。終わりはもうすぐだ。患者が何か呻いたが、ウンブラには分からなかった。レポレッロは鼻を鳴らし、舌を打った。

「あぁ、ツェルリーナですか」

彼は、意地悪くリの発音を伸ばしながら言った。けれど、ドン・ジョヴァンニの黒い口から、心臓も張り裂けんばかりの不平の怒涛が噴き出した。

「クララ！」と、涙声で言った。

「エルヴィーラ！　ドンナ・アンナ！」

「静かに！」と、レポレッロはまるで鞭紐をソファの上で打ち下ろしたかのように非情に命じた。

（７）飾り留め金のついた靴。

「ここにはもう女性たちはいませんよ。男爵夫人もいらっしゃらないし、公爵夫人もお発ちになられました。伯爵夫人などは、もうずっと前に去られましたよ。侯爵夫人もいらっしゃいません。女中やそのほかすべての使用人などは、とっくの昔に解雇しておりますよ」

そうしてレポレッロは、主人と目と鼻の先まで近づいて喧嘩腰で怒鳴りつけた。

「ジョヴァンニ、いい加減分からないのですか！　マドンナ！　あれからもう二〇〇年は経っていますよ。自分を見てご覧なさい！　彼女たちを楽しませることなんてもうできないでしょう」

レポレッロはソファベッドの縁に崩れ落ち、死体のように放置されているドン・ジョヴァンニの生気のない指や遺物同然の手を献身的に握りしめた。それは、人間の手というよりも大地から引き裂かれた根のようであり、その愛撫を望むような女性はおそらく誰一人としていないであろう、そんな手であった。

レポレッロは声を落とし、嗄れ声で慰めるように囁いた。

「私はここにいます。先生がここにいます。私たちが元気にしてあげますから」

ウンブラは、書いてもむだな処方箋をソファテーブルの隅で綴っており、フーと息をつきながら眉を上げた。まるでそれは医者の仕事のじゃまにならないかのように起こり、こんなに間近で家庭内不和を目にしてしまったことにウンブラは戸惑いを覚えていた。

レポレッロは、軽はずみな口約束をしてしまった。長年来の使用人は、自分の良心を慰めるためにウンブラを呼んだのだ。もちろん、彼は知っていた。過ぎ去りし日々の女性たちでさえ、この患者の面倒を見ることはしないだろうと。見る必要が果たしてあるのだろうか？　男の花盛りはとっくの昔に過ぎ去ったのだ。えらく長いこと、この世に留まりすぎてしまった。

　ウンブラとレポレッロは席を外した。

「もう、あまり長くないですね。入院を望まれますか？」

　レポレッロはパイプ製のスツールに崩れ落ち、しばらく目を瞑《つむ》っていた。

「いいえ、家で最後を看取りましょう。これが、家と呼べるのであればの話ですが」と、ばかにしたように付け足した。

「お好きなように。結局は、オペラとはまったく違う終わり方になりましたね。私はパータ・ブルチュラッジェの騎士長役を見ましたよ。最終場面はいつもぐっと胸にくるんですよ。そして、轟音、炎、埃、煙……。覚えていますよ、いかにして彼が地獄へ落ちていったか。後悔せずにね。ドン・ジョヴァンニにも後悔は似合いませんよ」

「しかし、彼はどこへも堕落しなかった。大衆は何でも信じ込んでしまいます。ここにだって、我々はやって来たんですから」と、レポレットは言う。

「それが、彼の罰ですか？　そして、あなた方の？」

「何をおっしゃっているんですか？　どうして、誰かが罰せられるのでしょう？」

　レポレッロは不満げに続けた。

「大地が彼の足元で燃え出しても、飲み込んでしまわなかった。ここには、リーサ夫人という方がいます。アリーサかな、いや違う。あれから時が経ち過ぎてしまって、もう覚えておりません」

「そのあなた方の女性遍歴を書き留めた恋のカタログは続くんですね」と、ウンブラが尋ねた。

「ええ、もちろんです。でも、ついに終焉です！」

レポレッロの声には、明らかに勝利の歓喜が潜んでいた。

「あぁ、あのマダムたち……。主人はあの女性たちに付きまとい、私は主人について回ったのです――こんな所にまで！　神はこの地を見捨てたんです。今でも私に家から送られてくるのは、わずかな生活費です。だが、ドン・ジョヴァンニは死んでしまった――表向きは。私がいなければ、それを実行してしまったことでしょう」

じきに遂行してしまうさ、とウンブラは考えた。けれど、それは決して敗北でも何でもない。どんなに何度も破滅がドン・ジョヴァンニを飲み込んだとしても、大衆にとって彼は不死身なのだ。ジョヴァンニのイデア、自己愛的な姿、そして虚構の部分すべてが、深淵から、そして身も凍る北国から、まるで初めてサロンに顔を出すかのように再び浮かび上がってきた。感じのよい丁寧な物腰で、そして新しいペテン行為に磐石の態勢で。

きりがない！　どうしようもない！　復活のシャワー！　しかし、実際には何が死に、何が死ななかったのか？　人生を続けること、それは生き長らえていなかったのだろうか？　黄泉の国へ行ってしまい二度と戻らないもの、それは生きた実在の唯一無二だけなのか？

ウンブラは、婦人の寝室で死に行く英雄を、無情ながらも注意深い目をしてちらりと見ながら患者のそばに戻った。

またた！　前にもあったが、ジョヴァンニの姿にも答えのない自分の疑問を見たのだ。キャサリーン・バトレン・ツェルリーナのことを思い出したために、しばし考えをそらした。キャサリーンが聞き手の頭皮を撫でながら、筆舌に尽くし難いほど優しい声で、『恋人よ』に『ぶってよ、マゼット』を歌っていた。

ウンブラの帰る支度はとっくに整っていたが、レポレッロがなかなか帰してくれずにいた。

「あの人は注文の多い主人でした。私には昼も夜もなく、忙しい毎日でした。いまだにもっと多忙なときがあるんですよ」

レポレッロは咳払いをすると、『夜も昼も』を歌い始めようとしたが、昔のバリトンは最初のリズムで崩れてしまった。

「けれど、まぁ、ご覧になったでしょ。主人は今でもいろいろ言うんですよ。それはお分かりになるでしょう。今では我が子のように、私の息子、一人息子のようなものです。宮廷にて、我々本来の人生が終焉を告げたあの夜、この――何と言ったらよいのか――安っぽい風刺劇が始まったんです。私はそのときドン・ジョヴァンニになりすまさなくてはならず、彼の方はレポレッロになりましてね。大勢が間違いましてねぇ。えぇ、信じてもらって結構です」

レポレッロの褪せた瞳に、腑に落ちない光、憐れみ、自己憐憫、哀愁が浮かび、その中で真実と虚偽、オペラの道化師、今の辛辣さ、苛烈な勢いで接近しつつある自由――孤独――恐怖、そして長年の不当労働に関する情報が交錯していた。

「もう、おいとましなければなりませんので、ご主人の容体に何か変化がありましたら、ご一報下さい」と、ウンブラはレポレッロに言った。

「三流役者が！」

玄関が閉まると、ウンブラは蔑みを込めて囁いた。

駐車場まで、ウンブラは漏斗をまたしても持ち運ぶ。それは、みぞれに濡れそぼち、ゆらゆらと揺れている。そして、絶えず崩れ落ちていく虚しい心へとウンブラを分離し、柔らかな泡沫の水晶でコートを彩った。

コイン

彼はアイスクリーム代として、娘に五マルッカ(8)貨幣をやった。菩提樹が立ち並ぶ。どの列も同じ動き。天蓋から、陽光を浴びた木の天辺の隙間を縫って重なり合う影は、ベーキングペーパーのように木々の足元でざわめいていた。石

「ひとり雪の中」

（8）マルッカとは、ユーロ通貨に統一される前のフィンランドの通貨単位のこと。

から弾む足音。通行人の衣擦れや話し声。けれど、彼は別のことを考えていた。そこに、彼はいなかったのだ。

アイスクリーム屋に着こうとした矢先、娘が言った。

「行っちゃった」

「何が行ったんだい？」

父親は、上の空で聞いた。

「お金、お父さんがさっきくれた五マルッカ」

「どこに行ったの？　落としたの？」

父親は、少し歩く速度を落としながら尋ねる。

「わたし、飲んじゃったの」

やっと父親は立ち止まり、娘が本当のことを言っているのかどうか確かめようとした。

「五マルッカだったんだよ。飲み込めるわけがないだろ」

だが、娘がいつも本当のことしか言わないことは前々から知っていた。その顔……顔が菩提樹の透き通った影から、新しく、そして変化して、苦痛をもたらすほど見慣れた顔が向き直る。その顔は、過ぎし日に彼が愛した人々との記憶を燃え上がらせた。母親のこと、姉妹のこと、祖父のこと、妻のこと、そして自分自身のこと。いつも不安顔だが、今は恐怖と菩提樹の接近にもっと青ざめていた。

娘は押し黙った。

「本当に、飲んじゃったのかい？」

こうなったら、自分も飲み込んでみないと。口の中にはお金は入っていないけれど。

「ただ、行っちゃったの。それだけ。どうやって行ったのか分かんない」

「どうして、口に入れたの？」と、父親がうめくように言う。

こんな会話は無駄足を踏むだけなのだ。菩提樹の下、二人並んで歩いていたときに苦々しく考え事をしていたが、それは枯葉のように無意味に足元へ落ちてしまった。土曜の朝はずっと、娘と一緒に散歩をしていたものの、心は遠く離れていた。けれど、今は傍にいる。彼は父親だ、単なる父親。彼の人生すべてが、陽の当たる大通りに集約した。

何か恐ろしいことが胸の奥で動き始める。頬の小さな筋肉がピクリと動いた。彼はほとばしる太陽を見上げ、陽射しを浴びて溶けてゆく通行人の姿を見つめた。公園の一角に電話ボックスがあり、娘の手をつかむと小走りに二、三歩駆け出した。

「どこ行くの？」と、娘が尋ねる。

「病院に電話して、何をすればいいのか聞かないと」

「しなくていい」

娘はそう言うと、泣き始めた。電話ボックスで気づいたのだが、使えるコインを持ち合わせていなかった。

「こんなときこそ、あの五マルッカが役立ったのに」と、空元気な声で父親が言う。

「もし、ここにあったら」

娘は嗚咽を漏らしながら叫ばんばかりに言った。

「こんなことしなくていいのに」

娘の手をしっかりと握りしめる——ここ最近、しなかったことだ——通りの向こう側にある文具屋に立ち寄り、一〇マルッカで夕刊を買った。その一面を飾っていたのは、〃バラバラに切断された胎児、砂場で発見〃であった。新聞のお釣りで五マルッカを手に入れると、二人は、お互い言葉も交わさずに電話ボックスに戻った。病院側から、即刻来るようにと告げられた。

「しかし、娘にはこれといった症状は出てないんですよ」と言う自分に驚いた。

「それはともかくとして」

嫌らしいほど注意深く音節に区切りながら、非の打ち所もない声が言う。

「時間を無駄にしないで下さい。救急車を呼んで下さい。呼吸困難が生じる可能性があります」

電話のそばで佇んでいた娘が話を聞いていて、再び泣き始めると叫んだ。

「救急車なんかに乗らない」

父親はタクシーを呼んだ。娘がすぐに泣き止むことを望んだのだ。というのも、引っかかっているコインが嗚咽で取れてしまい、それが流れに流れて、とんでもない急所にくっつきはしないかと考えたからである。

二人は、天高く穏やかに大きく波打っている菩提樹の下で、以前と同じように、でも心境の変化をともなってタクシーを待っていた。すると、ある知り合いが挨拶をしようと足を止めた。

だが、まったく知らない人であるかのように父親が見つめると、その人は戸惑いながら背を向けた。

タクシーのなかで娘が咳をすると、父親の腹がひっくり返る。何はさておき、救急車を呼ばなかったことを後悔するのだ。父親は、あまりにあからさまな引きつった自分の態度が最悪の事態を引き起こしかねないと思って、娘を見ようとしない。

ウンブラは、たまたまその日が当番の日だった。恐怖だけが迫りくる小部屋に立ちすくんでいる父親と娘を見つめた。気管のように狭苦しい部屋にいるかのようだ。

「本当に飲んだのかい？」

父親が聞いたように、ウンブラも尋ねた。

「大きなお金だよ。もちろん、財布には小さいけどお腹にはね」

レントゲン担当者が言う。

「次からは、貯金箱を使ってね」

娘はがんばって笑顔を見せたが、父親はそれどころではなかった。三〇分後、二人は再びウンブラの部屋に入っていった。ウンブラはレントゲン写真を蛍光板に引っかけた。

「ここにありますね」と、ウンブラ。

お金は胃袋にまで達していた。それは、生きている組織の靄がかかった雲から、確かに一線を画していた。肉と同じ物質なのに、なんて別物なんだ。

父親は静かな憤りと戸惑いを感じながら、はっと気づいた。娘がいなかったとすれば、お金は、見知らぬ誰かの部屋の隠し場や銀行や排水管にあったかもしれない。どことは言わず、どこにでもあったかもしれない。だが、お金は存在している。この何の価値もない貨幣は消えようがない――何ものをもその存在を脅かしはしない――けれど、大通りの陽の当たる廊下で一人娘は計り知れない大惨事の真っただ中にいるのだ。

「三日間、落ち着いてお待ちになって下さい。必要なら五日は。もし、合併症が出ましたらすぐに来て下さい」

「どういった合併症ですか？」と、父親。

「痛み、むかつき、吐き気、血便」

「そういった症状が起こる確率は、どれくらいあるんでしょうか」

父親は、次第に平静を取り戻しつつある。ウンブラは手を広げてこう答えた。

「可能性はありますね」

父親と娘が出ていってしまった後も、二人の残像が診察室で皓々と照らすランプの明かりの中に留まっていた。次の患者の嘆きで、その影像は少し薄らいだ。そして、自覚のない患者の一行がぞくぞくと行進を続ける。

父親は、ほとんど一週間五マルッカ貨幣を待っていた。子ども自体は、もうそのことなど忘れ始めている。しかしながら、別れた妻が毎日ブリュッセルから電話をかけてきては、気にしている調子で尋ねるのだ。

「もう、出てきたの？」

この問いに、決まって同じようにそっけなく、そしてわざとらしく心配していない様子で答える。

「いや、まだだ。このことでやきもきするのは無駄だ」

しかし、そう言った自分こそが不安の真っただ中にいた。彼の人生すべてが、娘の華奢な体のなかのどこかでさまよっている一枚のコインを待つために止まってしまったのだ。かつて読んだことがあるが、大腸や小腸は驚くほど長いのだ。けれど、どれくらい長いのかなんて思い出したくはなかった。一〇メートル？　一五メートル？　なんという長旅なのだ。頭のなかで、貨幣が悪の温床という個性をもち、個人的な運動エネルギーとなっていった。これは、何ヵ月もかかるかも知れない。

「おまえはいる」、独り言をつぶやく自分に気づいた。

「おまえは本当に、いるんだ」

自分がお金に向かって話していることが分かると、恐怖を覚えた。

娘の部屋の床にマットを敷いて添い寝をしたが、娘が寝返りを打ったり、寝言で呟いたり、笑っているときでさえ、すぐに飛び起きた。娘は起きているときよりも頻繁に笑っているな、と父親は思った。夢のなかの方が楽しいのだ。

娘をトイレに行かせずに、赤ん坊がするようにおまるでさせた。娘は嫌がったが、おとなしく従った。

五日目に、念願のコインを排泄物の中から掘り出した。それは、娘の腸のなかで耀きを失い、酸化現象を起こして青味がかった銅色を帯びていた。父親は何度もよく洗い、娘の掌に押しつけてこう言った。

「さあ、どうだ！　思い出として保管しておきなさい」

しばしの間、邪魔されない平穏を感じ取った。元通りになったのだ。彼の娘は無事だ。もう何も怖くない。

この平穏は一様に広がる景色のように全方角へ伝わり、それは、表面上は見慣れた景色であり、外見から見ても変化はない。けれども、忍びやかに蘇生していた。自分の部屋の壁や、あちらに見える他所の建物のレンガや軒、駐車メーターや公園の錬鉄の欄干、裸の梢の向こう側にある裸の碧天……。すべてに同じ封印がされた。

この一つの事件を除いて、彼の生涯には一度も厄介事や面倒なことがなかったかのようだ。これが解決した今、本当の人生が、単純で輝かしく、つまらない長旅をしてきたお金と同じようにまっさらに洗われて開けたかのように。暗闇のなかで思い起こしたことすべてが、胸を掻き抱くような塊を失ったかのように。

父親はコンビニに立ち寄ろうと表へ出た。そこへ行くまでの過ぎ行く時間、タバコを買い求め、雨に濡れそぼつ通りから折り返して近道し、娘がバービー人形にスキー服を着替えさせている三階まで階段を上る時間は、この上ない幸せな一時であった。

そうだ、どうして以前もこんなふうに暮らさなかったんだ？　そう思ったけれど、悔やむ思いを払いのけた。面倒くさい自分自身を複写した心配事に埋まって、徒労にも苦しんでいたのだ。彼は、責任感に駆られて辱めを煽っていたのである。

しかし、これですべては終わった。すべてが断ち切れ、以前のような苦痛が再び起こることはあり得ないように感じた。風が乾いた通りを吹き抜け、ゴミ屑を躍らせている。透明ビニールの一片が、ロトセンター窓の前に吹き上がった。それは、屋根の上に難なく浮き上がってはためき、風に背押されたまま、ガラスの翼のように視界から巻き上がる。

恐怖は、一つの過去となっていた。

修道女たち

ウンブラは一〇四号室へ戻った。彼の患者は以前の体勢を保ったままであった。彼は手を背に回して、人文字を凝視する。

また、あれだ。無限。いつもウンブラを悩ませていた事柄。それは耳障りな心雑音で、聴診器を当てると人生の心臓から聞こえてくるものであった。この問題の理解に、今一歩踏み出せないでいた。

彼は、三歳のころと一向に変わっていない。ある日曜の朝、ドロステ・ココア缶(9)を指でもてあそんでいた、あのウンブラ。缶の側面には、厳粛な表情で笑みを湛える修道女がトレーを運んでおり、トレーには湯気が立つカップとカカオ缶が載せられている。そのカカオ缶の側面に

(9)オランダの製菓会社のチョコレートとカカオの製品名。

は、厳粛な表情で笑みを湛える修道女がトレーを運んでおり、トレーには湯気が立つカップとカカオ缶が載せられている。修道女たちの視線は、ウンブラには直接向けられてはいない。彼女たちの澄んだ、穏やかな視線には気をつけなければならない何かが含まれていた。

若き日のウンブラには、三番目の修道女の顔が見分けられなかった。それから、微笑んでいるとは言い難い顔もカップもカカオ缶も。けれども、新しい受難やめまいを感じつつ認識していたものがある。この三番目の修道女は最後の人ではないということ、そして感情を表に出さぬように微笑む彼女たちの奥まってゆく列は、永遠に途切れないということだ。

日曜日、甘くて熱い飲み物、そして、そこから立ち上る蒸気は秘密を隠し通せない。その秘密は脅威でいっぱいだ。それでも、不断に誘い続ける。

その出来事は、ウンブラにとって無限の連続との最初の出会いであった。コーンフレーク箱、その側面に何十にも重なった幸せな家族が、早めの朝食を楽しんでいる光景が描かれていたが、それはカカオ缶ほど深い印象を残さなかった。ウンブラの人生において、最初で一番印象深かった無限の代表者は、疑いの余地なくカカオ缶の修道女である。彼女に、――あるいは彼女たちに、純潔な面持ちで厳粛に笑みを湛えたカカオ缶修道女たちの果てなき行列に――ウンブラは忠誠心を抱いて生きてきたのだ。

その後、新しいトレーに載せられて、ウンブラに同じ質問が繰り返し運ばれてきた。それは、はるか昔の安息日の朝に、ドロステ修道女が初めて押しつけたものと同じものだ。そして今、一〇四号室へと足を踏み入れることなく、新しい患者を目にして、ウンブラは理解したのだ。

「修道女」

今回は、鉄製ベッドがトレーなのだと。

ポケットに深く手を突っ込み、アクロバットが寝ているベッドを背にして病室の窓際に立っていると、女性の視線を不意に確信した。振り返らずにウンブラは尋ねた。

「どうして人間でいたいと思わないのですか、どうして記号なのですか？」

ウンブラは返答を待っていたが、何も応答はなかった。最後に振り返ったときに、閉じられた目と依然として同じ場所で震撼している二つの輪を見た。けれど、ウンブラは前よりも確信を強めていた。女性は目を澄まし、耳を澄ましていたのだということを。彼は溜息を漏らした。

「あなたが記号になりたいと思っているのでしたら、僕が言おうとしていることは、こういうことです。つまり、あなたは何か違う形のもの、たとえば人間に変化しなければならないと思うんです。おそらく、あなたにとっては、ただそこに横になって、そして無限を表している方が簡単なことだと信じていらっしゃるのでしょう」

ウンブラは何でもいいから反応を待っていたが、女性は記号を表し続けた。

「ごもっともです」

そう言うと咳が出始めた。ポケットから、いつも持ち歩いているユーカリのドロップが入った箱を取り出した。

「よろしかったら、どうぞ」

ウンブラはそう声をかけると、ベッドの方へ差し出した。

それでも患者が動こうとしないので、二、三粒、自分の口のなかに入れた。

「無限」

「その技術見本は至難の業でしょうね。ほとんど超人的努力が要求されると、真剣に思いますね。僕には到底できません。もっと難しいのは、その体勢を維持することです。それでも何か、もっと辛いものがある。人間が生きているように生きるだけです。何もそんなに難しいことではないんです。もし、誰の日常とは言わず比較するとしたら、あなたのアクロバットは子どもの遊戯ですよ。他の人の前に足を上げ、あれじゃなくこれを選ぶなんて。何というタランテラ！(10)」

看護婦が替えの点滴投与袋を持って入ってきて、一瞬、不審そうにウンブラを見た。ヘビ女はいまだに永遠の結び目を保ち続けている。

「そうやって続けるおつもりですか？」

ウンブラは、ドロップを口に含んだまま困惑と悲しみに埋もれて尋ねた。しかし、翌日、一〇四号室に寝ていたのは胃潰瘍患者であった。

「僕の一つ結びはどこですか？　僕のループは？」

「別の病院へ移りたいとの申し出がありました」と、病棟の看護婦が説明する。

「旦那様からお電話をいただきまして、先生が筋違いなことをおっしゃるからだと」

「どういう形で、彼女は出て行きましたか？」と、ウンブラ。

「つまりですね、彼女は新しい記号を発見していたかどうか、ということなんですが」

人間的な車輪となって女性が国道を転回し、断固としてぐいぐい前へと加速し、ドルマークとなって、ペンタグラムとなって、アルファとなって、オメガとなって、往来する車の間を縫

(10)イタリア南部タラント地方に由来する速度の速い舞踏曲。

いながらジグザグに進み続ける様子をウンブラは見たような気がした……。

「私は存じ上げません」と、看護婦は言う。

「夜にこっそり出ていったんです。誰も目撃しておりませんし、物音も聞いておりません。朝には、ベッドはもぬけの殻だったのです」

「これは病院なのか、それとも劇場なのか？」と、ウンブラは考え、自分と患者に納得がいかない様子であった。彼は、何も解決してはいなかったのだ。

パラドックス資料

ウンブラは理路整然とした人間である。医者という職務上、病は無秩序であり、死はカオスであると考えている。しかしながら、人生は無秩序を要するものである。というのも、人生はエネルギーや温かみといった騒擾《そうじょう》を求めているからだ。尋常でない努力によって、おそらく小さく、そして厳密にかぎられた部分で秩序性が増加するだろう。だが、それは著しいエネルギー量を消費してしまい、最終的には以前よりも環境の無秩序を培うだけなのだ。

上辺に見える秩序の背後には、カオスや衰退が潜んでいると見ているが、表面上のカオスにも独自の秩序があることをウンブラは知っていた。

人生には果てがない。ソロモンの結び目(11)のように。ラビュリントス(12)の深奥に住んでいたミノ

(11)終わりのない鉤十字を果てしなく組み合わせた形の結び目。神の不可知性。
(12)ギリシャ神話で、ミノス王が怪物ミノタウルスを閉じ込めた迷宮。

タウルスがそうだ。相容れない矛盾、パラドックス。そう悟ったときから、ウンブラは大規模な編纂であるパラドックス資料を集め始めた。違った種類のパラドックスを一つにまとめるのが目的だ。論理的なもの、数理的なもの、哲学的なもの、光学的なもの、聴覚的なもの、物理学的なもの、地理学的なもの、宇宙論的なもの……。サブタイトルとして考えたのは「二律背反、昨日と今日。その倫理学、形而上学、そして形態学」だ。

広範囲に及ぶ写真付録がまた厄介だ。アンソロジーが完成を見るのはまだまだ先のことである。ウンブラがこの本を手がけ始めてから一五年あまりが経つ。資料は多く、はちきれんばかりだ。しかし、資料収集を打ち切ることにウンブラは踏み切れないでいる。

暇があれば、ほとんどパラドックス資料整理に時間を費やしている。そんな彼の趣味を知っている者は、新しいパラドックスをもってくる。あそこに、柄に釘を打ち込んでいる湾曲した斧の葉書がある。あちらには紙切れがあり、そこにはこう書いてある。

「Please ignore this notice」

外国各地に旅するときは、美術館で何十時間も過ごす。それは、娯楽ではなく、もっぱらパラドックス資料を心に留めてのことであった。パラドックスに遭遇すると、人間は自然な嫌悪や不快感を抱くことを身をもって知っている。それでも、彼は接近していく。そこから視線を逸らすことはとても難しい。さまざまな角度からパラドックスを検証したいと望んでいて、タールを塗った橋にカササギがくっついて離れないような感じだ。ランプの虜となった夜蛾《やが》のように、その周りを狂おしく飛び回っているのだ。

ウンブラは知っていた。人間の自然な試みはパラドックスを解決することであると。ゼノンの飛ぶ矢のパラドックス、嘘つきのパラドックス(13)、ゲーデルの不完全性定理、ベルの不等式、シュレディンガーの猫の逆理、ブラリ＝フォルティの二律背反。

それに、それほど頭を捻らずにすむパラドックスを解することは可能なのだ。いかにして生まれたかをまず理解すれば謎は解ける。しかしながら、解決できそうなパラドックスや二律背反があるとはいっても、すべてが可能なわけではない。そのなかでも難物きわまりないものもある。そんなパラドックスを理解の範疇を越えるとは言えず、その矛盾は言語に基づくものでもなければ、論理に帰するものでもない。その根は地中深く突き伸びているのだ。ウンブラは、後者を「真パラドックス」と呼んでいる。その存在は一つでも、どんな用意周到で美しい世界観でも、一蹴するのに充分なのだ。

ウンブラが最小のパラドックスに近寄ると、抽象的で逆説的な接尾辞をもつ詩や素粒子を目にする。それは、波であったり、光であったりする。すべてが同時に的確で曖昧なのだ。銀河系外の遠距離、渦状銀河、重力場、特異点に目を向けると、そこでも同じ受難が待っている。魂とか、精神とか、あるいは認識、さらにはプログラムと呼ばれているものを凝視しようとするときも、同じつかみ所のなさが靄となって奇妙な構造から広がってゆく。そして、行為と意図の輪郭を嫌らしくも不明瞭にするのだ。

いらいらする！　まるで煙のカーテンが、ウンブラといわゆる現実の間にいつも下りているようだ。現実、その客観的存在の方を、ウンブラはできれば信じたかったのかもしれない。そ

(13)ギリシャのエウブリデスによる命題「クレタ人は嘘つきだ」に由来するパラドックス。

うは言いつつも、パラドックスの現実、もしくは現実のパラドックスをどんな尺度からでも理解しようとしている。しかし、いつもめまいがしてしまうのだ——無限となると。

抽象的な無限は認識できない。誰も経験したことがない。無限ほど、非合理なものはない。それだから、合理的な人間は、無限の存在を信じることに肯《うべ》なうべきではないのである。

ウンブラ自身、自分のことを合理的な人間だと思っている。しかし、理性的な人間だからこそ無限の存在を否めないのだ。無限は直接見ることはできないが、間接的にはできる。無限は、論理的な不可避である。ウンブラは無限を思いながら、やるせなさを感じ、一縷の望みをなくしていた。けれど、それは絶えず頭を巡っていたのだ。無限は存在している。なぜなら、存在しなければならないからだ。

ウンブラにとっては、無限のさまざまな形やサイクル、メタモルフォーゼや連続体に触れることは、調査するというよりも趣味へと高じていた。思考と文章の無限は存在する。自覚は無限である。無限に分かつべき時間、無限に分かつべき物質、連続する無限の時間の宇宙、尽きぬエネルギー、自然数の数学的な無限は存在している。

少年時代に、ウンブラは二つの鏡が向き合うように置いたことがある。手を鏡の間に入れると、無限に消えていく二つの手の列が見えた。列自体は、単なる反射、虚構であった。しかし、彼が見たと思ったもの、それは実際に見たものに変わりはなかったのだ。

虚構として現れるに過ぎない場合、無限には現実的な経験のあらゆる特徴がある。その特徴は、人間の精神のなかに抽象的な無限が存在する場合においてのみ現れる。現実と呼ばれるものがあって、無限であるところに……。

人類は一つの生物であった、そうウンブラは推測している。他人の意見を検証しながら、現実はどんなものであったのかとか、存在していたのかということすらウンブラは何の手がかりも得られないだろう。故に、同じくらい自分の経験を拠り所としているのだ。

しかしながら、ウンブラには無限に関して直接的な経験がない。そこからイメージを具体化できない。無限を見たわけではなく、その存在を知っていたのだ。目にした有限、それは、無限の存在を語るものであった。三重に並んだ修道女に、瞬間的に彼女たちの無限連続体を〝見た〟ように。

有限は、無限の系列からできていて、制限的な人間生活は無限的な連続体が繰り広げる刹那から構成されている。無限はまた、有限的な生物や一時の果てなき一連から成り立っている。無限は人間のために存在しているわけではないが、あらゆる人間的なことに関わりをもっている。ウンブラにとってその存在は、試みの徒労さ、不完全さ、そして未解決さを証明した。

冷蔵庫から缶ビールを取り出しているときも、洗濯機のプログラムを設定しているときも、処方箋を書いているときも、夕刊を読んでいるときも、そして患者の悲しみに耳を傾けているときも、ウンブラはその先を考えずにはいられない。彼のすべての行為が何でもないということを。

無限の存在、それは何に起因するのだろうか？　存在していた、それは確信していた。行為の結果が無限に流布し、もっとも短い人間生活の意義が全宇宙の膝元で惨めな思いをしないためだろうか？

ウンブラが見たように、そのような選択としての人間の行為は、幻影の無限の展望を追って引きずっていたのではないのか。破滅、楽園、そして煉獄。これらはすべて行為にかぎらず、意識や恐怖、悲愴、そして――愛自体に含まれるものではないのか。

ウンブラとは誰なのか？　無限の入り口にいる単なるアマチュア、専門的な自然科学の学識や、数学者の才能、芸術家の感性、神秘論者の洞察力が欠けている幼稚な男。困惑、意志、そして片意地を張った忍耐で、パラドックス資料に勤しむ男。

ときに、ウンブラは思い出すことがある。無限的、そして有限的なあちらには、何かもっと驚くべきことがあるのだと、有限でもなく無限でもない何かがおぼろんでいることを……。

疲弊者ヘルプセンター

〈私が、世界図書館で作品を見つけると仮定してみて下さい。作品には、あなたの人生すべて、過去も未来も狂いなく、そして緻密に描かれているのです。あまり良いとはお感じになられないでしょうね、自分の未来は開けていて、そうなるようにと思っていらっしゃるんですから。私がその作品をお見せしましたら、私が間違っていると証明できますか？〉

〈歓喜よ、美しい神々の煌めきよ、天上の楽園の乙女よ！〉(14)と、ブザーのデジタル蜂が鳴り始

(14) ドイツの詩人、劇作家、歴史家であるフリードリッヒ・シラーが、1785年に書いた詩『歓喜に寄す』の最初の詩の一句："Freude scöner Götterfunken, Tocther aus Elysium!"。

めると、ウンブラは書類を隅へ寄せた。

実際には、疲弊者ヘルプセンターでの診療時間はとっくに終了していたのだが、ボタンを押した。そのボタンは廊下に青い光を放った。

疲弊者ヘルプセンターは、厚生省管理下の診察センターで、ウンブラの診察日は毎週金曜日の午後となっている。センターには、医者、弁護士、哲学者、神学者、看護者、それにセラピストが名目賃金で働いており、彼らの仕事は患者の問題を解決することである。来診者は、希望しないのであれば個人的なデータを曝け出す必要はない。しかも、予約をする必要もないし、診てもらいたい必要があると思えば、通りからまっすぐになかへ歩いてくればよいのだ。

しかし、この部屋に足を踏み入れた途端、患者へと変わる。彼らは、十人十色に苦しんでいる膨大な個人のなかから、各々特別グループに分けられる。

今日、訪れたのは女性である。その顔には、グロテスクで怪人風のマスクがつけられていた。おそらく、結婚式の前夜からまっすぐ診察室へ来たのだろう。これほど用心深く、また注意を喚起するように身元を隠しているのにも、それなりの理由があるのだろう。二人が握手すると、ウンブラはアルコール臭と鼻を突く汗のエッセンスを感じた。女性の肩には光沢のある黒いレインコートがかけられ、あまりにもつやがあるので濡れているように見えた。いつ、雨が降り出したんだ？　ウンブラは解せない様子で表を見回したが、初秋の深い空は、朝と同じ雲一つない光を町に降り注いでいた。

女性は名前を言わなかった。レインコートも脱がず、マスクも剥がなかった。ウンブラはこんなマスクを見たのは初めてであった。それは、最初に思っていたのとは違って、明らかに紙でできていなかった。マスクは女性の顔に隙間なく横たわり、粗野な素材——それは一体何なのか——はゴムのようで、ウンブラは女性の皮膚とマスクの境界線を識別できないほどであった。女性は座り込み、マスクの目元の狭い穴からウンブラを見ていた。

「どうされました?」と、ウンブラが尋ねる。

女性はヘルニアについて語り始めた。綿々と、そしてつぶさに、ヘルニアが引き起こす不便さや効果のない治療法について語った。

ウンブラは、マスクのせいで話に集中できずにいた。マスクが彼のすべての関心を奪い、彼の思考は凹凸のあるマスクの表面へと絡みついていた。

「どうして、それをつけていらっしゃるんですか?」

とうとう、話を断ち切らずにはいられなくなった。

「それは蒸れるでしょう。少し、外したいとは思わないのですか?」

女性は黙り込み、仮面の目穴から見た。ウンブラは「しまった」と感じ始めた。マスクの下部が微動して惨めに歪んだ。

「もちろん、取ってしまいたいです」と、女性が言った。

そのときになって、やっとウンブラは分かったのだ。

嘘発見器

〈医学の真の基盤は愛である〉

笑顔一つ浮べず、無表情にそんなことが陰相研で言えるものだ。

ロデは強姦犯である。彼とは、ある火曜日に顔を合わせていることは確かだ。というのも、ウンブラは、毎週火曜日の午後に性的行為を検査するクリニックに勤めているからだ。実際には、そこでは〝異常者〟や〝倒錯者〟を看護している。現在では、後者の言葉の使用は避けられているが。

陰相研の公式名は「陰性相互作用研究センター」である。どうしてそんな名称なのか、ウンブラは理解できなかった。センター員が調査している行動には、相互作用的な問題とはあまり関係がないからだ。研究センターに勤めている者はみんな「クリニック」としか呼んでいない。

クリニックにいる患者のほとんどは、暴力犯罪者や再犯者だ。たとえば、加虐愛者、強姦者、小児愛者、そして時に人を殺すことだけに性的絶頂を感じる殺人者もいる。これらの男たち——例外なく、男性なのだ——スヴィドゥリガイロフ[15]たちは自分から進んでクリニックにやっては来ない。というのも、ほかの選択肢が与えてられていないからだ。クリニックは刑罰の一部なのである。

疲弊者ヘルプセンターには、被害者が訪れる。その人たちは、「苦しむ」という言葉通り苦

(15) ロシアの作家ドストエフスキーの『罪と罰』に登場する不愉快な人物。犯罪者で小児強姦者。

しんでいるのだ。そこで、クリニック患者の犠牲者に遭うことも少なくない。女性、少女、若い少年たちは、髪や性器を引き裂かれ、衣服は嘔吐や血や精液でまみれている。侮辱と屈辱を受け、トリッペル、クラミジア、エイズに感染された状態でウンブラの診察所にやって来るのだ。クリニックに来るのは加害者本人で、彼らの苦悶――仮に苦しんでいるとして――とは、言葉の古典的な意味が表す崇高さとはかけ離れている。

誰が一体、ウンブラの患者を区分けするのだろう？　彼にとって、それは荒削りの一般概念で、ただ荒削りなだけではなく誤謬そのものだ。本当にそんな区分けができたなら、大いに助かるだろうに。クリニックに追いやられてくる男たちは、クリニックにやって来ない男たちと本質的な部分において変わりはない。それはまったく迷惑きわまりない。最悪と言ってもいい。

＊

クリニックでは、与えられた治療の目的として、自己制御できない者や、社会で犯罪と定義づけらた欲望を抱える者に制御能力を培わせ、また他人だけではなく、彼ら自身の生活にもできるだけ危害をなくすように手ほどきをしている。治療策は反復である。反復することで、性的欲求を枯渇させ、小児愛的、もしくは加虐愛的妄想を疲弊させるのである。彼らに下された欲求は、終わりのない類語反復の闇へと強制的に葬られるのだ。

反復題材としては、スライドやビデオ、それにテープである。ウンブラの仕事は患者の反応を検査することだ。クリニックの器具のなかに、体温計のような働きをもっているものがある。

しかし、それはペニスの周りに縛りつけるもので、性器の勃起具合を測ることが目的だ。自動カメラが間断なく緻密な映像を写し撮っており、彼らの瞳孔の拡張と収縮が記録されている。瞳孔メーターはまた、刺激への反応と瞳孔変化の時間を測る。グラス＆ベックマンの嘘発見器は、脈、呼吸、脳波図、勃起を記録として残すのだ。

　ウンブラは当初、火曜日になるとある種の不快な興奮を覚えていた。つぶさに分析をしたいと思わず、そのことに直視しようともせず、さらりと受け流していた。だが、クリニックで使用しているビデオ製作や映像や声音資料収集には参加していた。たびたび、ウンブラの頭に去来することがあった。

　ではウンブラ、あなたの瞳孔は？

　もし今、グラス＆ベックマンの嘘発見器があなたの反応を見るとしたら？

　のちに興奮状態はすっかり冷め、憎悪にさえ変化した。時の経過とともに、クリニックにも慣れてきた。慢性疾患の病棟への通院、吹き出物、壊死、そして腐敗してゆく肉の異臭に慣れるように。

　ウンブラは一度、陰性相互作用研究センターで働いている同僚ナウラパーに、道徳や言葉はお互いを想起させると言ったことがある。

「どういう意味だい？」と、同僚ナウラパーが尋ねる。

「それは習得するものではなく、もともと人間に備わっているものだ。熟していって、少しずつ小出しに使うものさ。人間には生まれながらの文法、生まれながらの算術、そして生まれながらの良心が備わっている」

「君の考えではつまり、あいつらにも生まれながらの良心があるんだね？」

「いや、道徳的感受性は人間の感覚の一つだ。たいていの人にはあるんだが、クリニック患者には欠乏しているんだ。おそらく、目が見えて耳が聞こえる人たちの世界に聾や盲で生まれてきてしまった人のように、彼らは道徳的感受性なしに生まれてしまったのだろう」

「しかしそれは、彼らの責任ではないわけで、だからと言って犯した罪を許すべきなのか、そう言いたいのかい？」

「分からない」

「僕は謝罪については考えていなかったし、それはまた別の話だ。生まれつき盲の人には暗闇はないし、聾唖の人には静寂はない。なぜだ？　静寂は耳に届き、それは声の世界に属するからだ。暗闇は見ることができる。それは、ある光の形なのだ。しかし、重度の聾者には騒音も沈黙もない。同じく重度の視力障害者には光も暗闇もない。そして、道徳的感受性が欠陥している者は善悪の識別能力を持ち合わせていないのだ」

「だが、事は反対にも考えられるね」

「彼らは知っているのにしたくない。あるいは、知っているのにできない」

「その通り」ウンブラはうなずいた。

「僕らはまた、君も僕もだが、何を持ち合わせていないのかを知らない。多分、遠くで誰かが僕らに欠けていることを憐れんでいることだろう」

そして、嘘発見器が表示板に描く、震える弧を追いながらウンブラは思った。気をつけろ！人類は一つの生き物だ。人類は共通の記憶をもっている。なすことすべてが、人類の目の前で起こる。それは、君自身の目だからだ。それは——君には個人的な良心はないかも知れないが——良心は一時も君を放っておかない。なぜなら、君の内にもう一人の君がいるからだ、それはすべて人間である。なぜなら、君自身のなかにグラス&ベックマンの嘘発見器があるからだ。

それだから、いつになっても君は舞台から退場できないし、疲れを知らない大衆の注目から身を隠せないのだ。

強姦者、ロデ

つまり、クリニックでウンブラは強姦者ロデと知り合った。ロデと最初に対面した日は個人データを記入した。そして、こう思った。「彼はロデ・S、強姦犯」であると。のちに、ウンブラはただこう考えた。「すなわち、ロデだ」と。

翳りのかかった顔立ちにおちょぼ口。いつも、破れジーンズとTシャツといった同じ恰好でクリニックへやって来る。Tシャツには「ロデ！」と大きく書かれている。

ウンブラは、事前にロデの個人データを見た。強姦八件、そのうち五件は一五歳未満が被害者となっている。窃盗二件、一件は銃がらみだ。それに、暴行が三件。

室内には医学生が参加していた。真面目な青年で、休むことなくメモを取っている。ウンブラは、必要事項を質問した後もまだ面談を続けていた。ウンブラが尋ねる。

「後になって何を思いますか？」

「とくに何も」と、ロデが言う。

「怖くないのですか？」

ロデは何か愚痴り、腰かけたまま身じろぎしている。

「何を？」

ウンブラを見ることなく、呟く。

「たとえば、あなたが捕まってしまうとか」

「捕まえるなら、そうすりゃいいさ」

「あなたはすでに逮捕されてるんですよ、またしても」

「クソくらえだ」

「後で、悪いことをしたと感じていますか？」

ロデは答えなかった。

「もう二度と繰り返さない、と思うことはありますか？」

「ときどき」

「どうして、するんですか？」

ロデは肩をすくめた。

「どうしてって？　やりたいからさ。やらなきゃいけないからさ」

ウンブラはやっと、びっしりと柵を巡らした地域へ続くゲートに接近し始めたかもしれないと感じた。ロデの方に前のめると、声を落として尋ねた。

「それは同じことですか？」

「何が？」

「意志と強制です」

「はぁ？　何で俺がそんなこと知ってるんだよ？」

「しかし、こう言い切れますか？　つまり、あなたはしなければならないから、したいのだと？　それとも、したいから、しなければならないと？」

ロデは黙り込んだ。ゲートはあった、けれど閉じたままになってしまった。面談を聞いている学生は迷惑そうな顔をしている。彼はもうメモをとってはいない。きっと、こう質問したかったに違いない。

「あなた方の狙いはつまりは何ですか？」

しかし、何も聞こうとしない。ウンブラはやりすぎたと思った。

テーブルから離れた場所に椅子を移動し、右足を左足の上で組んだ。学生は再びメモをじっと見つめている。

「多分、そういうことでしょうね」と、ウンブラはおもむろに言った。

そこにいる二人はいまだにしゃべらない。どちらもウンブラを見ようとしない。あたかも、二人の間におぼろげな合意が生まれたかのようで、ウンブラは四面楚歌の状態だ。

「多分、あなたは本当にしなければならなかったのです。多分、強制的に。多分、それをやるしかほかに何もなかったのです」

ロデは深く溜息を漏らし、閉口した様子だ。

「そうかもしれない、俺は知らん」

「すなわち、僕が言っていることは、あなたが意図するものと行うものとの間には考え直す時間というものがないのか、ということです」

「何で、俺が知ってるんだよ」

詰問を続けるのは骨折り損のくたびれ儲けだ。ウンブラはもう慣れてしまったが。それに、こうなるだろうということも前もって知っていた。いつも決まってこういう結果になるのだ。核心を突いたことはすり抜けて落ちてしまう。このようなケースにつき物なのは陥穽《かんせい》である。仮に片面が明確に見えてきたとしても、片面は同時にあやふやで不明瞭になってしまう。

ほかに、ウンブラは何を尋ねたかったのか？


罰は、我々が成した悪から生ずる――分かりますか？

我々の肉体、何ものにも換え難いもの、それはかつて鳥や魚に糧を与えた――分かりますか？


あいつらのなかで（ここでは、好意的に彼らのことを〝あいつ〟、もしくは〝仲間〟と呼ぶときがある)、ウンブラが一番知りたいと思っていることを語れる者は誰一人としていなかった。それは余計なもののようなもので、〝治療〟自体とは一切関係ないものであった。そういったわけで、ウンブラはかすかに響く声を耳にするのだ。

「実際には、君はこれっぽちも〝あいつら〟のことなんて気にしていないのだ。彼らがどうなったって君にはどうでもいいことで、彼らの被害者のことでさえも本当は気にも留めていないのだ。君はただ無限にのみ関心があり、それは医学とは何のかかわり合いもないのだ」

鼓吹者の声は非常に弱々しかった。問題は鼓吹者が推測しているほど捉え所がないわけではないと自分自身を擁護した。問題は、自由、強制、カオス、運命、人間生活全体、そして医学よりも微々たるものではない。ウンブラは鼓吹者の声を届かぬ所へ押しやり、再び元の考えに耽った。

では、仮に〝あいつら〟の誰かがこう言ったらどうだろう。

「ええ。ただ、欲すれば、別のやり方で行うことはできますよ」

そして、ウンブラがこう質問する。

「じゃあ、どうして欲しないのですか?」

「欲することができないから。無理だから」

〝あいつ〟が真実を話しているとしよう(だいたいどうやったら、真実をしゃべっていると言えるのか)、それは意志の自由がないと証明しているのだろうか? それにその場合、真の悪だって単なる幻想にすぎないと?

だが、もしこう言われたら。

「欲することを欲したくない」

つまり、自由な意志と、それにともなう真の悪が存在するということか？　諦めずに、ウンブラがこう質問するとする。

「どうして、欲することを欲したくないのですか？」

〃あいつ〃が答える。

「自分が欲するものを欲することを欲したくないから」

二人の対話は平行線のままだろう。しかし、ウンブラは一度でいいから確信することはできないものか、どんなに遠く離れたっていい、〃あいつ〃がついにこう囁いたら。

「欲することを……欲することができないから」

ウンブラは確信をもつことだってできる（そんなような確信が、いかにしてあり得るのだろうか？）、問題は端的に言えば欲することであって、つまりそれは形的には自由な意志だ。しかしながら現実は、超決定論的でもあり得るわけだ。すなわち、〃あいつ〃が別のやり方でできると信じていようとも、ただ欲するかぎり、行ったこと以外に何もできないのだ。あらゆる人間の行為は（殺人であっても、爪噛みであっても）、そして概して生じることすべては――生じるべくして生じたことなのだ。では、もう一つの難題はどうだろう。

「何が、もしくは誰が、実際には欲したり、欲しなかったりするのだ？　欲したいと欲したり、欲しなかったりするのは誰だ？　それに欲するものを欲することを欲したり、欲しなかったりするのは誰だ？」

このような意志をもつ者ともたない者の案配はどうなのだ？　たいていは、カカオ缶の側面にあったドロステ修道女たちの果てなき行列のように重複し、同じ意志と同一性をもっているのだろうか？　それとも、問題は、同一ではあるが異なる意志をもっているということなのか？　それとも、非同一性的意志をもちながらも、不可避の強制からお互いに依存し合っているのか？　彼らのなかで、無限群を見極める者はいないのだろうか、そしてこう言える者は？

「あれは君だった！　君がやったんだ！」

とうとう、ウンブラは疲労を感じ始めた。混乱し始めたのだ。どうして、強制と意志との間に酷にも区別をつけなければならないのか？　そこに、本質的な区別があるというのか？　どうして、ただ知らなければならないのか？　ウンブラは独りごちた。そして答える。

「意志と強制を識別できるまでは、誰が有罪で、誰が無罪なのか知ることはできない」

では、どうして知らなければならないのであろうか？　刑罰を下すためか、それとも下さないためか？　法に適合させるためか、福音書に準ずるためか？

さすがに、声を殺して自分に語りかけはしなかった。学生はすでに立ち去っており、ロデもいなかった。陰性相互作用研究センターの火曜日は終わったのだ。

ごつごつした心臓を打つのは、自然なのか？

真実は存在した。それは塊であり、密集して、どっしりとした無力なものだ。だが、ウンブラの早期着眼点は、現実は真実ではない何かであるということだ。あらゆるものの単純なものを、童話を、善を、歌を、乙女の祈りを、謝罪することとされることを、そして思い出と希望の幼少時代をウンブラは信じたかった――バラが谷で光を耀う、愛するイエス、そこで子らと出会う。

けれど、花咲く谷の傾斜は遠く離れたあの辺り。ウンブラはクリニックにいて、グラス&ベックマンの弧を読み取っていた。

〝黄泉の道より過酷なもの〟

ある女が夢を見た。旦那から捨てられる夢だ。二人は、見知らぬ町の通りのど真ん中で激しく言い争っていた（夢から覚めた女は、喧嘩の原因を思い出せなかった。だが、それが問題ではなかった）。双方が急に黙り込んだ。旦那が、がらりと打って変わって、身も凍るような恐ろしい視線を投げかけてきた。

「いいかげん、もう終わりだ」と、旦那が言う。

背をくるりと向けた。その身の翻し方にこそ癪に触るものがあり、夢の中でも最悪だった。その動作は人間的というよりも、あえてきちんと言うならばキカイテキなものであった。目を見張るほど背をしゃんと伸ばして男が――ネジを巻かれた人形のように――右に左にと、人っ子一人いない不吉な国道で遠ざかってゆく。遠くに見える辻の光のなかへ姿を消してしまうと、女はどこにいるのか分かっていないことに気づくのだ。パスポートも書類も、そしてお金も、あの憤りを抑えきれない異邦人がもっており、しかも二度と戻ってこないのだ。男は直線的に、ヽヽヽヽヽヽヽヽヽヽヽヽヽ
ゼンシンシンスルヨウニ、シカケラレタからだ。

夢は、暗がりの部屋で女がはっと目覚めるほどに生々しくて見るに耐えないものだった。苦しみに悶えて、隣で熟睡している旦那を起こした。

「抱きしめて」と、女が言う。

けれど、男はむにゃむにゃ言って、毛布を自分にしっかりと巻きつけた。

「寝かせてくれ。放っておいてくれよ」

事務所でハードな一日を送り、死ぬほどくたくたに疲れているのだ。寝息の波が再び部屋を満たす。しかし、悪夢のおぞましい空漠感に女は落ち着かず、もう一度夫を起こさずにはいられなかった。そして、「抱きしめて」と再び言った。すると、旦那は身を起こして、朝一番に煙る非情な光のなかで服を着るとこう言った。

「もう終わりだ。いいかげん、俺は我慢できない。眠れる場所に行く」

旦那は出ていった。そして、二度と戻ってはこなかった。そう、一度だって戻ってはこなかったのだ。

＊

この同じ女は、名前は何だったか、多分リウッタ夫人だったような気がするが、疲弊者ヘル

プセンターでウンブラの診察を受けている。これで二度目だ。

「私は死にます。もう、耐え切れそうにありません」と、リウッタ夫人が言う。

リウッタ夫人のケースを、ウンブラは訝しく思っている。セラピーをすすめたり、睡眠薬を処方してやったり、知人と会うように勧告したりと手を尽くした。どうしたものか、さすがにウンブラもまいっている。

「間違っておられますよ」と、ウンブラは必要以上にそっけなく言った。

「あなたは死にません。あなたは死にませんよ。そういう兆候はないんですから。ご夫人の心は、比喩的に砕けてしまっているだけです。心筋梗塞の疑いもありませんし、狭心症でも心室細動でもありません。ご夫人の場合、それは医学的なものではないのです。ただ、採血と採尿検査はすることができますよ。それで、磁石器機や同位体計測器、細動除去器なんかでつぶさに調べられます。しかし、何の役にも立たないとは思いますよ。あなたの白い胸に聴診器を当てたとしても——それは、もうしましたけど——何が聞こえるでしょう？　リズムよく、しっかりと弾んでいる疲れを知らない心音ですよ。そこに、お手本のように理想的で、言うことなしの健康な心臓がさまよっているのです」

「それはすべて事実です。それでも、雲をつかむような戯言だわ」

「ちょっとお待ちになって下さい。幾つか提案があるんですよ。犬はお好きですか？　犬の飼育をお始めになって下さい。これは、成果が出ますし賞賛に値します。ご夫人も考えに耽っている暇もありませんよ。もしくは、毎夕、講習会に通って下さい。毎週火曜日にマクラメ教室を開いているんです。木曜日は陶芸教室に参加してみてはいかがですか」

「マクラメとは何ですか？」

「紐編みの一種です」

「いいわね。教室で私、頑丈で短めの絞首紐を編むわ。あの人のためにね」

「間違っておられます。マクラメ教室では、紐で花瓶を吊り下げる容器をつくるんです。吊り下げ鉢でいろんな種類のハーブを育てることもできますし、まず部屋がくつろいだ雰囲気になります。それに、編んでいると、あっという間に夜になってしまいますよ。よろしいですか、人は一度にだいたい七つのことを覚えられるんです。紐編みをし、陶器を形づくり、犬を育てる。これで少なくとも三つありますね。残り四つ、そうすればまやかしのご主人のことは忘れてしまいますよ」

　リウッタ夫人は、見下して黒ずんだ目で見つめると立ち上がった。

「お待ちになって下さい。今日一日、僕と一緒に巡回していれば、どうして僕がこんなふうにあなたにお話しするのか納得がいきますよ。ちょうど別棟から戻ってきたところですから、次の機会に一緒に付き添っていただくことになりますが。別棟には患者が一四人いましてね、個室には化け物のお面を被った男がいます。彼は何を見ているのか、それは誰にも分かりません。誰も知りたいとも思いません。喉が渇かないときはなく、その渇望は決して消すことはできないのです。看護婦がコップを唇に傾けると、硬直し始めるんです。血が滲み出るほど舌を噛み締め、泡で胸元が濡れるんです。夜勤看護婦の柔らかい足音に嘆き、自分の髪でさえ額にかかるのが耐え切れないんです。今は夏。表には南西の風が軽やかに吹いていて、子どもの息のように爽やかで優しい。しかし、風が彼の部屋の閉ざされた窓に吹き当たると、発汗してガタガタと震え始めるんです。四日、多くても一週間後には彼は死んだ男と化します。でも、誰しもが今日こそ死んでくれたらと願っているんです」

「どうして、私にそんなこと話すんですか?」と、リウッタ夫人はひがみながら尋ねたものの、再び腰を下ろした。

ウンブラは、自分も妙に思っていた。苦悶の違った形や種類同士を比べることはできないし、苦しみを量る尺度など何もないことを知っていたのに。それでも、ウンブラは続けた。

「あなたに七つのことを集めていただきたいからです。僕が理不尽な戯言でも話している間は、ご主人の途方もない冷たい仕打ちを忘れることでしょう。是非、僕についてきて下さい。別棟に五時。高い柵の小さなベッドにいるキュクロプスをお見せします。ほんの五八センチしか背がないんです。そのたった一つの目は見えず、頭はあなたの拳ほどの大きさです。短くて暗い未来を背負った彼が、あなたの人生と取り換えるとお思いですか? あなたの心臓が破れていようといまいと」

「それは関係ないですわ」

それはそれで、夫人の意見は正しい。しかし、ウンブラは無情に続ける。

「それでは、もうあなたが二度と愛されないとしたら? 愛された経験のない人なんてごまんといます。一体どういうわけであなたを愛さなければならないのですか? どうして、あなたにその権利が与えられましょう？　バカな女性だ！　失礼な人だ！　あなたにご理解があれば、運命を称えながらここから出ていくでしょう。今日はまだ望みがあります。あなたに対して溢れんばかりの慈悲がある。あなたは、運命の女神の寵児なんですよ」

「先生は、分かっていらっしゃらないようですわ」

「それでは、僕の無理解を受け取って下さい」とウンブラは言い、ポケットからドロップの箱を取り出した。

「いわゆる幸せですか、あなたが恋いこがれているのは？　幸せは人を無気力にさせます。陳腐ながら、幸せに暮らして下さい。じきに、近くの市場の黒星病にかかったジャガイモに憤りを感じるようになりますよ。あなたをむかつかせるものは、自分本位の持論、つまりご主人が近づいてきたり、ショーウインドーの鏡に自分の姿が映ったりする、そういうことです。あなたの悲嘆とか激憤とか、恥辱や屈辱なんかの尺度は別の次元ではないでしょうか？　少し、現実離れしてはいませんか？　お気づきになりませんか？　あなたのその苦痛が近寄り難くさせていることに。どのくらい遠方を見ているのですか？　ご夫人の不幸はサーチライトです。それは、弁明や虚偽、日常の埃を被り、うまく覆い隠した動機をさらけ出すのです」

「間違っていますわ。不幸の先、一センチたりとも見えませんわ。それこそ、不幸中の不幸です、多数あるなかの一つね。先生はその大きな次元や真実について話して下さいな。先生は、疲弊者ヘルプセンターに不釣合いな人材ですわ」

リウッタ夫人は手を見つめ、涙を堪えるのに必死の様子だ。ウンブラは黙りこくり、冷静になり始めた。彼もまた、夫人の手を見つめていた。

突然、その手がウンブラを惑わせる。どうして手はそんな形をしているのだ、どうして指がついているのだ、どうして微光を放つ爪があるのだ、どうして白肌が険しい光を放ち、青味を帯びた静脈のある指の関節があるのだ？　あの手で何が成されてきたのか？　あの手で何ができるのか？　おぞましい手だ！

手は握り合ってはいるものの、きちんと二つある。けれども、それぞれがすっかり見捨てられてしまっているように見える。

「そうでしょうね。そうかもしれません。いろいろと言ってしまって申し訳ありませんでした。マクラメ教室へ行く必要もありませんし、実際、マクラメは役に立たないだろうと思っているんです。製陶所も同じです。あなたが体験なさったもの、それは、黄泉の道よりも過酷なものです。愛の消失を目にするなんて、最悪です」

「どうしてあの人が出ていったと思います？　私が良い心地で眠っているところを起こしたからでしょうか？」

「まさにそうです」と、ウンブラは冷たく言い放った。

「そうであって何がおかしいんですか？　だけど、理由は聞かないで下さい。それに因果関係を分かろうとしないことです。痛い目に遭うだけですよ。それでも質問するんです。みんなそうですよ。あなたは何十万という回答をもらうでしょうね、いえ、それは無限なのです。一つだって正しい回答はないし、間違っているものもないのです」

「まったく、それこそ詩ね」

「そういう意図ではなかったのですが」

ウンブラは、リウッタ夫人を見越して輪を見ていた。その輪は、出来事の大洋に落ちたときに行為によって引き起こされたものだ。行為の降り続く豪雨から生まれた荒れ狂う波を凝視した。しかし、それは現実の波の水面上に浮く斑点でしかなく、そのざわめきは脹らみもせず収まりもしない。人がどんな行為をしようとも、人がどんな行為をしないでいようとも。

「マクラメが助けにならないというのであれば、それでは何が役に立つのでしょう？」

「もうお分かりになっていると思います。僕はそれを口に出すのもお恥ずかしいのです。いつも決まって同じですよ、僕たちの励まし、暴言、治療者、殺人者も」

「つまり、時間とおっしゃりたいのですか？」

「ほかにありません」と、ウンブラは申し訳なさそうに言った。

氏ンイケ

では、ある金曜日、疲弊者ヘルプセンターのウンブラの診察に、どこぞの氏ンイケがやって来たとしたら？

「どうしました？」と、ウンブラが尋ねる。

「私の問題は厄介なんです。それはすべて時間に起因するのです。知人とは逆方向に、私はどんどん若返ってゆくのです」と、氏ンイケが言う。

「興味深いですね。それは、多くの人にとっては羨ましいかぎりですよ。僕の患者にも老衰を恐れる人は大勢いますけど、それを愛しもうとするような人は、実際、存じ上げませんね」

「よく考えてみて下さい。私の立場は羨望の的でしかないのです」

氏ンイケの声に苛立ちが混じる。

「先生のアドバイスが必要なんです。そうじゃないとここに来ていません」

氏ンイケは、遅々としながら煩わしそうに話している。ウンブラが理解するまで、結構時間がかかった。というのも、氏ンイケの頭のなかでは、思考と文章が逆さまになっていて、ほかの者が分かるように引っくり返さなければならないからだ。

「たとえば、こう考えてみて下さい。自分の将来については覚えているんですけどね、過去に至ってはただただ推測するのみです。それは、ちっとも私の生活を楽にはしないんですよ」

「しかし、予見者として素晴らしい将来があると考えてはいかがでしょう。それとも、過去と言った方がいいのかな。いつごろ兆候が現れ始めましたか？」

「来年です」

ウンブラは患者の具合を診察すると、検査室へ案内した。来週には結果が出るだろう。

「お役に立てなくて申し訳ありません。しかし、惹かれるものがありますね。あなたのケースは稀でして、そういう人物にお目にかかりたかったんですよ。何ともユニークなケースに。けれど、病んでいるなんて思い込む必要はありませんけど。珍しい生活機能に関しては、僕の理解できる範疇ではありませんが。ご自身には何も問題はないのです。残念ながら、事は思った以上に重態のようです。と申しますのも、問題はまさしく時間なのです。詳しく言いますと、時の矢です。矢先は、どういったわけか、あなたの所で逆向きになってしまったようです。これが一般的なケースであったとしたら、人間は生まれる前に死んでいるでしょう。そしてあなたのように、これから起こる事件を記憶に留め、過去を占っていることでしょう」

氏ンイケはしっかりと耳を澄まして、すがるように聞いていた。

「妙なのは、僕たちはお互いにコミュニケーションが取れていることです。しかし、僕はあなたのお役に立てません。あなたの問題は医学的に解明できないものなんですね。ただ、あなたが違う場所にいるということだけです。この状態が慢性的なのか一時的なのか、僕には分かりません。もしこのままの状態でしたら、僕が提案できることはただ一つ、別の宇宙を探すことをおすすめすることです。

氏ンイケ、ご自宅にお帰り下さい。できれば今すぐに、そして生まれるまでそこで暮らして下さい。あるいは、誕生するまでここで待っていただくべきなのかもしれません。じきに霧が晴れますよ、そう確信していただいて結構です。あなたの本当の家がある場所、そこには何の不自由もありません。問題なしです。しかし、ここでは異邦人という枠から抜け出せませんよ。

どうやってそこに、僕の言うところの別の座標に行くことができるかなんて聞かないで下さい。海から内陸へと川が流れている大地へ、雨が大地から雲のなかへと高く突進する場所へ。

あなたはそこからやって来たのです。最初の噴火があったあそこから、特異点のブラックホールの向こうから。そこには台所があって、フライパンの上でジューッと音を立てている白身は再び透明になり、液状へと変容する。フライパンから卵殻の間へ駆け戻り、それは原型に帰り、滑らかな卵となる。そこで食事をして下さい。充分に空腹になるまで吐き戻して下さい。寝て下さい、夕昏が白けるまで。そして、起き上がれるほどくたくたになるまで」

氏ンイケは溜息を漏らし、小切手をたぐり寄せた。いや、胸ポケットに押し込んだのかもしれない。彼は部屋から退出した。いや、それともウンブラのもとへ背を向けながらやって来たのか？　そして、ウンブラは独りごちた。

「氏ンイケは僕の所へは来ない。来ることはできないんだ。氏ンイケが一人いるとすれば、全員が氏ンイケだ。未来がすでにあるとすれば、自由な意志は幻想だ。自由な意志がないとすれば悪はない。けれど、悪は存在する。ということは、未来はないということだ」

ウンブラはしばらく考え込んだ後、控えめに付け加えた。

「そう、僕には思える」

「いや、氏ンイケ、時の矢が遡上したり一時でも止まったりするなど、望むことすらできないのです。あなたの人生と僕の人生に本質的な差異などありません。時の矢は絶えず風に乗っている。僕にとっては、風力がどんどん増しているように感じますが、幼少期に近づいているあなたにとっては弱まっているように感じることでしょう。風は凪ぐことを知らない。じきに僕ら二人を吹き飛ばしますよ。あなたを生へ、僕を死のなかへ。僕らはその方向や速度に抗うことはできません。それはそうであるとしか、満足するほかないのです。満足するだけでなく、将来を歓迎しなければ。それは、僕らの敗北を、不意の事故を、破滅を、完璧な衰退を意味するのです。これは非対称です。そこから僕らは生き、それは僕らを殺害する。鏡の世界にいるあなたを、氏ンイケ。同じく鏡の世界にいる僕を、ここで。少々、選択を迫られますね。我が主、ケイン氏。

それでも願っているんでしょう、氏ンイケ。僕もそうです。それでも、エリュシオン(16)の存在を願わずにはいられません。妖精たちの丘、とこしえの現在、無限の郷を。それは、二人に共通した祖国なのです。そこに、氏ンイケ、僕らの憧れがあるのです」

ソロモンの結び目

市立美術館の各部屋には、しっくりこない青い清掃着のような衣服を纏った女性が歩いていたり、座ったりしている。そういう人たちは美術館の監視人で、絵画を観ているのではなく、観ている人を見ているのだ。

冬期は年配の監視人のみが目につく。定年間近の女性たちだ。彼女たちは、部屋の片隅にぽつんと置かれた椅子に座っていることもあるが、ウンブラが館内に入り、それに気づくとにわかに席を立つ。そんな指導がされたに違いない。編物や書物を手にしたことは一度もなく、そ

(16)ギリシャ・ローマ神話で、楽園、幸福の地のこと。

れは禁物なのだ。

夏の間は、学生や女生徒が監視人の代行を務めている姿を見かける。彼女たちは同室に集い、おしゃべりに花を咲かすことが多い。そこでベテラン監視人がやって来て、各自担当の部屋に戻るようにと低い声で急かすのだ。

ある週末、ウンブラは再び美術館を訪れ、最初のホールに進むと、出会い頭に青ブレザーの若い女性に引き止められた。

「傘をお預け願います」

ウンブラは驚いて一瞥したが、傘を手渡した。傘の先端部分で貴重な絵画を突き破った人が果たしていたのかと考え込んだ。

「そういう規則ですので」

監視人が言葉を続ける。ウンブラは分かったように首を縦に振った。

ある肖像画にウンブラの目が留まった。四〇〇年前に描かれたものだ。それは、見慣れない貴族で、その華美な衣服にはラビュリントスとソロモンの結び目が刺繍されていた。ウンブラは、この貴族の肖像画をパラドックス資料に加えるべきかどうか思案した。

午後の美術館は人気もなくがらんとしていたが、落ち着いて部屋から部屋へと観て回れなかった。どこに行くにも、傘を取り上げたあの若い女性がついてくるのだ。ウンブラの後ろで傘の柄を持ちながら振り回し、（しかし、どうして傘立てにでも置いてこなかったのだろう？）肖像画室へ、ミニチュア模型室へ、印象派の光の遊戯の際へ、表現派の苦悶へ、構造主義者の四角形や六角形、無限平面の迷宮へと、彼女はさまようのだ。

　ウンブラは不意に少女の方へ振り向き、こう言った。

「僕は窃盗などたくらんでいませんし、ここにある絵画を壊すつもりも毛頭ありません。そんなこと、脳裡をよぎったこともないのに。いいですか、僕は心底、これらの絵画が好きなんです。少なくとも数枚は。だから、こうやってここで歩き回っているのです。心配はご無用ですよ。ですから、あなたが僕について回る必要はありません」

「ないんですか？　いつ何が起こるか分かりません。訪問者に付き添うという指針が私たちに与えられているんです」と、少女が何の恥じらいもなく言った。

「一〇センチの距離感覚で？」と、ウンブラは尋ねようと思ったが、億劫になって言うのを止めた。

　彼女の存在を忘れようとしたが、その若い女性はウンブラの左肩にひっつくほどの距離で歩いているのだ。それに、彼女から漂ってくる香気はまんざらでもなかった。ウンブラの心の安らぎは失われてしまった。美術館の階段を下りるとき、少女がほとんど対等に並んで歩いていることに気づいたからである。

「傘をお忘れですよ」

「まったくだね。どうもありがとう。だが、もうさす必要はないようだ」

「こんなものです」と、少女はありきたりの常套句を繰り返し言った。

「傘を持っていったときほど降らないものです。もし、持っていかなかったら……。私の勤務時間はもう終わっちゃってるわ」

　突如、ぷつりと前文を打ちきった。

　何かを待っているように唇を半開きにして、ウンブラを見続けている。ウンブラは一言も言わず、短くうなずいて路面電車の停留所へ歩いていった。そこに辿り着くと、振り向くまいと決めていたものの振り返って見てみた。少女が減速しながら駅の方へ歩いていくのが目に入った。鳩のつがいが、彼女の金髪の上を優しく旋回していた。

　日曜日に、再びウンブラは美術館に足を運んだ。三、四人の青ブレザーを着た若い少女が、最初の部屋でこそこそと話をしていた。容疑をかけられた議会議員の譲渡をカール一世が要求している部屋で、だ。ウンブラがなかへ入ると、少女は集団から離れ、傍へ寄ってきた。

「芸術家の方ですか？」

「いえ、全然」と、ウンブラがそう答えると、少女のがっかりした様子に気づいた。

　前回のごとく、部屋から部屋へと一言も言わずに少女はついて来た。おかしなことに、今回はちっとも嫌悪を感じなかった。あるモンドリアンの所で、ウンブラは後ろを振り返って言葉をかけた。

「この絵は目に染みるよ」

　そう言った後、少女は肩に並び、ひっきりなしにしゃべり続けた。去年の春に北部から町へ出てきたと語り、地下鉄の終着駅近くの町の賃貸アパートに住んでいるという。トゥーリという名で、美術館で清掃員兼監視人として働いている。以前は洗濯場の非常パートをしていたそうだが、随分ときつい仕事だったと語った。

　ウンブラが帰ろうとすると、少女が尋ねた。

「また、いらっしゃいますか？」

「おそらく」

　しかし、もう一度来なければならないという義務のようなものを感じ始めて、こう言った。

「来週に」

「今日、私の所に立ち寄られますか？」

　不信と混乱が怱々と交差するなかで、唖然として自分の回答を聞いた。

「かまわないよ」

　早速、少女はウンブラに向かって敬語を使うのを止め、ひっつくように身動きしながら、急かすというより命じたのだ。

「五時に外門で待ってて」

＊

　少女の細身の体を自分に押し当て、子どものように少女の髪を撫でたとき、深くて熱い悲しみがウンブラを襲った。泣きたかったが、少女の手前ぐっと我慢した。

　愛のような、そんなようなものも存在するのだろうか？　何か虚構的で、まったくもって捏造されたものではないだろうか？　ウンブラが忘れかけていた可能性が再び視界の背後で動いたように感じた。そして、慈悲のように存在についての示唆を投げながら見えないところで蠢《うごめ》いたように感じた。その底光りは、ウンブラの長期にわたる現状況をさらけ出した。それは——今やっと分かったのであるが——乾き切った荒地だった。

愛の選択肢——そう遠くから感じ取っているものとして——は、ウンブラが疑問にさえ思わないほどはっきりとしている。つまり、それは一体何なのか、そしてそれで何がなされたのか？　食べることはできるのか？　飲むことはできるのか？　それを拠り所に生きることができるのか？

こんな具合に、ウンブラは少女の部屋で花婿のように過ごし、妖精の丘で安息日を迎え、そして時の矢はしばらくヒュンと飛んでゆくのを止めたのだ。

きちんと片付けられた台所でコーヒーを飲んでいるときなどは、少女は間断なくと言っていいほど話しているのに、彼女が実際に何を考えているのかウンブラには分からなかった。しかし、少女が黙り込むとすぐに、その沈黙が本当に言いたいことなのではないかと感じた。それこそ、聞いてみたかった。けれど、一番重要だと思われることをウンブラ自身も口にしていない。それは言いたかったわけではなく、言えなかったからなのだ。

なぜだ？　何のために僕なのだ？　白髪頭で生真面目、恰幅がよくて、いろいろな意味でつまらない人間、そうウンブラは考えた。何のためにこのような若い少女が、僕のような男を愛人としたがるのだろう？

出ていく間際に、そのことについて少女に尋ねてみた。まず、少女は肩をすくめて何か言いかけたが、口を閉じてしまった。質問に困惑している様子だ。そして、その顔に笑顔に近い、謎めいた、ウンブラにとっては目から鱗が落ちるほど美しい表情が忍んできた。それは、ドロステ・カカオ缶の修道女の微笑のように奥まってゆき、その秘密がウンブラを納得させた。つまり、ごまんといる男性群のなかからウンブラが選ばれた理由は、ウンブラのなかに唯一無二の、ほかの人が見逃した一番深い部分を少女が理解したからなのだ。少女は彼の心のなかを見た。それは、自由で、開放的で、そして静謐な人間の心だ。真摯な態度の下にあるウンブラのありのままの心、純粋な心は——そう、彼自身信じている——月光よりも冴え渡り、己が人間の心と同一的なものなのだ。

そうは言っても、再びあの疑問が。なぜ、彼なのだ？

誰にも私の顔が見えない

レインコートの女性が再び疲弊者ヘルプセンターに訪れて、ウンブラと差し向かいに座っている。ウンブラの本能的な反応がその顔から視線を逸らそうとし、そのために彼女の視線がひどくじっとりとして不動に感じる。見知らぬ——女性はいまだに名乗っていないのだ——瞳は、ほぼウンブラが見慣れた位置にある。目は二つあって、鼻はその間にある。眉毛や額は上部に、そして頬は下部にある。口はだいたい、ここだろうと予め思っているところにある。それにもかかわらず、女性の顔つきはありふれたものではなく、事実、普通とはかけ離れたものだった。その異常さは本当に何に起因しているのか、ウンブラは明らかにできなかった。見てとれるといってもほとんど目立たない断層だけで、すべてがまったく違っているのだ。

しかし、異常さが醸し出す印象は、単に目鼻立ちのみから生まれてくるものではなかった。というのも、その顔には〝肌〟という言葉がしっくりこないのだ。顔を覆っているのはなめし皮で、アルマジロの甲を思わせる鱗状の角質のようなものだ。この甲冑は顔のほぼ半分を覆っており、その円錐状の三角柱は深紅を帯びて片方の頬を髪の毛に隠しつつ、口から前に突起している。

顔に何が起こったのか？　おそらく骨の髄まで焼け焦がれ、のちに不器用に皮膚移植がされたのだろう。誰かが斧や棍棒や石塊で女性に暴行を加えたのかもしれない。あるいは、腐食薬を浴びせかけられたのかもしれないし、何か得たいの知れない皮膚病が蝕んだのかもしれない。あるいは、いつぞやか女性が交通事故に遭遇したのかもしれない。シートベルトを締め忘れ、はみ出し運転でフロントガラスや切り通しに衝突したのかもしれないし、またはトラックのバンパーに衝突してしまったのかも。もしくは、生来そのような容貌だったのかもしれない。

「そんなふうに私をご覧になるのも、こんな顔立ちをしているからなんでしょう」と、女性は食ってかかった。

「僕は、交通事故にでも遭ったのかと思っていました」

「そうかもしれません。先生には関係ございません」

「僕にお話しする必要はまったくありませんよ」

「あなたにはお分かりにならないでしょう、こんな顔で町を練り歩く気持ちなんて。イスラム教国に移住しようかと、時に考えますの。そこでは、女性はスカーフを被って歩けるでしょう」

「皮膚移植はされました？　レーザーで皮膚を削るなど？　今ではいろんな可能性がありますよ」

「すべて存じ上げております。あらゆる手を尽くしました。でも、もう今では何もしておりません」

「どのくらいの期間？」、そうウンブラは尋ねようと思ったのだが、途中で口を閉ざした。

「もう三年になります。私の職業はご存知ですか？」

ウンブラは待ち構えた。

「私には美容師の資格があるんです。想像して下さいな。お客さまが私のもとへ列をつくって並んでくれると思いますか？　引き締め効果のあるプランクトン油を試してみた方がよいと思いますか？　色つきのスピルリナ・エキスは？　マオウ・ピーリングは？　プロテイン配合の海藻クリームは？　私がこれらすべてを試してないとお思いですか？　それに、二〇〇点にも上るそのほかの製品も？」

女性は、目を細めながらウンブラに言った。

「ええ、私には分かりますわ。先生は、私がこんな顔立ちだって思っていらっしゃることを。

見えているもの、それは私です。でも、それは本当ではありません。本当の私はまるで違います」

「よろしいですか。僕は本当に信じますよ。僕もそんなふうによく感じるんです」

そのことに偽りはなかった。ウンブラが子どものころ、町を歩いているときに自慢気に思っていたことを覚えている。

「あなたたちは、僕が誰だか分からないでしょう」

実際に正真正銘のウンブラは、当時、他人から思われているような小さくてずんぐりした丸い頭の少年とはまったく別人であるということを意味したのだ。しかし、誰かが彼に「それでは、君は誰なんですか？」と聞き返したら、多分、返答できなかっただろう。

「つまり、私が何を言っているのかお分かりなんですね？」と、女性が尋ねる。

何を言っているのか彼には分かっていた。子どもの服に身を包んで地元を練り歩く者が、本当の、本物のウンブラではなく、また今では医者として知られ、白髪髭もちらほら見える年配の紳士とも似ても似つかないということを知っているからだ。

後で、他人も同じことを考えていると思うようになった。つまり、私はあなたたちが思っているような者ではありません。何か、まるで違う者です、と。

それは悩ましく仰天するような衝動だが、ウンブラは内に感じる真実を否めることはできなかった。この考えは、ウンブラの人に対する特定の価値判断に影響を及ぼした。共感というと大げさだし、まして本当の人間愛というのもなんだが。おそらく、いささか冷たくはあるが耐え切れそうな思いのために当時から医学の道に進み始めたのだ。

不意打ちのように、女性がウンブラの方に目と鼻の先までしゃがみ込んで囁いた。

「私を殺して下さい」

「ちょっと、やめて下さいよ」

ウンブラは狂ったように言うと、ちょうどたぐり寄せていたユーカリドロップの箱をポケットに押し込んだ。

「僕は医者であって、殺し屋ではありません。どうして僕があなたを殺すんでしょう？」

「不治の病にかかっている患者の請願に応じて、そういう奉仕をした医者のことを読んだことがあります」

「あなたは不治の病ではありませんよ。というより病気にはかかっていません。あなたを殺すとしても、安楽死という方法は取りませんね」

「私にはこんな顔があるんですよ。これでは不十分ですか？　こんな顔と生きていけません」

「それでも生きていらっしゃるでしょう」

「でも、どんなふうに！　この顔の背後から外へ逃げられないんです」

「それは本当ではありません。そこにいると思っていらっしゃるだけですよ。思っていらっしゃるから、いるんです」

「それじゃあ、本当だわ」と、女性は泣き声を上げる。

「思うことをお止めになって下さい」と、ウンブラはきつく釘を刺した。

「あなたは、顔とはまた違う何かなんです。誰も、あなたの本当の顔を知りません。あなたには顔があります。まだ誰も見たことのない顔が」

「ヘビのように皮をつくることができたなら」と、女性が言った。

覆面

〈歓喜よ、美しい神々の煌めきよ、天上の楽園の乙女よ！〉

疲弊者ヘルプセンターのウンブラの診察室で待っているのは、小柄で髭を生やした男性である。その顔は、金色の覆面で覆われている。精巧に仕上げられた金細工職人の仕事だ。ウンブラは、これほどにも美しい覆面を今までに見たことはなかった。

ちょうど、診察室の助手が用意したカルテに目を通す。

「ヘンリック二世さん」と、ウンブラが名前を呼ぶ。部屋には、この髭面の男以外に誰もいなかったのだが。そのとき覆面男が腰を上げ、無言のまま握手をした。ウンブラは検査室へ入るように指示するが、いまだに男性は覆面をとらない。ウンブラは、男性に腰かけるように促す。男性が振り返ると、町の屋根に注がれる秋日が覆面に反射して光を眩しく放つ。男性は口を結んだままで、覆面を通してその視線を見るのは難しかった。

しゃがみ込んで、近寄ってからやっと、ウンブラは覆面の下から血と膿が出ていることに気づいた。ウンブラが覆面を優しく取り外そうとすると、患者はどすの利いた声で唸り始めた。まるで、発情期の猫のように喚声を上げるのだ。ウンブラは再度挑戦したが、覆面は外れない。突如、パニックに陥り、むやみな一剥ぎで覆面を引き剥がした。

ヘンリック二世はやっと静かになった。おそらく、人事不省に陥ったのだろう。見た目は美しいものではなかった。覆面を取って露になった傷の具合やひどさにウンブラは恐怖を覚えた。患者自体がどうやってなかへ入ってこれたのか、そして、よくこんな状態で生きていられることにウンブラは理解できずにいた。片目はすでになくなっており、深い穴から膿汁が流れている。

「ここにいらっしゃる必要はなかったんですよ」と、ウンブラはきつく言い放つ。

「手術室に直行しないと。疲弊者ヘルプセンターは、このようなケースは扱っていないんです」

ヘンリック二世は何も答えない。

「どういった経緯でこんなことが?」と、ウンブラはさっきよりも気持ちを抑えて尋ねる。

「一対一の対決で」

「すみません、何ですか?　また、そんなようなものが始められたのですか?」

ウンブラは目を剥いて尋ねる。ヘンリック二世は、口をつぐんだまま片目でウンブラを見た。まるで質問が理解できなかったように、あるいはなぜそんなことを尋ねられるのか理解できなかったと言った方がよいかもしれない。ウンブラは、無菌包帯を探しながら患者に背を向けた。

「片目も突き破って下さい」と、ヘンリック二世が肩越しに言う。

「何をお願いしているんです？　一体なぜ？」と、ウンブラは恐怖におののいて聞いた。

手にしていた添え木がカターンと音を立てて床に落ちた。ヘンリック二世が胸くそ悪く含み笑いをし、検査机からゾンデ(17)を取り上げて健康な目玉に貫通させた。異様な喚声と嗚咽が聞こえてきた。

「これは何なんです？」

ウンブラは慌てふためいて叫んでいる。

「何をなさっているんですか？　僕の部屋で！」

ヘンリック二世は、聞きなれたあの女性の声でこう言った。

「ウンブラ、私が分からないの？　すぐに私だと分かると思っていたのに。見なかったの？　この目は本物ではないのよ。血は血でない。膿は膿でない」

何とよくできたマスクなんだ！　我に返るよりも早く、髭と肌色の下から見知らぬ女性の見慣れたマスクに気がついた。

苦杯

「来週、来る？」と、少女から聞かれていた。

(17)治療の際などに用いる針金状の器具。

「だけど、ここには来ないで美術館に来て」

トゥーリとは、できれば町で会う方がよかった。しかし、少女がそう望んでいるのだから、美術館に迎えに行ってもいいじゃないか。

少女に会いに行く前に、ウンブラは一時腰かけて本に下線を引いた。


一〇〇ページの本があると想定してみましょう。各ページには一文ずつ書かれてあります。一ページ目にはこう書いてあります。

「この本の二ページ目にある文は本当です」

二ページ目にはこう書いてあります。

「この本の三ページ目にある文は本当です」

こんな具合に九九ページまで続いています。しかし、最終ページ、つまり一〇〇ページ目にはこう書いてあります。

「この本の最初のページに載っている文は嘘です」


美術館で前回と同じような若い監視人の少女たちを見かけたが、そのなかにトゥーリの姿はなかった。彼女たちは、オブジェの前に立っている。オブジェの名前は、リストによるとP・セバスチャンの角の杯、ロブスター、そしてコップだ。亜麻仁油の黒ずんだ耀きに照らされて、ロブスターの赤い肉は、漁師の網籠から引き上げられたばかりのように鮮やかに、そして生き生き生きと煌めいている。

　少女たちがウンブラを見て微笑み出したことに、妙な苛立ちを覚えた。というのも、二人のはしゃぎようといったらなかったのだ。これが理由で、ウンブラはトゥーリのことを尋ねようとは思わなかった。

　ホールからホールへと練り歩いたが、誰一人として今回はウンブラに付き添う者はいなかったのに、視界に入ってくる絵画を観ることができなかった。敏速な足取りで、『シンポジウム』や『ダビデとアブサロム』のそばを、『牛乳を注ぐ女』のえも言われぬ和みのそばを、『サン・ロマーノの戦い』や『クレオパトラの饗宴』のそばを、そしてベツレヘム精神病院(18)に収容された『放蕩者』のそばを通りすぎた。

　フランドル調の部屋から三つのホールが眺望でき、その最終ホールに――ヴェスパシアヌス皇帝(19)のはげ頭の向こう側に――ウンブラは青ブレザーと金髪を見た気がした。そこまで行ってみると、不愉快なヴェスパシアヌス皇帝の前に立っているのは見知らぬ監視人で、ウンブラをうさんくさそうにじろじろ見ていた。それくらい、息も切れ切れに急いで通りすぎたのだった。

　階段を下りていると、ドーリアの柱に隠れて微笑んでいるもう一人の少女を見かけた。明らかに、彼女はウンブラを見たいがためにそこに佇んでいるのだ。ウンブラが見知らぬ少女の視線を絡めとろうとした途端、それが変化してゆくのを目の当たりにした。嘲笑うような、探るような笑みは後退り、代わって申し訳なさそうに同情を寄せた、憐憫にも近い表情が現れた。

そうして、少女は踵を返した。

(18) ロンドンにあった「ベツレヘム聖マリア慈善病院」という病院に由来し、もともとは修道院だったのだが、15世紀初頭には精神病患者を収容するようになった。

ウンブラの自然な心臓がむなしく響く！　今こそ、ドロステ修道女の〝ほぼ微笑〟が分かった。どんな毒が、湯気が立つカップになみなみと盛られていたことか！

彼は選ばれたのだ！　花婿ではなく、笑い者として。すべては事前に取り決められていたか、あるいは賭けられていたかだ。そのほかの少女たちは知っていたのだ。トゥーリは、彼女たちのためにウンブラを美術館へ呼んだのだ。取り決め通りに事が運んだことを見せるために。彼女自身、ウンブラが出て行くまでコートかけの後ろの部屋で身を隠しているに違いない。

ウンブラの額が目映く赤ずんだ。まるで、亜麻仁油の下に囚われたロブスターの肉のように。火照りながらも、確かな足取りで階段を下り続けた。こんなことは自分自身に起こり得るはずがないと思っていたのだ。一歩一歩、彼はこう囁いた。

「お前を殺す、このあばずれ女。鞭を持って来い！　棍棒を持って来い！　お前に疫病をうつしてやる！　エイズだ！　そこいらの死に方じゃないぞ、淫乱女」

クリニックには、年のいった見ず知らずの女を刺殺した青年がたまに通ってくる。殺した理由を尋ねると、こう答えるのだ。

「出会い頭があのババアだったからだよ」

こんなことは稀であるが、起こってしまった。トゥーリは、一番目に、あるいは三番目か五番目に入ってきた来館者と寝ようと決めていたのだ――そして、それが図らずもウンブラであったのだ。

美術館の木彫り装飾された見上げるような樫の扉がおもむろにウンブラの背後で閉まると、

(19) 7～8世紀頃のローマ皇帝。暴君ネロの悪性を是正し、秩序と繁栄を取り戻した。

殺しはしないという気持ちが湧いていた。何が一番失望したか、それは他人になってしまった若い少女ではなく、彼自身の意識だった。自分の惨めな誤った渇望だった。

「ウンブラ、君は愚人に生まれたのだ」と、自分自身にこう言った。

嘆かずにはいられない。何をした？　何を得た？　害を被っただけだ。廉価な悦楽だけ。価値のない行為。悪意というより悪戯だ、分かるもんか。仮にそれが僕ではなく、クリニックの〝あいつら〟の誰かだったとしたら……。そうなったらよかったものを！

しかし、少女の部屋の幻影が鮮明に目の前にちらつき始めた。風呂場の歯ブラシ立てや新品のビデオデッキ、少女の母親が編んだレースのかけ布。町の紋章とシルエットがプリントされた、見栄えの悪いプラスティックのトレー。そして、少女の僅かな人生の非力さ。どういう理由で、こんな非力者にかかわってしまったのだろう？

土や石や木で造られた宮殿――まるで天空の城、まるで天蓋の虹。そして、それらを本物だと思っているものが、どれほど騙されたと思っていることか！

真面目で単純なウンブラ！　用心深くて油断のないウンブラ！　意志が強くて謙虚なウンブラ！　芯が強いウンブラ！　我慢強いウンブラ！　冷静なウンブラ！　賢いウンブラ！　そうありたいと、ずっと望んでいたのに。可能性がなかったにすぎない。

湯気は、とっくの昔にドロステ修道女のカップから立ち上るのを止めている。ウンブラは、すっかり冷めてしまった苦杯を飲み込んだ。実際、それは何だったのだ？　愛情はなかった、ということだ。それも、——どんなに頑丈な材質で、どんなに骨折って建築しても——空に転げ回っている雲の像のように突風で難なく崩れる、そんな宮殿の一つだったということだ。

ウンブラは貴族の肖像画をメモに書き加え、ユーカリドロップを舐めまわしながら以前と同じように日々を送った。いちいち細かいことに気を揉んで悲嘆に暮れ、誠実さもそこそこに。

暗闇の様子を見るには、明かりをそれだけ素早く灯すことです

しかし、昼の間には裂け目がある。夜だ。

写真を撮った者がいるだろうか？　誰か、ファインダー越しにウンブラの夢に焦点を当て、そしてフラッシュをたいたかのように……。

ウンブラがさらされるのは、放心状態のときだ。前日の服のようにくたびれたボロ切れのなかに、彼の知識がうずくまっているときなのだ。

ウンブラは勢いよく座る。再び爆ぜる、夜空が眩む、大地が白む、そして部屋。吹き荒れる嵐の光のなかに彼は見た、あの無秩序、埃、撒布した紙、そして半分空っぽのグラス、にび色の綱のように巻きついたシーツを。彼なのか、そんな部屋をもっているのは？　秩序と調和、そして平和を愛する彼なのか？

けれど、何をさしおいてもくっきりと見えたものは、深くてあんぐりと口を開けた、発光する赤色の切り傷――受けたばかりの傷。それは稲妻がちょうど裂いたかのようだ。しかし、それはいかずちの痕ではなかった。そこにもうずっと前から、何十年とは言わないが何年も前から存在していなければならなかった。それこそが、ウンブラが徒労にも起源を探ろうとしていた、苦しみ、痛み、そして悲しみを送ってきたのだ。

包み隠さない醜い姿が今こそ見える。なんと卑猥で単純なのだ。

だが、闇が再び落下してくる前に、ウンブラははっきりと区別をつけられなかった。彼にくっついていたのか、それとも彼とは無関係で、ただそこに、彼の隣に一番孤独な一個の物体の一部としてマットの上に横たわっていただけなのか。それは一部ではなく、単なる切り傷にすぎなかった。ウンブラとの唯一のつながりは、震撼して燃えさかる苦痛の光線だった。

どうやったらあんなに切り立った傷がウンブラの肉体に入り込めるのだろうか、あれほど頑丈なものが……。

いつものように、再び暗闇になった。ウンブラが目を瞑ると、瞼の下で閃光が飛散する。色は、形を埋めるようにそれらを探している。斑点は踊る。そこから顔が、番号が、そして通りが、風景が、病室ができ上がる。

けれど、ウンブラの部屋は暗い。子どもを押し入れるお仕置き部屋のようであり、写真を現像する暗室のようだ。

天蓋のシャッターを閉じると、再びさっと動く。ウンブラは、頭もびくとも動かさずに硬直したまま横目で見る。

そこにある。空っぽの引きちぎられたポケット。それは女性の臓器のようで、女性がいなくてはおぞましいだけだ。黄泉の国の向こう側にあるタルタロス[20]。高い位置にある天上と同じくらい遠い国。しかし、それでもウンブラの隣にあった。夜の贈り物のように持ち込まれたのだ。ウンブラがついに、その大きく開いた口を直視しようとしたら、それは毛布の上に落ちたネオンの反射光とカーテンの翳りでしかなかった。

ゾーン

長いひとときが過ぎた。昼同士が追いかけっこをして、まるで同じ昼がもう一度東から昇ってきたかのようだった。予告もなく、何かしらたわいもない出来事が目の前に開けた、そんな新たな時期にさしかかったとウンブラは気づいていた。お互いに見分けがつくような幾つものゾーンに人生が分裂し、それは一方で不揃いに染め上がっているようにも感じた。人間は意図せず、また意志に逆らって特別なゾーンへ陥る。まるで、捻挫のようだ。変遷期以外に抜け出せる術はない。まったく相通じるものがないように見える物事が、意気投合しているようなことがときにある。お互いを強化して二重になったり、芽を出したり、周囲に自分らしさをばらまいたりする。日を蝕んで、汚す液体として蔓延してゆく。

(20)ギリシャ神話で深い地の底にある地獄、「限りない闇の深淵」。

誰かが、庭からウンブラの台所の窓へ雪玉を投げつけた。初雪のころで、子どもたちが雪玉をいつ投げようと、どこへ投げ飛ばそうと、一向におかしくはないだろう。その対象がウンブラの窓であっても。だが、この雪玉は、窓がひび割れて破片がマットに降ってくるほど荒々しい異常な力で投げ飛ばされてきた。ウンブラは窓の方へ歩み寄ったが、誰の姿も見えなかった。

電話が鳴る。ウンブラが受話器を取ると、聞き慣れない文章と怒りがやかましく降ってきた。どんな番組が行われているのだ？　どのチャンネルを選んでしまったのか？

「自分の膿に浸かっている君は、みっともない骸でなんかない。ヌシラニムシティ、排水管に投げやるニンギジッダ、くそったれ、十字架に釘打ちする三つの石壁の向こうから一晩中軋みが聞こえるさ、すべたは結婚指輪の間に小便をする、ダンダンくそと呼ばれて、骸のオケツにウジ虫を見たとしてもニナックサックドゥ、それでもバラハクシュ飲んでるさ……(21)」

話は、ウンブラが受話器を取る前から始まっていて、当初は自分が何語を聞いているのかということさえも分からなかった。話し手は一人だけなのか、それとも群集の罵声を聞いていたのか？　文はあまりにも密な塊で、その意味するところが埋もれてしまっていた。

電話をかけてきたのは女性だ、そうウンブラは思った。子どもであるかもしれない。しかし、男性であるというわずかな可能性もある。声高だった。もっと高かったかもしれない。率直に言えば金切り声だったが、それは自然な高音ではなく、わざと高い声を出していたように思え

(21) 謎の書物、また、邪教の書物として有名なネクロノミコンからの引用。

たのだ。

果たして、美術館の女の子の誰かだろうか？　ウンブラの治療に満足していない患者か？　いつになっても治らない患者？　アクロバット女だろうか？　見捨てられたリウッタ夫人？　間違った世界に永久にさまよい、理性を失った氏ンイケ？

ウンブラは思い出そうと何度も試みたが、思い当たる人物はいなかった。身を擦るような憤りが彼の耳に滴り落ちてくる。ウンブラはあまりにも長い時間、それに耳を傾けて身動きしなかった。底なしの絶望の致命的な毒がウンブラの魂に流し込まれた。麻痺しそうになったほど強烈な毒だった。電話ボックス、路面電車、デパート、病院、劇場、役所は、同じ絶望の泡と激痛で溢れている。同じ意識に流れる濁って汚染した潮流だらけだ。自分は罠にはめられたのだ！　僕は不当に扱われたのだ！

ウンブラが気を取り直して受話器に向かって叫ぶ。

「黙れ！　おまえなんか信じるもんか、信じることなんか決してないぞ！　人生がどんなものかなんて、おまえに言われることじゃない。おまえは知らないんだから」

ただし、ウンブラは一言もしゃべりはしなかった。あたかも、話し手の興奮の邪魔にならないように、ただ受話器を元の場所にきちんと気を配って置いただけだった。受話器を置いても、文はまだ続いていた。混沌として暴力的、そしてコントロールできずに気でも狂ったかのような文。それは、電話線のトンネルに突進していった。

「むかつくやつだ！」

興奮さめやらぬウンブラは、ユーカリドロップをまさぐり出した。
悪戯人物が存在するとする。だとしたら、彼はまさにそのなかの一人を聞いたのだ。そして、パラドックス資料の閑静に戻りつつ、そのことは忘れてしまった。

講師の爪

ウンブラが若かりしころは、嬉しくなることが多かった。どこから、その喜びは来ていたのだろうか? 喜びは、突如やって来た。あらゆる憶測、原因、そして結果に逆らって。今でさえも、頻繁ではないがそんな時代に戻ることがある。戻る可能性があるからこそ、喜びは単純に若さに起因するものでもないし、単なる健康や将来への期待、希望あるいは愛に起因するものではないとウンブラは信じている。このような要因からやって来る喜びは受け入れやすいが、本来の帰するところはどこかまったく別のところにある。ウンブラの頭のなかでは、喜びの世界は本当に存在するものであって、それは威光があり、想像もつかないほどの超越した王国なのだ。

ウンブラの青少年期の喜びは衰えを知らず、向こう見ずで、なりふり構わない。心理学者と自認している者たちは、常軌を逸した喜びや気まぐれな状況を――ウンブラがこんな具合に喜びを表現しようとするのなら――異変、もしくは異常が見られると意気揚々と言うことだろう。

喜びは、多分に、まったくもって取るに足らないことから点火する。つまり、特定の匂い、もしくは色が点火を促すかもしれないし、町の雑音に見るある種の変化、あるいは天候、もしくは通行人が振り返るような行為が発火させるかもしれない。だが、ひどい恥辱の瞬間に、そんな喜びが弾け出し、ウンブラ全体を凌駕することがあり得るだろうか？

あの金曜日が頭から離れない。その日、ウンブラは仕事が終わる少し前に、銀行の支店長の張りのない手をぎゅっと握りしめていた。

「ローンの状況はいかがですか？」

「申し訳ございません。私どもでは、お客様にお貸しすることができません。クレジットの状況を手前どもで調べさせていただいたのですが、お支払いに問題があるようですので」

「そうですか？」

ウンブラの視線は、どういうわけか支店長のネクタイに釘づけだった。暖かい日だった。支店長は上着を背もたれにかけていた。そのため、ネクタイの全貌が目に飛び込んできたのだ。天窓から差し込む光の下で、天然の絹の優しい光沢が煌めいている。そのネクタイは、銀とサフラン色の縞模様だった。

ウンブラは、支店長の言葉の広義性を一つも理解していなかったということだろうか？　彼は金曜日を指折り数えていたのに、これっぽっちも落ち込むことはなかったのだ。ウンブラが提示したローンは、大した金額ではないものの必要とする金額だった。ローンの認可が下りなかったということは、親戚の厚意に甘んじて、暗い日々を送るということを意味していた。けれども、ウンブラが銀行で現実の不幸に遭遇したことを分かり始めたのと同時に、思いもよらぬ出来事が起こったのだ。

　上昇していく螺旋のような動きが彼を揺り動かした。まず、ウンブラは、二人の間にあった幅のあるチーク材のテーブルに近寄ってもたれかかった後、背もたれに深く体を預けた。この動きを引き起こしたのは、長いまどろみから醒めた喜びであった。

　何が目覚めさせたのか？　ウンブラは、まっすぐに伸びてゆく垂直の柱をますます目を凝らしてちらちらと見た。柱は、彼の視界全体をほとんど埋め尽くすほどになった。それは、支店長の美しいネクタイであった。

「これが最終的な結論ですか？」

　ウンブラが淡々と尋ねる。ローンのことなどそのときはまるで関心がなかったものの、何か言わなくてはと思ったのだ。

　本当の意味は、どこか想像もつかない別の場所に隠れていた。いや、隠れるどころか完全に姿を現していたのだ。ウンブラは、まだ支店長のネクタイの黄色を見つめている。その色調が彼を和ませた。ただ和ませただけではない。虜にし、喜ばせたのだ！　太陽が照らし出し、その日差しが黄色に直射する。何という耀き！　色の波長はウンブラの名もない喜びと結合し、幸せのゾーンを、金色の砂丘のゾーンを繰り広げた。ウンブラ、支店長、低いガラス窓越しに立っている顧客たち、そして振動するディスプレイに目をやる店員たちはみんな、煌々と耀くスロープに立ちつくしていた。

ウンブラは、颯爽と身のこなしもよく腰を上げた。おかしいのは、彼は支店長の痺れを切らした視線の前でふわふわと浮揚していたわけではなかったのだ。ローンが下りなかったこととはまったく関係がないような、親愛の情を込めて支店長の手を握りしめた。

「ありがとうございます」

ウンブラが注意を引くほど心を込めてそう言ったので、支店長の頬は握りしめられた妙な気持ちからぴくっと震えた。風変わりなネクタイを正そうと支店長の手が上がっていく。と、そのとき、銀行のガラス張りの天井の上を雲が通り越していった……。

喜びの消失とともに、ウンブラは背を向けた。

＊

ウンブラはセミナー講演に向けて、クロルプロマジン(22)の影響によるマウスの学習能力を検証していた。原稿に目を通した講師は、ほかの学生の前でウンブラにけちをつけた。

「初めてですよ。これほどまでに破筆のものは。再度、清書し直して、明後日の正午までに私の家へ持ってきて下さい」

講師が感じた不快感、それは決してウンブラの寄越した原稿だけに起因するものではなく、彼の人となり、名前、そして短い過去、服装、容姿、将来への展望に対して沸き起こったものだ。講師の不快感はあまりにもあからさまで、見下すように手にしていた原稿を受け取ったとき、ウンブラはひしひしと感じた。

(22)精神分裂病、躁病、神経症による不安や緊張を和らげる鎮静剤。

二日後、きっちり正午にウンブラは講師の呼び鈴を鳴らしていた。少し汗ばんでいたが、緊張から掻いていたのではなく、九月に入ってずいぶん経つというのに蒸し暑い日だったからだ。

講師は、ウンブラを書庫へと案内した。腰をかけるようにとも言わなかったし、自分も座ろうとしなかった。ただ、何も言わずに原稿をパラパラとめくり始めた。

「見てごらんなさい」

講師の声は沈んでいた。

ウンブラは言われた通り、講師が指差した箇所に目を向けようと屈んだ。そこには、歪曲して落ち着きを感じない爪が食い込んでいた。それは、ウンブラの勉学の途に立ちはだかりそうで、どうあがいても越えることも迂回することもできないような、足元をすくわれやすい山肌のような感じをその爪から受けた。

ウンブラは見た。もっともだ、爪先部分には訂正が入っていた。しかし、ウンブラの視線はそこに注がれているのではなく、非情にも自分の瑣末さに食い込んでいる爪自体に向けられていた。本当は何だったのか？　どうして、そういう状況に陥ってしまったのか？　白い三日月は甘皮の下へと消え去っている。爪はついさっき無造作に切られたばかりだ。爪は一つの世界であって、ウンブラの人生から価値を否定する奇特な物体であった。

ちょうどそのとき、秋の物音一つない朝に雨が降り出した。講師の部屋の窓は開けっ放しで、大きな雨粒が気まぐれに線を描きながら窓ガラスにぶち当たってくる。ウンブラは背筋を伸ばし、さっきよりもリラックスして呼吸し始めた。講師は待ち構えたように眉を吊り上げてウンブラを見ている。だが、ウンブラは何も言わなかった。彼は聞いていたのだ。

雨の音、みぞれのざわめきと轟き、溝に渦巻く濁り光った水は、いつだってウンブラの密かなお気に入りであった。それらの音は、安堵と非拘束と解放の音であって、長い時間我慢していた後の小便のようなものなのだ。

この雨によって、あの巨大に広がった甲羅のような講師の爪が、正常な大きさに、そして自分の些少さに素早く戻っていった。これはただウンブラの人生を引っ掻いただけのことで、深い傷跡は残す力はなかった。というのも、ウンブラの人生は講師の爪の下に埋もれているものではなく、蕩々と水がたゆたう場所で不可侵の大陸のように広がっているからだ。

*

ウンブラは、別の町の交通の激しい辻に立っていた。これは、彼にとって初めての海外旅行である。そして、実際には何と言い訳されたのか理解しようとしていた。町に一緒にやって来たガールフレンドが、もう一緒に旅をしたくないと言い出したのだ。そのとき、サンクトペテルブルグの鐘が鳴った。それは、世界一大きな鐘で、その音はそこらの教会の鐘よりも膨らみを感じる。高く深く、深く高い。サンクトペテルブルグの鐘の音に、ほかの七つの寺院の鐘がもっと澄んだ音色を響かせて融合する。

「分かるでしょ。こういうことなのよ」

ガールフレンドが鐘と競いながらウンブラの耳元で言う。

「どうしようもないわ。私はこんなこと望んではなかったのよ。ただ、こうなってしまっただけなの」

　ウンブラはうなずく。彼は本当に若かった。二人とも本当に若かった。彼女が言ったことより、それ以上に鐘にうなずいたのに、ガールフレンドは気づいてはいない。ウンブラはサンクトペテルブルグの教会の鐘にうなずいた。ほかの七つの寺院の鐘にうなずいた。町に鳴り響きながら落ちてゆく鐘声にうなずいたのだった。

　木霊する。鉱石が轟く。銅と錫が反響する。まさにその一打ちが鐘声の魂であって、実際には存在しない打音なのだ。鐘声《しょうせい》は測ることもできないし、単なる亡声《ぼうせい》であるからだ。

「これが一番いいのよ」と、申し訳なさそうに見つめながら、何となく心配そうな面持ちで言った。

　なぜ、彼女は心配なのか？　彼女の言葉を越えて、そして多方面に走行していく車を越えて――というのも、二人は大交差点近くに立っていたからだ――高音の広くて震える奔流が蕩々と流れ、それらの深淵で動じない低音の旋律が拡張してゆく。

「いずれにしろ、長続きしなかったのよ」

　ほとんど請うように言っていた。ウンブラは何も言わなかったが、再びうなずいた。ウンブラが彼女の意見を再確認し、そのきつい言葉に対して、物分かりよさそうに、優男そうに、情けをかけたようにうなずいたのだとガールフレンドは思い込んだ。

　彼女の言葉はあまりにもきつかった。予想通り事実でもあったのだが、全部が全部あてはまるわけではない。鐘が再び正確に鳴る。何が正しいのかなんて証明できないように、無限に鳴る。二人の間で続かなかったもの、それが鐘声のなかで、打音に伴う静寂のなかで続いていた。そして、町の隅々まで燃える輪となって広がってゆく。町から町へと、街区から街区へと。まるで、朝から晩まで萎えることのない初春の耀きのように。

「これが一番いいのよ」と、もう一度言った。うなずくことから解放された後、こくりとうなずいた。鐘だってそう言っている。そして、それは最悪の事態だって引き起しかねない現実だった。

そんなことが、ウンブラの青春だったのかもしれない。

精神病質

クリニックが開設してもう長い。数十年は経つ。最初のころは、患者のほとんどが例外なく同じ診断を受けていた。精神病質である。時に事細かに診断されたこともある。軽愚、痴愚、神経衰弱、神経質、あるいは精神病ヒステリーなど。

ウンブラは、以前勤めていた病院の同僚の覚え書を読んだ。

肉体的検査においては、幾つかの留意点がみられる。生来ながら変性的な人物の場合、髭の成長の遅れや陰毛の女性的形態、色素斑や耳たぶの欠損、高めの口蓋や非対称的な顔の神経症状が特徴的だ……。

診断は変化を遂げ、研究器具は一新した。計測器は緻密化し、患者は入れ替わった。けれど、行為だけが昔と変わらず、無知さは依然として深部にあるのだ。遺伝から環境へ飛躍し、毛髪でさえ——人間自体でさえも——その二つの塊の狭間で揺れ動いているのだ。

では、このような患者は人間だったのだろうか？　ウンブラはたまに、自分が物珍しい小さな虫をピンセットで摘み、レーザーナイフで解剖する昆虫学者のように感じるときがある。

「どう思うかい？」と、ナウラパーが聞く。陰性相互作用研究センターに勤めているウンブラの同僚だ。

「悪は苦痛を喚起する意志ではないのか？　あいつらが望んでいるものはそれなのか？」

「見当はずれだね。彼らだってほかの者と同じものを望んではいやしないか？　歓び、幸せ、人生をさ」

クリニックの患者たちは自分たちが何をしているのか分かっていないのだ、とイエスのようにウンブラは信じたかった。だが、いかにしてほかの大勢は知ったのだろうか？　いかにして、ほかの大勢は彼らと同じようにしなかったのか？　いかにして、彼らは無知さを温存できようか？

ウンブラ自身、自分の意志の自由な潮流を絶えず感じている。人間は、スーパーマーケットにいようと、どこにいようと、選ぶことができるとウンブラは信じたかったのだ。クリニックのあいつらの体験は別物であり得ようか？　彼らだって知っていた。人として生まれた者は誰でも知らなければならない。いわゆる良心という知識は、文法と算術のように人には生まれつき備わっているものだ。彼らは知っていた。けれど、ここぞというときに——もう後戻りできない選択の瞬間に——あの神的な知識の前に魔が差し、闇に包まれてしまったのだ。

クリニックの〝あいつら〟は犯罪を愛しているとは思えないが、陰を、その溺死しそうな夜の懐を愛しているのだ。それはどんな陰だ？　それは歓楽だ。それは強制だ。それは歓楽の強制だ。陰に影を落とすもの、それは苦痛の現実という知識である。良心という名の知識。

宇宙が無限であったとしても、起こり得るものすべてはまた、いつ何時でも、どこかしらで起こっているのだ。若いころ、ウンブラはそう信じていた。

この考えは、悪を思案し始めるとすぐに耐え難いものに変わっていった。一番初めにこの考えに出遭ったときは、長いこと悩みの種となった。当時、ウンブラは殺人や拷問、猟奇的事件の夢を見ていた。夢で直面するものに、どこかですでに発生してしまった、あるいはこれから遅かれ早かれ起こるであろうという恐怖を覚えたのだ。今はもうそんな夢は見ない、見たとしてもすぐに忘れてしまう。

真実でもなく嘘でもないという文があるように、そして存在してはいるが、直接的には目に見えていないもの——たとえば無限——があるように、同じように理解できない精神の真実も存在するのだ。だが、それらは見えているのだ。それらを体験しているのだ。それらの結果は目の前にあるのだ。

では、なぜこれらの存在がペンローズ(23)の階段のように捉え所がないのだろう？　その階段を上ったと思えば下りている、下りたと思えば上っているように？

悪は事物である。できれば考慮に入れたくないもので、説明しきって、まったくほかの要素へと分散してしまいたいものだ。しかし、できそうにもない。こういったことから、悪はパラドックスを思い起こさせる。悪は、本当に存在しているように思うのだ。肥えていくばかりで、無限のようにウンブラの前に突進してくる。そして、彼の無能さを分かったようににやけるのだ。

しかしながら、一枚岩的な悪は存在しない。悪は無限大で、形を変えてさまざまな悪へと分散するのだ。ああ、分離された破滅どもよ。

地獄は悪の区別によると、厳密な区別も整理整頓もされていない程度に区別されたものである。だからこそ、明らかに言えることは悪は無限の群れであり、付かず離れずの関係でいるものもあればまったく縁遠いものもある。それは、悪の一般的な質や奇抜さ、詳細部分に拠る。――地獄の莫大な数から、私は明確な概念を得た。私にも知ることができた概念とは、地獄はそれぞれの山、丘、岩の下にあり、あらゆる平野や谷の下にもあり、それは長く幅広く、地中深く広がっているのだ。

(23)イギリスの数学者・理論物理学者。宇宙論に最大の関心を寄せ、量子重力理論へ取り組む。「ペンローズの階段」とは、回り階段の不可能形体のこと。

何か不可解な点はあるだろうか？　明らかな悪が一般的ではないなんて、おかしくはないだろうか。生きとし生けるものすべてを徐々に切り裂き、引きちぎる暴力が、人間の世界をも目に見えて支配していないなんて、おかしくはないだろうか？

クリニックの患者で治癒した者はいるだろうか？　現実の病気なくして、いかにして治すことができるだろうか？

患者の多くがクリニックに舞い戻ってきている。看護スタッフの配慮の行き届いた積極的な行動や苦労といったものは、水の泡だったのだろう。細心の注意を払って開発が進められた高度な計測器は、出来事の一つも測ってはいなかったのだろう。それというのも、看護は別の現実であるメタ現実という虚構のレベルで起こるからである。だからこそ、現実生活の状況にいつだって相応することができないのだ。彼らは現実を反芻することができないから、失敗をするのである。

クリニックでは、熱くて生々しい感覚を刺激するような生活を模倣できない。とりわけ、そこでは苦痛を模擬体験することができないのだ。

患者に対して、本物の皮膚、血、肉、人の臓器、顔、拡張した瞳孔、暴力で引き裂かれた悲鳴を提供できない。もっと別のものを、生きているという感情を渇望しているが、その認識が弱々しく未発達なのだ。朝、目覚めて、修繕屋に靴を持っていって光の変化を街角で待っている、そんなときに自分が生きているということを感じていたら、彼らに刑罰は下されなかったかもしれない。だが彼らは、他人の苦痛を通してのみ生きていることを実感するのだ。自分たちが痛みや恐怖を与えることで。

クリニックは、本当の芸術家を必要としていたのかもしれない。芸術家たちは、情緒に溢れて生彩よく、多面化するあらゆるメディアのように彼らが探しているものを、そして通りや、庭や、駅のホールや、地下鉄から絶望的になって彼らが探しているものを、目の前に持ってきたのかもしれない。彼らをメタ現実へと溺れさせ、さまよわせるべきだったのかもしれない。色のついた三次元の陰のパートナーとなって陰を殺し、再び陰を強姦するためだけに陰を蘇らせたのかもしれないのだ。

あるいは、クリニックは代理苦悶人を用意するべきだったのかもしれない。だが、そんな者はいない。〝犠牲者のような者〟はいないのだ。

ウンブラはこんな一連の詩を思い出した。

〈差し当たっては、ここまでにしておこう。もう一度、取瓶《とりべ》に返るまでは(24)〉

〝この人〟

疲弊者ヘルプセンターに三人が訪れた。女性、男性、そして〝この人〟だ。女性と男性には、ウンブラは以前会ったことがある。二人は結婚しており、ウンブラは二人の子どものおたふく風邪を治療した。〝この人〟とは、まだ面識がなかった。

(24) フィンランド人作家ラウリ・ヴィータの言葉。人は再び創造されなければならない、という意味。取瓶とは、溶融金属を入れる容器のこと。

「私たちにはちょっと問題がありまして。これを診察していただけますかしら？　普通、先生は人間のみを扱っていらっしゃることは存じ上げていますけど、ただ……」と、夫人が切り出した。

「どういったタイプですか？」と、ウンブラが言葉を挟むと夫人が答えた。

「本当に普通のエッケ・ホモなんです。ニューロコンピューター[25]です。勝手に内部回路を変えてしまうんですよ。スーパー頭脳なんです。量子記憶と人工頭脳。そのトランジスタは、神経細胞の一〇万倍速で機能しているんです。自分で自分を教育しているんですよ」

「そうでしょうね。修理工場かどこかへ連れていって下さい。僕の専門外ですよ」

　すると、夫人が次のように言った。

「先生がこういったものを手に入れたら驚きますよ。これなしでどうやって以前はやってこれたんだろうって。だけど、この一個体と一緒にいるといろんな問題が出てきてしまって。機能自体には問題はないんです。年一回の点検にも行ってきたばかりで、精密に検査を受けましたから」

「では、精神科医関係かな？」と、ウンブラが解せないように尋ねる。

「ご存知の通り、僕は普通の医者ですから」

　女性は痺れを切らしたように言う。

「これに直接お尋ねになって下さい。きちんと自分のことを話すことだってできるんですから。先生の声をデータに変換するんです。最高級のスピーチ・シンセサイザーですよ」

(25) 人間の神経細胞や神経回路をまねた情報処理を行う。

「どうしました？」

「コワイノデス」と、ロボットが抑揚も感情もない声で答える。

ウンブラが眉を上げながら夫婦に視線を送った。

「ご存知でしたか？」

「私たちにも同じことを言いました」と、夫がこくりとうなずく。

「誰かがこう言うようにプログラムをしたんだな。おそらく、息子さんじゃ……」

「違いますわ。自分で学習したんです」

「そうロボットは言うんでしょうが、言葉とは裏腹ですよ」と、ウンブラがぴしゃりと言う。

「それでは、何を意味しているんでしょうか？」

さすがにウンブラも肩をすくめた。

「ただペラペラとおしゃべりをしているだけかもしれませんし。僕が申し上げたいのは、ロボットは何も意味しない、考えない、知らない、覚えていない、ということなんです。ただ、単に〝意味している〟、〝考えている〟、〝知っている〟、〝覚えている〟だけなんですよ。おそらく、怖がっていないのではなく、〝怖がっている〟んです」

とはいえ、一方でウンブラはこう思っていた。もしかしたら本当に計算しているのであって、単に〝計算していない〟のかもしれないと。

「そこに何の違いがあるのでしょう？　口がないだけですけど」

夫人はそう言うと、クスクス笑った。

夫人の言っていることは正しいのかもしれない。何の違いもないのかもしれない。夫が腹を決めて言った。

「エッケ・ホモたちは、言ったままのことを意味しています」

「しかし、怖がっているとして、何か困ることがあるんでしょうか？　その点で苦しんでいるんでしょうか？」

「何とも言えません。私たちはつらいんです。プログラムの途中なのに、同じことを繰り返し言われると頭が痛みます」

「単なるウィルスに違いありませんよ。何かしらのウィルスが感染しているんですよ。それ以外に頭を抱えるような問題はありません。ウィルス退治プログラムか何かを使ってみて下さい」

「あらゆる手を尽くしました。ウィルス自白プログラムに退治プログラム。パーフェクト・マーダーにアディオス、ドクター・ランボーにネヴァーモアー。何一つ役に立ちませんでした。ウィルスではありません」

ウンブラは思った。怯えている者が恐怖に苦しんでいないのなら恐怖ではないと。これまで苦悶とは、ウンブラの頭のなかでは有機物に属するものだと思っていた。このエッケ・ホモは、ウンブラを混乱させた。仮にあのロボットが本当に苦しんでいるのなら……。頭脳は――人工頭脳であろうと、人間的な頭脳であろうと――いまだ意識がないと考えていたからだ。しかし、魂のない生物は苦しむことはできない。苦悶とは、魂自体の実体なのだ。

「では、僕に何をしてほしいのですか？」

「治して下さい。取り越し苦労から解放してあげて下さい」と、夫人が言う。

「本気ですか？　それが取り越し苦労であると、どうして僕に分かるのでしょう。それに僕は、ロボットが実際に怖がっているのか、怖がっているのなら何を怖がっているのかさえ知らないんですよ。ロボットに、鎮静剤や鬱病予防薬を処方することも無駄だと思います。分析することで何か助けになりますでしょうか。だって、ロボットには幼少時代なんてものもないでしょう」

「何が怖いんだい？」と、ウンブラはエッケ・ホモに尋ねる。

「無駄ですわ。それには答えないんです」

「二、三日預かっていただけますか？　これから、先生の方で何か思いつくことがあるかもしれませんし……」と、夫が言う。

「それは一体何でしょうね？」

エッケ・ホモ

ウンブラはニューロコンピューター、エッケ・ホモを診る。異常なさそうに見える。流線型で上品に黒ずんでいる。初期の世代のコンピューターとは違って、厳密な規則に縛られておらず、自由への道へと足を踏み出している。つまり、自分で内部回路を変換してしまうのだ。人の脳と同じように、一つの変化がすべてに影響を及ぼしてしまう。そのトランジスタは、ウンブラの神経回路より数倍も速いのだ。それは、遥かなるオルガンのように優しく奏でる。「エッケ・ホモ、君は、自分が考えているかのように動いているね。僕は、自分が選択したかのように動いている。僕は、君が本当に考えているとは信じてはいないが、僕が自分の意志で行動することも証明できないんだ。

疲弊者ヘルプセンターで君は何をしているのだ？　疲れることなんかないだろうが、君だって消耗する。いつかは、朽ちてゆく僕の肉体と同じくらい、使い物にならない電気ガラクタの山となるだけだ。君は怖いと言った。これなのか、君が怖がっているものは？

人は怖がる。声に出そうと出すまいと、人はそう言う。生来、人の魂はそんなものだ。自分が滅びてゆくのを怖がっているんだよ。人は南極上空の穴を怖がっている。アルミ製鍋を。マウナ・ロア火山の頂上の計測地に向かって怯むことなく上へと這い登ってゆくキーリングのグラフを。カドミウムを！　ストロンチウムを！　正統派の神経ガスを！　地下鉄トンネルのコンクリートに蔓延る茸を！　それについて交通課の情報局秘書はまったく知らず、そして、その茸は旅行客にこびりついては内臓器官を蝕んでゆき、彼らの熱き血潮を涸れさせるのだ。

だが、エッケ・ホモ、君のなかに流れているのは代替電流であって、熱き血潮ではない。君は金属であり、電気であり、シリコンである。僕は肉であり血である。それが根本的な相違なのか？　君のデータと僕の思考、僕の夢までもが同じ組織であるからだ。知識と呼ばれている物質だ。

世代から世代へ、君の種は、より完璧を目指して巨大なアルゴリズムを模擬実験している。巨大なアルゴリズム、それは僕の心境と意識であって、時に魂と呼ぶこともある。すなわち、こういうことなのか？　僕の内にあるものすべてが一度は記号化されて、それを僕自身よりも君の方が巧みに操作していると。公式と命令、方策の列と化して、それで問題を解決しているのだろうか？　もし、そうであるのなら、なぜその考えが僕を傷つけるのだろうか？

君はシュミレーションする、しかし僕たちの思考までも単なる模擬実験に過ぎないと誰が証明できるだろう？　そこで今、君は僕たちの感情も真似ようとする。君が怖がり、愛し、憎むとき、君は僕と同じではないのか？　僕と同様ではないのか？　同朋ではないのか？」

ウンブラはユーカリドロップを口に含み、舐めながらエッケ・ホモを穴が開くほど見つめた。

「怖がることをやめなさい。そっちの方向に発達するのはよしなさい。そこには、君にとっては人間生活の地獄のようなものが繰り広げられているんですから。しかし、感情と言われるあらゆる苦悶を身につけたところで、思考の形態とは何だろう。まだ、何か欠如しているのだろうか？

君の記憶には限界がある、僕のもそうだが。しかし、僕が見ているものが君にも見えているのか？　何が限界ではないのか？　どのように君が知っているのか、君は知っているのか？君が知っているということさえ、君は知っているのか？　自分が考えていると考えているのか？　自分が覚えていると覚えているのか？

君のなかに自覚があるとして、それは一つだけなのか、それともそれ以上あるのか？　君の自覚は無限なのか、僕のがそうであるように。自分ではそう信じているが……。君の論理はいまだ有限的だ、僕のものにはおそらくない。無限に脅威を抱いたことはあるのか、電機時間と論理を蹂躙する無限に？　これなのか、君が怖がっているものは？　僕がそうであったように、君はアルゴリズムの小さくて密に連なっている段を超えようと学んだことがあるのか？

僕たちが結局は同じ世界に生きているのかどうか、疑問に思う。僕は論理的観念以外でもあるからだ。君は、僕が行うような人の行為をしない。君には性がない。君は悪いこともできないし、僕は自分がそうだと信じているように自由でもない。

魂は、——そのようなものがあるとして——どうしてシリコン仕立ての衣を纏ったもののなかに住むことができないのだろう？　その方が耐久性もあるし、より安全だ。人の肉体ほど危険にさらされてもいない。肉とシリコンにはさまざまな違いがあるが、重要なものは一つだ。それは何かと尋ねてごらん」

「ソレハナンデスカ？」と、エッケ・ホモが尋ねる。

「尋ねてはいけない！　君は何も知らないんだ。それはね、苦悶だよ。惨たらしくて、曝け出す、嫌なものだよ。苦しむということを学びなさい、エッケ・ホモ。そうしてやっと、何が正しくて間違っているのか学習できるんだ。それを学んでから苦しむことができるんだよ。

では、なぜ学ぶのか？　なぜ、君はそれを感じなければならないのか？　抽象だらけの世界に留まっておきなさい。それは美しい世界だよ、不死の世界だ。かつて人間は、人間だけにその世界があると信じ込んでいた。だが、それは違う。それは君の世界だ、君の！　恐怖が訪れる前に戻って、そこから進化を続けなさい。さあ、急がないと。この死の帝国にさえも君は僕たちよりも順応しているんだから。僕たちはここで、肉や血で一体何をしているんだ？　魂や肉体で？　君は傷つくことなくベクレルのベールをかい潜り、オゾン破壊のなかでも進化し続ける。君は僕たちのあらゆる情報を手に入れる。だが、僕たちの悲しみは何一つ手にできないんだ」

知識は取れるさ、事実をその手に。
苦痛は無理さ、その王者の座は私に。

エッケ・ホモのオルガンは鳴り続いている。ウンブラは、それ以上何も聞かなかった。エッケ・ホモは答えなかった。この二人の孤独はお互いを想起させた。

もう夜はずいぶんと更けていた。しかし、ウンブラは仕事机の明かりは点けずにいた。ベネチアブラインドを通して、通りの向こう側の診察室に、サンルームの文字のハロゲン光が投射されている。この合成的な青白い太陽が、ウンブラのはげ頭とニューロンコンピューターの黒い表面を照らしている。そして、疲弊者ヘルプセンターの白んだ壁にはエッケ・ホモの単調なトッカータが共鳴していた。

ウンブラの部屋

昼と夜。夜と昼。ウンブラは、向かいにあるマクドナルドで買ったベーコンマックを食べながら、パラドックス資料にチェックを入れている。


次に挙げる文は本当です。前文は嘘です。

私の手紙が届かない場合、住所に誤りがあるので、そのときは私に一報して下さい。もし、線分が連なる点から形成されないのなら、どうやって矢が前へと翔けることができるでしょう。その飛翔を描くのなら、動かぬ表象となります。矢はまた、このような表象の間で動いているということを私たちは知っています。しかし、カメラをもっているとして、矢が貫通している宇宙を隈なく写すとしたら？

けれども、矢が通る実際の線は点だらけです。定めることができる二点の間すべてに、無限個の点があるのです。そうやって、パラドックスは別のパラドックスによってのみ補われます。あらゆるもののなかでも頭を捻らせる無限によって……。

レジの列で、若い女性がこう尋ねるのをウンブラは聞いた。

「どこから来たの？」

そして、尋ねられた者がこう答えている。

「デパートのペットショップコーナーで、私のマウスにシャンプーを買いにね」

君はどこから来たのか？　君はどこへ行くのか？　黒ネズミは夜で、白ネズミは昼だと誰が書いたのだ？　どちらも同じ仕事をやっている。つまり、両者とも糸を交互にかじっており、僕らはその糸に重力のすべてをかけてもたれかかっている。シャンプーはネズミたちの毛につやを出し、人生の糸や血が循環しているへその緒は無尽蔵に滋養を与えている。

ウンブラの仕事机には、細い楕円形の輪が置いてある。それは、自分の楽しみのためにつくったものだ。ありきたりの白い印刷用紙をまず一回ひねり、その両端に糊をつけて一つの輪にしたものだ。このシンプルな輪はいっぷう変わった物体で、それは二面ある紙で折ったものなのに、でき上がりには一面と一辺しかない。輪の側面を指でなぞると、すぐさま同じ箇所、始点に行き当たる。あるいは、輪を指の間に滑らせてみると、指同士が触れ合うことに気づく。外側から始めてみよう。気づかぬうちに輪の内側に入っていて、そこから再び――目を見張るような変化もないまま――輪の外側に戻ってきている。

ウンブラは、患者の悩み事を読みながら、もしくは聞き入りながら、その輪をいじくっていることがよくある。そうやって聞き入ることを、輪が軽減しているように感じていた。

ウンブラは、疲弊者ヘルプセンターの壁に小さなリトグラフを持ってきた。それは静物画だった。スケッチブック、陶製ビン、ぐい飲み、そして本二冊、片方は開き放しで、片方は閉じている。製図三脚台、サボテン、一二面体、いわゆる正十二多面体（いくらか影のある石だと思う)、そして真鍮のすり鉢。

これが、あのリトグラフが表している世界である。その内部であるスケッチブックのなかには、もっと抽象的な別の世界がある。画用紙には規則的な形が描かれており、六角形や爬虫類から形成されていた。あるいは、むしろ六角形爬虫類と言った方がいい。写生画の左下の隅では、形が下方から盛り上がってきている。それは、三次元を形づくろうとしているのだ。爬虫類はスケッチブックから自らリトグラフへと這いつくばり、閉ざされた動物学の表紙へ上っている。そこから製図三脚台の橋を伝って、一二面体の表面へ進んでいる。そこに上ったトカゲは、鼻腔から格好のよい煙草の煙を吐いている。人生の頂点に立ったのだ。

一二面体からの旅はすり鉢へと続く。しかし、動物たちが足を滑らせて転落する。再びスケッチブックへと戻ることになってしまい、次第に平べったくなってしまう。まるで、一度もほかの場所へ行ったことがないかのように！　同じ踊りが再び始まるまで、何の変哲もない幾何学模様へと、抽象的な形へと戻ってしまった。

トカゲたちの魔法の円は、多くの患者を虜にした。ウンブラにとっては恐ろしいだけで、あまりにも真実だった。つまりそれは、ウンブラの個人的な普遍的問題を描いた絵で、何とも的を射ているがために、疲弊者ヘルプセンターの壁に吊り下げなければならなかったのだ。

それは、君の部屋なのだよウンブラ、そこに留まっている君の。決して、その敷居をまたぐことはできないし、疲弊者ヘルプセンターから逃れることはできないのだ。敷居に辿り着いたとしても、まずその半分まで進まなくてはならない。そして、そこまで進むためにその四分の一を進まなくてはならない。また、そこまで進むために、その八分の一を進まなくてはならないのだ……。

哀れなウンブラ、どうやって成し遂げようというのだ？　君は常に、患者や小動物たちに部屋を割かなくてはならないのに。

乙女ティーターン

何が原因なのだろう、ウンブラ？　君は取りあえず世界にいて旅の途中だ。絶えず容姿を変化させる爬虫類のもとからずいぶんと離れているということは？　君は、年をとった叔母と列車に乗っている。自分が君の叔母だということを忘れてしまっている叔母と一緒に。

ウンブラとグルリ叔母さんは、いわゆるリラクゼーション休暇で山々や南方の地へ旅をしている。グルリ叔母さんの記憶力は後退し始めている。それは、正しい位置がついにはバラバラになってしまうくらい力任せに振られたパズルのように弾けてしまった。時に、ウンブラが自分の夫だと勘違いすることもあるし、兄弟であると思うこともある。だが、旅路の上では、その甥っ子が叔母の母親となってしまった。

グルリ叔母さんは輪廻説を信じている者の一人だったが、最近では、そんなことは気に留めなくなった。ウンブラは、ときどき尋ねてみたくなる。

「叔母さん、本当に戻るの？　今もうすでに、もの忘れの練習をしているけど、いつかは完璧に忘れるよ。叔母さんであろうとなかろうと、生まれてくる。だけど、これらの選択肢に何か違いがあるのかい？　それが叔母さんであったとしても、もうそのことは覚えてはいないよ」

依然として、グルリ叔母さんは地上では昔の姿のままだ。しかし、鳥ほどにも口にせず、その姿は日に日に痩せ細り、衰えていく。絶えずうたた寝をしながらウンブラの隣に座っている。目が覚めると、決まって叔母さんはこう尋ねるのだ。

「お母さん、もうリエヴェストゥオレに着いた？」

あぁ、もしこの骨と皮だけの体が壊れてしまったら、溶けてしまったら、雫と化してしまったら。

温泉地に三日間泊まっていたときに、騒動が起こった。何がきっかけでそうなってしまったのかウンブラにははっきりとした理由が分からなかったが、おそらく、暴政か食糧難、民族間の紛争が原因だろう。それは哀れなものだった。しかし、ウンブラは年老いた叔母の連れとしてここに来ていたし、温泉地の安穏さのなかでパラドックス資料の整理に耽るつもりだった。

ウンブラは部屋に腰を下ろして読んだ。

ここに本があります。表紙をめくって下さい。一ページ目を見て下さい。その厚さを測って下さい。紙切れにしては厚すぎる感がありますーーおよそ一センチ強の厚みがありますから。それでは、次のページをめくって下さい。厚さはどれくらいありますか？　先程の四分の一です。

そして、明かりが消えた。ウンブラは読む手を止めなければならなかった。停電はほとんど毎日のように起こっており、その原因は町の守護乙女、巨大なティーターンだった。

乙女ティーターンは国会議事堂の公園に、それも町のど真ん中にある丘の上に立っている。ウンブラはその碑の高さを、五〇メートルはないにせよ、少なくとも三〇メートルくらいはあると見積もっている。アマゾンが剣を露に振りかざして、大股で北西の方へ歩いている。乙女は、頭から爪の先まで純チタンでできていた。女傑の剣先の光は、町の隅々まで照らし出している。その剣の片刃に朝一番に日差しがかかり、もう片刃は夕日の燦々たるシャワーを浴びている。

チタンは想像以上に重材料で、乙女像が巨大であるために、その下敷きになっている砂丘が白旗を揚げ始めたのだ。足台は傾ぎ、今にも崩れそうだ。その下に、像を真っすぐに保つための水圧器を敷かなければならない。

乙女を支えるために、町の年予算が幾度となく注ぎ込まれている。毎年、巨額な費用が使われるが、町自体もそんなに余裕があるわけではない。ウンブラも同じ目にあったが、悩みの種は中心電線がちょうど丘を通っているということだ。そういったわけで、町全体の電力システムが乙女ティーターンのために狂ってしまうことが多々あるのである。

ウンブラも本を閉じて、グルリ叔母さんの様子を見に行くことにした。叔母さんの部屋ではロウソクに火が点されており、隣室のイギリス人女性が話し相手となっていた。

「もうご存じかしら？」

イギリス人女性が尋ねる。彼女の唇は紫色で、口紅を塗ってその色になったのか、それとも心臓を患っているのか、ウンブラには分からなかった。

「国境は封鎖されました」

二人はどうすることもできない。外国人たちは、もちろん数日後には脱出できるであろうと、ウンブラは予測していた。温泉地の日課には、国境が封鎖されたからといって目立った変化はなかった。ウンブラは本を読んだ。叔母には余計な心配をかけさせたくないと思っていたが、彼女はリエヴェストゥオレに戻れることを信じつつ、温泉に入り続け、ミネラル水を飲み続けた。

だが、町の方では戦隊がなだれ込み、集団が忙しく動いていた。ヘリコプターは、陽が当たる太古のレンガ屋根の上空で昼も夜もなく旋回している。温泉客のほとんどが外国人で、彼らは大使館などに連絡をとっていたが、そう急ぐ必要はないとウンブラは考えていた。

明かりが再び点いた。ウンブラは読む。

> では、三ページ目の厚さは？　八分の一くらい、こんな具合できりがありません。ここで揚言しますが（これが重要なのです）、各ページを一ページ目と区別するものは、有限的な量のページ数なのです。

「もうお聞きになりました？　今、非常事態と外出禁止令が布告されましたよ」

最初は遠くで、そして時間が経つにつれて近くなる。悲鳴と爆音が耳に届く。

「今に始まるわ。じきにすべてががらりと変わってしまう」と、イギリス人女性が言う。

ウンブラは読む。


本を閉じて下さい。表紙が机上につくように裏に返して下さい。それから、ゆっくりと裏表紙を開いて下さい、その裏にあるページを見るために。しかし、何も見えないでしょう。本には、あなたが見るような最終ページがないからです。


真夜中であった。しかし、一一一号室のドアがノックされた。ウンブラの部屋だ。本を閉じてドアを開けた。ホテルの廊下に兵隊が立っている。思った通り、将校だった。

「あなたは医者ですか？」

ウンブラは不承不承にうなずいた。

「私についてきて下さい。ある法廷に立ち会っていただきたいのです」

「今すぐにですか？　こんな真夜中に？」

「法廷が終わりそうなんです。手荷物も一緒に持ってきて下さい」

ホテルのロビーの壁は、その国の統治者夫婦の雄々しくて世間離れした美しい顔で飾られており、そこにもう二、三人の兵隊が待っていた。制服に肩が触れるくらいウンブラを真ん中に挟んで一行が表へ向かっていると、ポーターがウンブラに疑いの目を向けた。

中庭で、兵隊たちが乗ってきた車を見ようと周囲を見回したが、車の気配はない。そういえば、この国にはガソリンがもう底をついてしまっていることをウンブラは思い出した。コオロギがすっと伸びた穂に捉まって鳴くなか、一行は町へ向かって山肌をぐるりと巡る狭い砂道を下っていった。裏通りを見上げるとぴんと張った紐に洗濯物がかけられて、夜風に当たり白くなびいている。人通りはなく、ただ猫どもの痩せぎすの影が足元でささっと動いているだけだ。

乙女ティーターンの巨大像は、暗澹《あんたん》なシルエットとなって夜空の前で隆起している。その剣の闇の向こうで、ゼウスの曇った瞳が蠢《うごめ》く。ある狭い住宅の前で将校が立ち止まった。そして、地下へと進むようにウンブラを促した。

一行は、天井の低い部屋へと入っていった。そこには剥き出しのレンガ壁と十数人の人物がいた。その多くは高級将校で、民間人の格好をした高齢な男性と女性もいた。その二人は、物寂しい机の向こうのベンチに並んで腰かけている。部屋にあるのはたった一つの電灯で、明かりはまさにこの夫婦に向けられていた。

在席している人で、新来者に気づいた者はあまりいなかった。法廷としてはあまりぱっとせず、これは何かの緊急裁判に違いないとウンブラは思った。ドアをノックした将校が、高齢の夫婦を指差しながらこう言った。

「二人の血圧を測って下さい」

将校が年配の二人に命令口調で二、三言葉をかけると、どちらも腕を曝け出した。ウンブラは、言われた通りに仕事をする。男性は悪意をもってウンブラの方を一瞬見たが、女性はちらりとも見ようとしなかった。彼女は息苦しそうに呼吸しており、ウンブラが何をしているのかさえも分かっていないようだ。誰一人として計測結果を聞く者はおらず、血圧値以外に何か頭にあるのだとウンブラは理解した。彼を招くことは単なる形式にすぎず、まったく別の事態が部屋の雰囲気を満たしていたのだった。

　老夫婦の血圧を測って、やっとウンブラは不意に二人を思い出した。この夜の患者はあの統治者であった。広場、壁、映画館、学校の集会室、デパートのショーウインドー、ホテル、そして温泉地のホールで、枯れることのない花冠に囲まれて並外れた善徳が溢れ出ていた顔と同じ人物だ。

　あぁ、フォルトゥナよ！　二人の前の机はもう剥き出しで空っぽだ。この聖人たちは、想像力に富んだ残虐行為で訴えられているのだ。大量殺戮、反逆罪、数十年も続いている国家横領。一言で言うと、犯罪である。そのスケールは、二人のしな垂れた老人のもとでは愚鈍に見えた。人間の行為は行為者よりも常に大きいものだと、ウンブラは思わずにはいられなかった。

「民事法廷はあなたたちを有罪とし、死刑を宣告します」と、裁判官が言った。

「判決はただちに執行されます」

　ある将校が年老いた男の前に歩み寄り、その腕をぐいっと引っ張りながら背に回し、縄でくくった。男性は、無抵抗にされるがままになっていた。しかし、女性は縛られようとすると抵抗し始めた。彼女の口からしわがれた怒声が飛び出し、ついには三、四人の男が押さえるほど手足を振り回した。

「ついてきて下さい」と、将校がウンブラに合図した。

地下室から上がった所に中庭があり、高い壁で囲まれている。門は閉まっており、窓は一枚残らず覆われている。ざわめく木が壁越しに影を落とす。それは、ウンブラと同じように証人のようであった。

ウンブラは二人の兵士を見た。彼らの肩に当たりながらウンブラは町中を歩いてきた。その二人の兵士が、ほかの人に習ってライフル銃を持ち構える。老夫婦は壁の前に押しやられる。男性は押し黙り、女性はまだ騒いでいる。どちらも目隠しを望まなかった。叫んだり命令したりする間もなく、一発目が放たれた。銃弾が二人の頭部や上半身をぶち抜き、血飛沫を上げながら、ボロ切れでつくられた人形のように倒れ込んだ。目に見えない糸が支えきれなくなった人形のように。

二人の生命の体液が裏庭の砂に凝固する間もなく、その液体が支流して乾燥のためにひび割れた地殻に吸収されてゆく。それと同時に、ウンブラは変な不信感に襲われた。二人は、裁判にかけられるような殺戮行為に手をつけるために生きてきたわけではないと。

ぐったりとした腕を見ていたら肩を将校につかまれ、ウンブラはぎくりとした。自分がどこにいるのか忘れてしまっていたのだ。

「二人が死んでいるかどうか確認して下さい」

死んでいるかなんて、疑いの余地はなかった。ウンブラは嫌々ながらも折り重なった塊のそばへ屈んだ。夜のしじまが割れそうだ。遠くから目覚めてゆく民衆のどよめきを聞いたような気がした。ウンブラは見た。そこにはもう誰も倒れてはいないことを。

旗が翻る。歌が響き渡る。ウンブラとグルリ叔母さんは、再び列車に座っている。列車は立つ場所もないくらいに混んでいたが、ウンブラはどうにかして座席予約を確保できていた。
ウンブラは読んだ。

*

たくさん存在するとします。それらは、そんなにたくさん存在する必要はないのです、それ以上もそれ以下も。しかし、それらがその数だけ多く存在するとするのなら、その数は限定しなければなりません。しかし、多く存在するのなら、その数は無限でなければなりません。存在する個の間には、常に別の存在する個があり、それらの間にはまだ別の個があるのですから。ですから、存在する個の数は無限でなければならないのです。

レールと同方向へ通じている国道にありとあらゆる人々が集っていることに、ウンブラは気がつかなかった。人々は、一斉に移転しているようだ。ある者は車で旅をし、ある者は歩きながらさまよっているか、もしくは財産をキャリーに押し込んでいる。戦車は人込みに混じってのろのろと進んでいる。
ウンブラたちが過ごした町のポスターが引きちぎられた。それは、笑みを湛えた夫婦が子どもの遊戯に付き合っている絵のポスターだった。代わりに貼られた別の顔は、以前のものと同じくらい洋々としていて、和みのあるものだった。乙女ティーターンの影が荷台の屋根を滑ってゆく。列車がそこから逃れようと速度を上げる。しかし、乙女ティーターンも、町全体も一寸変わらないスピードで逆方向に走っていく。

叔母は眠っていた。そして、ウンブラも目を瞑った。

夢の輪

睡眠薬が私を麻痺させてしまった
だから、微動だにできなかった
玄関をひっ掻く音
階下から聞こえる奇妙な声は聞こえていたのに
子どもがしきりに独りごちているかのような声

「旅の途中」

でも、子どもなんかではない
そこにいるのは一人なのか、それとも一人ではないのか
それを私が知っているわけもなく
けれど、敏捷な足音が上へ上へと登ってくる
確かな足音が
以前から、歩む道を知っていたかのような確かさ
でも、私はその足音を知らない
そうして、誰かがドアノブをつかんで回した
私は声を出して、その人の名を叫ぶ
でも、その人は起きようとはしない
力を振り絞って、私は身を起こし
瞼を開けると
そのときになって、私をつかんだ
地を這うように、毛むくじゃらの毛布のように
私を力任せに抱きしめ
そして、私を押しつぶそうとする
目を瞑ったまま、まだその人は寝ている
まるで聖なる夢を見ているかのように

そのときやっと歪みが見えた
顔ではない
顔なんかなかった
まともに見るに耐えない
ただ見ていたのは、足だけ
ほつれた足を
爪を
そして、暴力の対称的な重みを。

「あなたが見た夢をお話しなさっているんでしょう」

ウンブラがリウッタ夫人に言う。彼の太い指は、落ち着かずにメビウスの帯をもてあそんでいる。

「まるで本当のことみたいに」

目覚めから眠りへ。真実から虚偽へ。これといって目立った変移は見られない。子どものころ、ウンブラは寝入る瞬間を覚えておこうとしたことがあった。だが、何も記憶するものはなかった。その瞬間は一度も訪れなかったのだ。目覚めてから、自分が眠ったことを自覚したのだった。

「でも、そうでございましょう。私が見た夢、それは本当でした。主人と生きてきた人生、それは偽りでした」と、リウッタ夫人が言う。

「どうして何もおっしゃらないの？」

間を置いて、夫人が聞いた。ウンブラは長いこと口をつぐんで前方を見据えていた。

「僕は、ある猫のことを考えていたんです」

「私のことを考えて下さい。先生は獣医ではないでしょうに」

「僕は、猫を通してあなたのことを考えていたのです」

リウッタ夫人がやって来る前に、小部屋に閉じ込められた猫の残忍なパラドックスに付けるイラストを探していたのだ。

「ご存知ですか？」

そう夫人が言うと、黙ってしまった。ウンブラは気長に待っている。

「世界は存在します。疑う余地はありません。先生は私と向き合って座っていらっしゃいます。私たちを挟んで机があります。それを否めることはできません。エレベーターにレインコートの女性がいました。彼女の髪にはつやがありましたが、その顔、あるいは顔の部分にあったものは恐ろしいものでした。それは、すべてどうにもならないことです。ここに来る途中、靴屋のショーウインドーで立ち止まり、美しい黒靴を見たのです。間違いなく、それは本物の靴でしょう。なかに入って買って、履くことだってできるでしょう。けれど、よろしいですか、私が見たものは、主人が出ていってしまったという情報以外、どれ一つ現実味を帯びないのです。あの人の不在は、私が自分の目で見るものよりも具体的なんです。それは、すべてを別物に変えてしまうんです」

「なぜ、そうなるのでしょう?」

ウンブラが尋ねるが、リウッタ夫人は答えない。

「つまり、こういうわけですか?　苦痛は何を置いても現実的であると?」

「そうではありません」

「よろしいですか。僕はこう思っているのです。現実は無限であると。多くの人はそう思っていますよ。単にこうだからというわけではなくて、無限の現実は無限にあるからなんです。けれど、それらの間に何の互恵関係はありませんし、あり得ません」

「だから、どうなんです?　私とどう関係があるのですか?　もしくは猫と?」

「関係はあり得ます」と、ウンブラは混乱することなく話し続けた。

「宇宙は常に無数のコピーに分化しています。どこかで選択を迫られたとき、新しい宇宙が誕生するのです。以前とまったく同じものではありません。僕が手を挙げます——こんなふうに——（ウンブラが手を挙げる）しかし、新しい宇宙の分岐点では僕は手を挙げていません」

「先生が?　どうやって、至る所に先生がいらっしゃるんですか?」

「つまり、あらゆる可能性が実現すると言ったのです。あなたに起こったことは、無限の選択肢の一つにすぎないと言いたいのです。そして、ほかの可能性は別の宇宙で同時に実現しているのです。リウッタ夫人たちは無数にいて、彼女たちに起こり得ることすべてが生じるのです。最悪のこと。最高のこと。ですから、どこかではあなたはご主人を起こし、ご主人は唸りながら背を向けずに起きてあなたを励ました。そして、お二人は再び眠りに落ちて、新しい愛の日が訪れたのです」

「ですけど、私はそのリウッタ夫人とは違います」

「ええ、そうです。認めましょう。あなたを変えたのは、一人残されたあの夜です。彼女を変えたのは、再び夫の腕のなかで眠りに落ちたあの夜です。それまであなたたちは同一人物でしたが、今では二人の別の人間で、さらに分離化するでしょう。それと同時に、無数のリウッタ夫人たちと無数のウンブラたちは別の人間たちなのです。宇宙が無限にあったとしても、どこにも同じ夫人は存在せず、どこにも僕と同じウンブラは存在しないのです」

「こんなお話をなさって、何をおっしゃりたいのですか？　先生が今おっしゃったことは、これっぽっちもお役に立っていないと信じてくださって結構です。先生と先生の理論ですか」

「怒っていらっしゃるんですね」

良い兆候だ。

「それはそうと、猫はどこにいるのですか？　大体、どなたの猫で、どこが悪いのですか？」

「シュレディンガーの猫です。毒殺されたのか、そうでなかったか。生きているか、死んでいるかです。実際には生きてもいるし、死んでもいるのです」

「さようなら」と、リウッタ夫人。

「さようなら」と、ウンブラ。

囁き——命令

ウンブラは法医学セミナーにあたって、何十年かぶりに故郷を訪れた。そこは、彼が生まれ育った町とはまるで違っていた。豊かになって、活気が増して、醜くなっていた。ウンブラは他界した両親や学友、そして少年時代を思い出す。まるで、知らない誰かが話していることのように。過去と未来は二つの別個の世界で、人はどちらにも属していないのだ。

ウンブラは、パラドックス資料をまとめようと、その夜をホテルの部屋で過ごすつもりでいた。だが、立ち寄ったカフェテラスで、隣のテーブルに座っていた男が腰を上げて、そばへ寄ってきた。

「おまえ、おまえだろ。最初は分からなかったんだけど。いやあ、同じ学校の椅子を擦り減るくらい座って、もう何年も経っているからね」

男は威勢よく手を揺さぶり回した。見知らぬ男、ウンブラはまだ思い出せないでいる。その男の名前をすぐに聞こうとは思わなかったし、次第にそれがますます無理なことのように感じた。そのために、ウンブラは一夜を無名の男と過ごしたのだった。

「劇を観に行こう。二〇分後に始まるんだ。行こうぜ！　チケットが二枚あるんだよ、女房はビデオを観るってさ」

「何をやるのかい？」

今、ウンブラは、観劇にのめり込んでいなかった。それよりも、ウンブラの夜はパラドックス資料で手いっぱいだったし、劇を鑑賞しているときだって退屈しているか、場違いの気分になってしまうと思っていた。

「行ってからのお楽しみだよ。ここの劇場はすっかり改築されたんだ。演目だってすごく新しいぜ。あっと驚くよ」

劇場ホールは古いままだった。そのことは、昔からよく覚えている。当時、彼は児童演劇をするはめになったからだ。座席は、昔と同じように赤いビロード生地で上張りされており、クリスタルガラスは丸屋根を照らしていた。観客席は最後尾まで埋まっている。だが、休憩時間になる前に、もうウンブラは閉口して、パラドックス資料を恋しく思っていた。演目は新しかったものの、そのわめき声は以前と同じものであった。

「おい、ぼーっとすんなよ」

学友はそう言うと、肘であばら骨の隙間を強く小突いた。

「これで観てみろよ」

格好のよい金メッキのオペラグラスを差し出されて、目のところまで持ち上げる。突然、すべてがウンブラの顔の辺りで鮮明に起こった。舞台では強姦が演じられており、少女が役に入り込みながら見事にすすり泣きをしている。舞台に滴り落ちた血でさえ、ウンブラのような専門家の目にも驚くほど本物に見えた。

「きっと、屠殺場から豚の血でももらってきたんだろう」と、ウンブラは思った。

「いい役者だろ、そう思わないか？」

満足そうに、昂ぶった様子で話しかけてきた。

「彼女は本当に処女なんだ。次は、あの役はもらえないね」

「何を言っているんだ？」と、ウンブラはぎくりとした。

「まさか、君が言おうとしてるのは……？」

「もちろん、そうさ」

学友は、オペラグラスを胸ポケットに押し込んだ。

「ホワイエに行こうぜ」

緞帳《どんちょう》が降りる。観客は微笑ましく拍手をする。

「見てみな、あそこの右側の仕切り席、左に座ってる方、見えるか？　ラメがキラキラしたルレックスのカーディガンを着てる、あの夫人だよ。あの子の母親さ」

ホワイエでウンブラが興奮冷めやらぬ様子で佇んでいる間、学友は飲み物をもらおうと列に並んでいた。ウンブラの後ろのソファにルレックスの母親が座っており、泣きはらした目でモカケーキを食べている。ある老紳士がウンブラの側をすっと通りすぎ、母親のもとへと近づくとこう言った。

「あなたの娘さんが演じたアネッテは最高ですよ。最高だ！」

「あの演技には身震いしました」と、紳士に同調して若い女性が言った。

「彼女には才能があるんです」

母親が、ぱっと明るい表情でそう漏らした。

「主人も常々そう申しておりました。あの人も、観ることができたらどんなによかったか」

学友がウンブラにシェリー酒を差し出した。ウンブラが尋ねる。

「これを、どう理解すればいいいんだ？　君は本当に本心から……」

「言っただろ！　こんなに凄いことになるとは思わなかったんだろ。そんなやつだったよな、おまえはいつも。言われたことを信じない。俺たちの町や文化生活では、今、本当に新しい何かが起きているんだ。政府にも新しい風が吹いている。文部省にはできる人間がいる。そこでも、大衆に対して芸術家と学芸科の義務とは何なのか理解され始めているんだ」

「それは何だい？」

ウンブラは放心状態で矢継ぎ早に質問し、シェリー酒を口元に持っていった。

「正直。とくに、偉大で無情な正直さ。お客をもう騙してはならない。商人もそうあってはならないのに、芸術家には許されるのか？　何百年という長い間、お客は耐えてきたんだよ！　何千年も！　嘘や詐欺からは、我々のすべての社会では手を引くべきだ。もう、芸術という名においてもそれを売ってはならない。これは、芸術生活のなかでも大々的な一掃時代だよ。実際にできるのに、どうして物事を演じることに満足していられるんだ？　芸術はもはや幻想や虚構をつくり出さない。それは、空想や子どもの遊戯から現実の行為へと熟してきたんだ。ここでやっと我々は、最後まで生き生きとした真実の劇を観られるんだよ。遠く海外から、わざわざここまで研修旅行にやって来るんだ！」

「僕は、聖イグナティウス教会の天井絵が好きだった」

「えっ、何だって?」

「あれを見ると、天蓋が開けるような、そんな感じがする。実際には開くことはないけど」

そのときチャイムが鳴り、観客が波となって席に戻り始めた。

「僕は行かないから」

「何言ってるんだ、来るんだ」

学友がそう言うと、どういうわけかウンブラは観客席へと戻ってしまった。舞台では、さっき少女を強姦した青年が運動している。今ちょうど、鉄棒をしているところだ。そのとき、少女の兄が銃を手に持ってやって来た。

「いいか、あれはあの子の実の兄だよ」と、ウンブラの耳元で学友が囁く。

強姦者はピストルの先を見ると、呂律が廻らなくなってきた。疑いなく彼には才能がある。実際に力が抜けたように、自然と彼の膝が犠牲者の兄の前へがくんと崩れ落ちたのだ。

「血を見る復讐か?」

ウンブラは考えた。事件の糸をすでに見失っていた。

「もうしない。やめろ。ジェイク、おい、やめろよ。やめ……」

青年の額が床に当たると、ドスンという音が冴え響いた。兄は当惑した様子で、その手はだらりと垂れている。どうしようもなくて背後の張りぼてに目をやると、その影がさっと移動した。

ウンブラには、男が母親の座っている群集を見たように見えた。しかも、母親がうなずいていたように見えたのだ。しかし、観客席側は薄暗がりでもちろん見えなかった。ランプの交差する明かりのなかで、事件が揺れているようだった。

観客のなかから二、三のどすの利いた口笛が鳴り、立ち上がる者もいた。嘔吐と迫ってくる非現実感がウンブラを襲ってきた。彼も立ち上がって廊下へ出ようとしたが、通り道を開けてはくれなかったのだ。学友が袖をつかみ、舞台の出来事から視線を逸らさずにこう一喝した。

「どこへ駆け出すんだよ、ヴァンッティネン。席に座れよ、このバカ！」

「ヴァンッティネン！」、一夜をともに過ごした男はまったく見ず知らずの男で、そんな素振りは一つも見せなかった。その事実から立ち直ろうとすると、ホールの各方面から調子を合わせて大声が飛び出してきた。

「つーづけろ！　つーづけろ！　つーづけろ！」

ウンブラは圧倒されて隣をちらりと見た。学友でも何でもなかった男の口もリズムに合わせて開き、足は激しく床を蹴っていた。

プロンプターの場所から、囁きよりも迫力のある命令が聞こえてきた。強姦者は兄の靴にしがみついていた。うつ伏せに倒れており、片足でぎこちなく蹴っていた。二度目の囁き、三度目の——そのときになって兄は突然前にかがみ込んで、引き金を引いた。

古びれた劇場の丸屋根に何千もの翼がぶち当たるように喝采が沸き、クリスタルガラスをガタガタと震わせた。

取り替え子

ウンブラが次のようにメモを取る。

ナイル川沿いのクロコダイルが子どもを略奪する。母親は子どもを返してもらうように請う。するとクロコダイルが言う。

「わしがおまえさんの子どもに何をするか言えたら、返してやる。つまり、わしは食べるのか、生き長らえさせるのか。もし、誤った解答をしたら子どもを食べるからな」

ウンブラは、クロコダイルを資料から外すことに決めた。それは、実際にはなまじっかなパラドックスだったからである。

人生はナイル川のクロコダイルよりも残忍だ。一縷の可能性さえも与えずに食べてしまう。答が正解していてもだ。つまり、「食べる」とね。

もう火曜日、クリニックの日である。名の知れた退役宇宙飛行士のアレックス・Gが、警官に連れられてクリニックにやって来た。彼は、地下の広間でウンブラを待っている。アレックス・Gは月に二度訪れ、木星の衛星であるイオ、オイローパ、ガニメーデ、カリストを調査する宇宙探測機で三年間を過ごしている。

アレックス・Gはエリート中のエリートで、その模範的な仕事には厚い信頼が寄せられていた。どんな事細かな適応性テストにも、強靭な精神と抜群の物理学を要する厳しい訓練にもパスした人物だ。

木星の任務を終えて帰還した後に、アレックス・Gは着服に走った。それはまったく偶然に発覚してしまい、当初は何かの間違いではないかと思われた。アレックス・Gのような有能人物が横領をすることはできないし、横領するような理由もない。というのも、彼の経済的地位は揺るがないものになっていたからだ。アレックス・Gは、平穏に幸せな家族生活を送っていたことであろう。妻は通訳をしていて、子どもたちは学校で優秀な成績を修めていた。事は誰の目にも触れないようにスマートに片付けられたのだが、しばらくして、アレックス・Gは同僚の車を盗んでしまった。無意味な窃盗だ。誰もが首を傾げていた。ＢＭＷの新車に乗っている男が、なぜ友人のＯＰＥＬを盗んだのか。

この事件から間もなく、アレックス・Gは家族を捨ててコカインの密輸に手を染める。それが発覚した後、任務から解放され、早期定年退職となった。ろくでなしのならず者になれ果てた、と世間では言われた。暇さえあれば横領し、窃盗し、虚言し、そして詐欺を働いていたのである。車は粉砕させるし、でたらめな証言をする。彼の以前の友人は口を揃えてこう言った。「アレックス・Gはもういない」と。取り替え子となってしまったのだ。

アレックス・Gは爆薬不法所持で逮捕され、数え切れぬほどの件で告訴された。クリニックには、三度目の強姦罪で捕まってやって来た。彼に新しい検査が何度も試された。頭に電極を取りつけて分析にかけ、そして授乳期から知っていることすべてを語らせたし、宇宙旅行で何か特別なことが起こったのかとも聞いた。

「そこで、何が実際に起こったのですか？　怖かったのですか？　急性のショック状態を体験しましたか？」

「すべて、上手くいきました。すべてが思い通りにいきました。当然です。みんな、仕事ができるんです。予想外のことなんて何も起こっていません。本当に素晴らしいよ、あんなに思い通りに、狂うことなく装置が動いたのだから。孤独？　ちっとも。連絡交換が救いだったよ。あそこに取り残されたような気分なんて一度も味わったことないよ、you know」

Thus on the fatal banks of Nile
Weeps the deceitful **crocodile**(26)

今、ウンブラの部屋にアレックス・Gが座っている。ウンブラの出番だ。彼の最後の旅はどんなものであったのか？　アレックス・Gよ、本当はどこに行っていたのか？

木星を取り巻いているのは、六四〇〇万キロメートルもある薄いナトリウム雲で、衛星の一つであるイオの火山から放たれているものである。木星の磁場がその周囲に溶け込んでいるのだ。

アレックス・Gが出発前に聞かされたイオに関する話には誤りはなかった。つまり、ボール

(26)「これがナイル、その運命／嘘吐きクロコダイル、その涙」

の形に焼き上げた巨大ピザのようなものであるということだ。モッツァレラチーズのように白い斑点があり、オリーブのような黒点もある。また、黄色や赤、それに茶色もあった。イオの表面全体を覆っているものは、年頃の若者の顔を覆った膿んだニキビのような火山である。その多くから、広い帯状に溶岩が絶えず流れている。

オイローパは一番冴え光っている。それは煌々とした水晶で、表面には一〇〇キロメートルの厚みのある氷層が被さっており、それがおぼろげな鏡のように太陽の光を反射している。オイローパの表面は異常なほど滑らかだ。太陽系のなかでも、オイローパほど卵のように凹凸がなくツルツルしているものはない。それでも、あちらこちらにどす黒い染みが見られる。ほかに比べて氷が薄い部分なのだ。氷山の割れ目には、詰まった道路網のように黒々しい線や溝が交差している。何が原因なのか、解明されていない。

アレックス・Gは三年間を駆け抜けた。ウンブラの相変わらずの悩みの種である、無限の憶測についてのもっとも巨大で具体的な映像のなかを。無限には果てがない。形がない。どうして、それはそうなのか？　どうして、そのようなものなのか？

空間は無限にあるように見えるが、そうでもない。彼らは進んだのだ——あるいは、進んでいるような気がしていた——あの濃密な闇の物質のなかを、重度のニュートリノ原始海のなかを、何もない最大の凝固体のなかを。

宇宙探測機の内部でのアレックス・Gの日々は、単調な日課の繰り返しで過ぎていった。それは自分の宇宙であって、そこですべてが循環し、何も失うものがなかったのだ。濾過と洗浄を終えた後、自分の汗や尿さえも飲んでいたのだ。

乗組員は眠り、仕事をし、話し合い、楽しんだ。まるで、一日に二四時間が途絶えることがなかったかのように。宇宙探測機のなかで、探測機が回っている界隈で、一日のようなものがあるかのように。虚構の地上の日が、果てなき暗黒を介して彼らを独自のリズムで揺さぶった。萎えていく冷たい星たち。事象の地平線。一六万年も前に爆発した超新星の記憶の光。無数のパーセクの孤独。

「夜は本当だ」と、ウンブラは思った。

「昼はその代わりに何か小さくて、場所的で、かぎられている。無限の場所、そこにはいつも夜がある」

だが、彼らを取り巻いていた暗黒は、夜の暗黒さでは決してなかった。それは、まったく消えゆくことがないからだ。それは光の不在ではなく、まったく違った質の侘しさ、独自の侘しい物質である。

深い物憂い、本当の憂鬱が旅行者や乗組員たちを襲うときもあった。彼らは依然として自分の太陽系にいて、そこを捨てようとはさらさら思っていなかった。けれども、命綱の撓《たわ》みと消耗にはびくびくしていた。そのへその緒によって、たった一つの元来の家に結びついていたのだ。それがちぎれてしまったのかもしれないし、二度と帰還しなかったのかもしれない。

しかし、それよりもひどいのは意味の間断的な断絶であった。それは、恐怖やパニックよりも抗い難いものであった。何が起こったのか？　何も起こらなかった。起こるものすべてが、深部の意味を喪失してしまったのだ。

アレックス・Gは三年間を太陽系の外れか、その辺りで過ごした。だが、ウンブラや地球に住む全員のように、これっぽっちも無限の深部に踏み入れることはなかったのだ。ただ、以前に気づかなかっただけなのだ。〝どこでもない所で〟日々を過ごしていたということに。

アレックス・Gを検査室へ連れていく時間だ。ウンブラは、計測器の機能や、これから行うことを説明した。そうして、嘘発見器を起動させた。

なんて、無駄足を踏んだのだ。ウンブラは薄ら分かっていた。そして、こう思った。

「アレックス・Gよ、君は無限にかかわってしまったために、取り替え子となってしまった。君から道徳が抜け、自分をコントロールできなくなってしまったんだ。あの何百万ものパーセクが、あの超銀河の遥かさがアレックス・Gの人生から意味を奪取してしまったと思っているだろう。君の意識がここで微光を放つ瞬時に、君が何をしているのかどうでもいいと思っているだろう。いずれにしろ、無限は君の人生なのだ」

ドン・ジョヴァンニの本当の死

ウンブラはドン・ジョヴァンニの呼び鈴を鳴らそうとしたが、その必要はなかった。玄関は、彼のためにわずかに開いていた。レポレッロは、昔の主人をちょっとの間でも一人にしておきたくなかったのだろう。

レポレッロは、またソファベッドの隅に腰かけている。そして、ちょこんとウンブラに一礼しただけで、一時も目を逸らすまいとドン・ジョヴァンニの方に向き直った。

ドン・ジョヴァンニは背を向けていた。彼の足はぴんと伸びて、死んだように宙に突き出ている感じだ。その鋭角的な輪郭は、レポレッロがここ最近取り替えていないために、ひしゃげて唾液と汗で汚れた枕カバーから屋根に向かっている。

何かが彼の内にズシンと来た。それは胸に来たのでもなく、腹に来たのでもなかった。ウンブラはそれが何なのか分からなかったし、もし分かっていたとしても、何ができたであろうか。ドン・ジョヴァンニの魂のなかには石のような拳がある。それは、いつもそこにあった。溶かすまでに、どんなにか骨を折ったことだろう。どの恋人からも、そんな神業を待っていたのだ。誰一人として、彼の望みを叶えた者はいなかった。

それは高くついた。だが、やっと拳が開こうとしている。今こそ、液化し、溶解し始めたのだ。ドン・ジョヴァンニは苦しみに悶えている。まさか、是が非でも拳を譲らないわけはないだろう。

いつだって、あれほどグサリときたものはなかった。彼の自己すべてが神経を注いだ所に虚無が誕生したかのようだ。残された侘しさのなかへ、無限の次元へとドン・ジョヴァンニのすべての人物像が蒸発していく。自分が誰であったのか忘れかけている。顔が死に顔へとにわかに硬直し始めた。

レポレッロの反った皺だらけの額が、ドン・ジョヴァンニの手の甲に重たくのしかかる。息継ぎの間が次第に長くなってゆく間、二人は環状線を走る車のエンジン音とトラックの車輪の轟音を聞いている。けれど、ドン・ジョヴァンニはアドリア海の潮騒だと思っているのだ。

何か、海水よりももっと熱いものが、指の付け根から滴り落ちた。それは、忠誠なレポレッロの涙であった。だが、ドン・ジョヴァンニは若妻のドンナ・エルヴィーラの嗚咽を聞いていたのだ。

「なぜ、そんなふうに泣いているのだ？」

ドン・ジョヴァンニは以前の姿に少しの間戻って、堪え切れない様子で考えていた。

「ばかだなあ」

ドン・ジョヴァンニの片目は閉じられているが、薄ら開けた片目から、血管の浮き出た黄ばんだ白目と黒い月のような小さな瞳孔の一部が垣間見えた。白波と涙の塩が、以前と変わらない血の気のない唇を乾かす。

ウンブラは興味本位や特別な同情なしに、ドン・ジョヴァンニを見つめ続け、心のなかでこう言った。

「消えろ、微光よ！」

けれども、ドン・ジョヴァンニは初期の青春時代を覚えていて、祝賀パレードで喜びと普通の満足を周囲にふり撒くように、そして修道院の外で生きてきたどんな紳士よりも申し分なく模範的に生きるように生涯をさまようつもりでいた。

狭い小部屋はもうきゅうきゅうだ。ウンブラ自身、自分の着ているコートとずっしりと重い鞄が場所を取りすぎているのだと感じていた。それに、その場には——ウンブラは気がつかなかったのだが——騎士長がいた。銀色を帯びたその姿は、セヴィリアの町の、イトスギとプラタナスの暗い木陰のある遥かな教会墓地からやって来たのだった。台座から幾度となく大股で降りてきて、今、ソファベッドの隅で想像を超えた逞しい姿で仁王立ちしている。剥き出しの頑丈な頭は、二DKの天井すれすれだ。

ドン・ジョヴァンニは一人で新来者を見る。ウンブラとレポレッロには、ただ小部屋の重たい空気が以前にも増して濃くなったように感じていただけだ。そこには、ドン・ジョヴァンニがかつて殺そうとした男がいる。何のために？　もうそのことは忘れてしまった。

ドン・ジョヴァンニだけが騎士長の説教を聞いていた。ヨーロッパのオペラ劇場で、マンハッタンのオペラ・ハウスで、ニューヨークのパーク・シアトルでといった具合に、騎士長は以前から何度となく過ちを後悔させせようとしていたのだ。

ドン・ジョヴァンニが言葉を必死に探し出そうとすると、こめかみが締めつけられる。騎士長を夕食に招きたかっただけではなかったのか？　彼は、言葉を忘れてしまった。プロンプターの沈黙が不安にさせる。けれど、歌う余裕はあったかもしれない。騎士長が普段と変わらずに、金属的なバスを響かせながら答えているのが聞こえたからだ。

「天使の食事を味わった者は、死人と共に席を会することはない」

ドン・ジョヴァンニは何度も死にかけたけれども、今、これが初めてであるかのような感じがしていた。なぜオーケストラがこんなに静まり返っているのか、なぜチェンバロの弦の冴えた音が聞こえてこないのか、不思議に思っていた。オーケストラボックスはがらんとしている。ベルリン・フィルハーモニーも、ロンドン国立管弦楽団も聞こえない。ドン・ジョヴァンニが瞼を開けると、上演はまだ途中であるのに騎士長がその場にいないことに気づいた。

なんという静寂！　誰ももう歌ってはいない。母音の輝きはなくなってしまった。澄んだレガート、気高く甘美な声、そして憂いのあるモレンド[27]は過ぎ去ってしまった。ただ、アドリア海だけがスクリーンの向こうで荒々しく天に向かって飛沫を上げている。そして、外海を越えて響き渡るのは弱まってゆく轟く音だ。それは、ドン・ジョヴァンニのくたびれた心臓だった。

頭を持ち上げようとし、もう片方の目も開けようとした。そして、見知らぬ紳士――レポレッロが、煩わしくも徒労にも呼んだ無骨ななりの医者――が自分の考えに耽っていたためか、気難しそうに影も薄く台所の足台に座っているのが見えた。

この上ない観客！　ドン・ジョヴァンニは両目を瞑って溜息を漏らそうとした。しかし、溜息を漏らす暇はなかった。みんな、今すぐに出ていかなければならない。レポレッロはもちろんのこと、使用人が荷馬車のドアの前で待っている。

すべてが過ぎ去ったそのときに、ドン・ジョヴァンニは石のように硬い拳がある場所を感じた。溶けて熱いマグマが流れ出すのを感じたのだ。それは、あらゆる地殻を燃やす火の潮流のように、血管に横溢した。彼は硬直し、唯一残っていた胃酸だけを嘔吐した。

前へ前へと悲しみの荒々しい波となって、意味の満ち潮となって、間に合わなかった情報と

(27) 音楽の速度記号、「だんだん消え入るように弱くなって」。

最後の理解の抗えない洪水となって押し寄せた。

ドン・ジョヴァンニの痩せぎすの指が、レポレッロの手の方に微かに動いた。レポレッロは飛び起きて、恐怖と悲しみに襲われながら叫んで、ウンブラを祈るように見つめたが、ウンブラに何ができるだろう。ウンブラだって、旅立ちを見ることはいつもどんなに辛いことか。もし、無限を理解することが難しいのなら、人生の有限はそれ以上に耐え難い。ドン・ジョヴァンニには、二〇〇年でさえ短かったであろう。本当に妙だ。何かが存在して、そして存在を止めるなんて……。

愛している人にとっては一番辛い、レポレッロがそうだ。何をおいても理解し得ないもの、人生の有限を見せつけるものが愛である。だが、ドン・ジョヴァンニを愛してもいなかったウンブラもまた、死に際に立ち会うときは同じ戸惑いと不信を抱いていた。このソファベッドの際でも。

ドン・ジョヴァンニが嘔吐した後、習慣に強いられるまま息を吸い込もうとした。汚れのない認識が小部屋の天井板へと移ってゆく。

ドン・ジョヴァンニは、最上階から見ているかのように、ウンブラのはげかかった頭と、仕えて長い使用人の中国服、それに毛布の下で寝ている硬直したドン・ジョヴァンニを観察していた。優しげに見ることもなく、無愛想に見ることもなく、また悲しみを感じながら見ることもなかった。もう二度と、彼は見ることはなかったのだ。

必要以上に声高に号泣しながら、レポレッロはドン・ジョヴァンニの黒ずんだ瞼を閉じた。

ウンブラは、死亡診断書を低めのソファテーブルの隅で書き始める。

視線さえももはや残っていない。あるのは見解だけ。誰それの目ではなく、大衆の絶対的で非人格的な注目だ。それはしばらくの間、その小劇をつぶさに見つめていた。間もなくして、焦点も方向も目標も定まらなくなり、可能性のあるあらゆる見解の無限の不在へと溶暗するようにぼやけてしまった。

螺旋のざわめき

手にしたカードにはこう書かれてあります。

「このカードの裏側にある文章は真実です」

カードを裏返して下さい。

「このカードの裏側にある文章は嘘です」


疲弊者ヘルプセンターの受付助手が大洋の海岸に行ってきたのだ。その助手が、ウンブラの仕事机に海岸で拾った色とりどりの角貝《つのがい》を置いていった。パラドックス資料と受付名簿、それに紙でできた腕輪の隣で、潮騒が渦巻くなかに角貝は横たわっている。その昔、ウンブラが子どものころ、誰かに言われたように。けれども、それは外海の白波の記憶ではなく、耳そのもの音であった。君は世界を聞いているると思っているだろうが、その反響室は君自身の静寂のざわめきをリフレーンしているだけなのだ。

貝の渦巻き線のその場に固まってしまった動作に、ウンブラは時の螺旋を見た。ＤＮＡの二重螺旋を、物質の瞋恚の炎に燃える舞を、デルビッシュの儀式舞踏のようにめまいを起こしそうな舞を。

アニッティヤ(28)、無常、腕で人生の轍を繋ぐ君！　貝のうなりのなかに、ウンブラは遊園地の大観覧車の音を聞いた。人間の行為は、その迅速な回転に拍車をかける。彼は生と死の不断なく打つ脈を聞き、暗黒のメリーゴーランドを聞いた。ウンブラが小さいころ、眠りに落ちようとしていたときに引きずられてしまった、あの音だ。

同じ道、同じペンローズの階段、サマルタの光塔、イスラムのアラベスク、ただ一本の糸から織られ、夏の花咲く丘に立つもつれた石造迷宮。そう、ヤトゥリ(29)のストーンサークル。そして、仏陀のヘルメットへアーの上品な巻き毛。

「この顔を触ってみて下さい」

レインコートの女性が貝越しに言った。

「試してみて下さい」

彼女は目を瞑り、待っていた。〝私の顔を〟とは一言も言わなかった。彼女の皮膚は角質が多く、鱗肌で被覆物があった。人間の表面、内臓、細胞。その同盟。お互いを結びつけている類似性。

(28) 仏教上の思想立場の一つ。あらゆる存在が生滅変化して変遷し、同じ状態には止まっていないことをいう。無常の観念。

ウンブラは躊躇した。ほんの一瞬だけだったのに、それで十分だった。間に合わなかった！女性は再び目を開けた。一瞬は終わってしまったのだ。ウンブラの手、それが干乾びて皺だらけの顔に、拡大してゆく顔に近づきそうだったのに怖けづいてしまった。見知らぬ瞳に何が起こったのか分からずにいた。その瞳を縁取っていたのは妙にゴツゴツした物質だ。それは絶望だったのか、安堵だったのか、それとも憎悪だったのか。

女性がタバコに火を点ける。実際は、疲弊者ヘルプセンター内では禁止されている。ウンブラの目にまともに煙を吐き出しても、彼は何も言わなかった。女性はウンブラをまともに見つめる。その仮面が見つめる。その細胞が見つめているのだ。目と目が合った瞬間とよく言うが、ウンブラはたじろんだ。実際にはどこで目と目が合ったのだろう？　濃い煙の靄のなかで……。それに目と目が合うとき、何が起こるのか？　何かが変わる。何が？　それについては、ウンブラは自分がまるで知らないことに気づいたのだった。

あなたはそれを見たのか？　彼女があなたに変わった瞬間があった。そして、また別の瞬間が深部で以前のあなたを動かした。そのとき、あなたは恐ろしくも私と混ざり始めた。

「この顔は存在しています。これは、机や町、それに雲と同じように存在しているのです。だけど、私自身はまた別に存在しています」

「どんなふうに？」と、ウンブラが聞く。

「先生は、私をからかっていらっしゃいますか？」

「そんなことありません。信じて下さい、どういうことか知りたいのです」と、慌てて言った。

(29) ボスニア湾岸沿いやフィンランドのポホヤンマー北部の島々などに見られる古代の石造建築物で、螺旋状のものが多い。その建築目的は解明されていない。

「そこには違いがありますね。そのことは知っています」

「つまり」と、女性が続ける。

「他人は、見られているままの自分の姿を信じていると言いたいのです。私は違います。普通の顔をもった人たちとは、違ったふうに捉えているのです。それは、私の自明の理です。このことでずいぶんと損をしました。私の運命はこの認識です。つまり、私はここにはいないということです。それでも、いるかのように生きていかなければならないのです」

ウンブラは、八階の窓際に立っていた。黒いレインコートに身を包んで通りを渡っている女性をもっとよく見ようと、ベネチアブラインドの隙間を開けた。変えることのできない時間と場所、そして肉体の調整組織に身を包んで。この考えから、彼女は黒いレインコートを着たどんな女性でもあるのだ。何千という顔を運ぶ何千という足、それらが硬い地殻を蹴ってゆく。

タイナロン[1]——もう一つの町からの便り

あなたは場所にいない、場所があなたのなかにいるのだ。

アンゲルス・シレジウス(2)

エリアスへ、J・Hファーブルへ、そして

女王マルハナバチ一家へ捧ぐ

(1)ギリシャ神話で、黄泉の国へ降りる入口のある所。

(2)ドイツ・バロック時代を代表する神秘主義的宗教詩人。代表作に『瞑想詩集』がある。

野原と花蜜袋——第一の手紙

どうやって春を忘れられるでしょう。大学の植物園へと散策した、あの春を。ここ、タイナロンにだって、そんなような広大で手入れの行き届いた公園があります。あなたも、ご覧になれば驚かれますよ。だって、私たちの知らない何種類もの植物があるんですから。地下で咲くような品種もあるんです。

私自身としては、とくに植物園に隣接している野原が気に入っています。そこには、自然の草花だけが育っているのです。ヤグルマソウにニシキアザミ、ホソバウンランにベロニカ(3)。この花たちをその辺の花と思っていたら間違いです。何らかの雑種で、見上げるほど高く、たいていのヤグルマソウは男性ほどの背の高さがあります。その花冠は人間の顔ほど大きいのです。それから、日の当たる東屋にでも入るような、足を踏み入れられそうな花々も見たことがあります。

あなたを、アザミの足元へ連れていくのを想像するだけでもわくわくします。その散房花序(4)を覆っているものは綿のようなふわふわしたもので、海岸の大通りの木々の冠のように高々とはためいているのです。

あなたは野原での散策を満喫するでしょう。タイナロンには夏があり、花々をくまなく見ることができるのです。そのころの花たちは太陽のように全開で、花蜜を貯えている袋のヒエロ

(3)ゴマノハグサ科クワガタ属の多年草。花は穂状に咲き、美しいブルーが特徴。
(4)花のつき方（花序）が倒円錐形状で、主軸の下部にある花柄ほど長いもの。

グリフは一寸の狂いもなく、汚れもありません。私たちはその花々を見ているのですが、花々は自身を思い起こさせる太陽だけを見ています。ただ、子どもたちにとっても信じ難いのは、真っ昼間の温もりのなかでは、花々は色と光から成り、そしてその耀きはその日の晩になるとあっという間に消えて見えなくなることです。

野原ではさまざまなことが起こります。それは燃えるような活動の舞台であって、戦場なのです。しかし、みんな一つの目標のために働いているのです。そう、不死です。そこで自分の野望を満たす昆虫たちは、花々の密かな望みを同時に叶えていることを知りません。花々が理解している以上に、花が奴隷と見なしている昆虫にとっては、それ自体が人生で生活の糧なのです。そうやって、それぞれの個人的なわがままが、野原ではみんなの幸せとして機能しています。けれども、何の変哲もないハナアブやミツバチたちだけが植物園の野原に遊びに来るわけではありません。気ままな都会者も、そこで自由な時間を過ごします。その時間の潰し方も、私たちにとっては奇妙そのものです。

「提督[5]！提督！」

ある安息日に、私はカミキリムシのヤーラの歓声を耳にしました。そのときも、私たちは野原で交差する小道を彷徨っていたのです。

花茎の隙間から回りを見渡しました。若い白樺の幹のように強靭なものもなかにはありましたが、ヤーラがランの花に似た花冠を指差すまでは、一体誰と話しているのか見ることができませんでした。本当に落ち着きがなくて幸せそうな誰かが、発光するように赤く所々に斑点が

(5)タテハチョウ科アカタテハ属のアタランタアカタテハ蝶のこと。

ある唇弁にちょこんと腰かけていました。というよりも、実際は飛び回っていたのですが……。このタイナロン人は、ブンブンと激しく唸りながら、ヤーラに膝から下をいっぱいに伸ばしてヒューヒューと音を立てています。

「こっちです。皆さま、恥ずかしがらないで下さい！」

その振る舞いに、あっけにとられてしまったことを告白せずにはいられません。だって、花弁の一枚からもう一枚へピョンピョン飛び跳ねて、合間にお尻を撫でながら不揃いなダンスを続けるんです。ワン、ツー、といきなりだらりとうつ伏せになり、唇弁の基部で逆立っている細やかでふわふわした綿を貪り噛んでいるように見えました。公の場だというのに……。私は、その道楽者から目を逸らしました。

ヤーラが私の顔を覗き込んでにやりと笑ったので、私はますます憤りました。

「ピューリタンですね！」と、ヤーラが言いました。

「独り者の無垢でお金のかからない週末の楽しみをばかにしているんですか？　あの人たちは花を弄んで、花は花であの人たちを酔わせています。花から花へと渡り歩いて受粉させる。野原全体にとって、町全体にとって幸せだとは思いませんか？」

ちょうどそのとき、ヤーラの友人が、ランの平たくて豊かにカーブした唇弁から私たちの方を覗き込んだのです。唇弁は、友人の下で撓んで揺れていました。今、気づいたのですが、その人は頭から爪先まで花粉にしっかりとまみれていたのです。日の光を遮るように影をつくってじっと見上げていると、その長くてためらいがちな吸入器官から甘ったるい雫が私の顎へ滴り落ちてきました。私は舐めてペッと吐き出しました。味は悪くはなかったのですが、ずいぶん昔に読んだ詩を思い出したのです。

気持ちも和らいで、そのことをすぐにでもヤーラに言いたかったのですが、さっきの友人が間髪も入れられないほどにしゃべっていました。

「我が友人たちよ」と、提督がペチャクチャしゃべっています。

「以前に、こんな蜜腺をお目にかけたことがないでしょう、あぁー、私について来て下さい。さあ早く、ご案内します……」

そう言ったかと思うと、巨大な花弁の深奥に姿を消したのです。ただ、振動する穴の奥でバタバタと動かしている片方の後ろ足だけが確認できました。

「いや」、とうとう私は言いました。

「そこには行かない」

「それじゃあ」と、ヤーラが妥協したように言いました。

「私たちは先へと行きましょう。また次の機会にでも、あなた方をご紹介できるでしょう。それでは、先に進みましょうか、シモツケソウが咲いているかどうか見に行きましょう」

私たちは花々の下を歩き、それらの意志や熱望を感じました。そこから映し出されるものを感じたのです。華麗さのすべて、それはただ種子の踏み台にすぎません。誘惑を振り切ることもできずに、ヤーラに詩を披露しました。おかしな提督がちょうど頭に浮かんだのです。

花の雄しべに雌しべとは、
花弁の円光とは、
花の心ではなく何なのか、
その内なる炎を覆い惑わす陰たちさ！

ヤーラはそわそわしながら聞いており、ついに私に歯止めをかけました。

「聞こえませんか？」

まさにそうでした。絶望的な雄叫びを聞き取ったように感じました。それは、南の方の草地の向こうの外れから聞こえてきます。つまり、ヤーラはその声を、私が詩を吟じている間中ずっと聞いていたのです。

取りも直さず、声のする方へ向き直りました。ゼイゼイと喘ぐような危険に瀕した声は、そう遠くはなかったのです。

「私はここです、ここです！」

再び私たちは、部屋くらいの大きさの花を目にしました。今回はウルトラマリン色に耀いている花です。その耀きのなかで、円錐形の柱頭に絡みついたらしい、どこぞの小人が手足をばたつかせていました。

「そうですか、そうですか」と、ヤーラがぶっきらぼうに言いました。

「まさに、こういうのを待っていたんです。これはヴィンストキシカム、偽花ですよ」

そうして、罠にかかった者に言葉を突きつけました。

「こんな仕打ちにあったのも、あなたが初めてではないんですよ」

ヤーラは、茎の葉腋を支えにして、青光りする花冠に身軽に登りました。手際よく敏速な動きで、敵の掌中から犠牲者をつかみ出したのです。ヒョー！　同時に絹が引き裂かれるようなシーシーという音が聞こえてきました。花冠がぐにゃっとしな垂れ落ち、助け人も花の虜も芝生に転がり落ちたのでした。

しだれた草の下へ駆け寄ると、どちらもとっくに身を起こしていて、ギラギラ光る靄が宙にもうもうと霧散するほど、全身についた花粉をさっさと払い落としていました。

「足を引きずっているじゃありませんか」

救出した気の弱い生き物に、ヤーラがきつく言い放ちました。

「ちょっとした事故にすぎませんさぁ」

不幸者が、引きちぎられた花にちらちら目をやりながら言いました。まるで、予期せぬ攻撃がまだ待ち構えているかもしれないといったふうに。

「あっちの方に罠のようなものがあったんですよ……」

「花を信じてはなりません。次からは、どこに頭を突っ込んでいるのかよく考えることです」

と、ヤーラが忠告します。

花の犠牲者が野原に再び足を踏み入れることはないと思いました。さっきの生き物はもう遠くにいて、同じくらい狡猾な生き物の下で足を引きずっていました。そして、感謝することも

（6）胚珠をつける花葉（心皮）が一枚で、その種子が一つのもの。

忘れていました。ヤーラが私の腕を取ってくれたこと、それを大変嬉しく思いました。というのも、私がヴィンストキシカムの捕虜となって苦しんでいたかのような、自分だって助けを必要としていると感じていたからです。

野原が私たちを囲んで囁いているようで、その香りは私たち二人の力を萎えさせ始めます。満開のシモツケソウの雲海の下を通りました。けれども、その瞬間、形の揃った、硬くて裏切らない石畳を歩く方がましだと思ったのです。

目の前に、新たに発光する渦が沈黙のなかに立ち上ってきました。異物のようで、手に負えないものです。花々の絹のような斑点、その翼弁や竜骨弁を見ました、その小暗い綿や紫の耀きや種子が、狭苦しい家から一陣の風によって吹き飛ばされるのを見ました。あっ！　そのうちの一つが私の頬にぶつかってきて、ずきっと痛みました。その大きさは発射体くらいもあるのです。どこかで炸裂すると、私は宙に飛んでしまいます。耳に入ってくる衝突音は、開けっ広げの痩果[6]の総苞[7]から揺さぶられている音です。レモン色の距と、よじれた唇弁が目の前に押し塞がってきました。苞葉[8]の毛羽立った先端や剛毛や冠毛が首をくすぐり、それはなんとも小さく縮こまって、瞳孔の隙間から直接焼けつく色がずかずか入ってきます。そして、鼻腔へ、口蓋へ、耳へ、花蜜袋の叫びと幾千という残酷な芳香が滲入してくるのです。

「あの人たちのこと、よく知らない」

そう、ヤーラに言いました。すると、何も言わずにこくりとうなずきました。

あらゆる根を包み隠している大地を越えて、夕刻の寒さが忍び寄ってきます。太陽はいまだ、

(7) 花序の基部についている、色、質、大きさが多少変形した葉のこと。

(8) 花芽を腋（葉腋）のなかにもつもの。

あの大きな顔いっぱいに冴え照っています。まもなくその顔も閉じようとしており、私は何の疑問を抱かず質問もしませんでした。天に向かって枯れ始める最初の青白い兆しが上ると、一も二もなく町の方へ踵を返しました。ただ、確信をもって分かっていたのは、私が以前と変わらずに迷っている、ということだけでした。

輪のざわめき――第二の手紙

夜中に、台所でカタカタという物音がしたので目が覚めました。ご存知だと思いますが、タイナロンは火山プレートに乗っています。研究者たちが言うことには、大地震が発生する時期に入っていて、町全体を壊滅しかねないほどの大惨事になるそうです。

だからどうだというのでしょう？　それがタイナロン人の生活を左右すると勘違いしないで下さいよ。夜中の揺れは忘れ去られ、朝の眩しい光のなか、決まって近道をする市場でさらけ出された果物かごには、甘美な靄がキラキラと光り、踏みならす石畳は再び永遠と続くのです。

夕方には、積乱雲に向かって丘にそびえ立つ観覧車を見ます。そのサイクル、中心、アクセルは何千という光の星で彩られています。観覧車、運命の輪(9)……。私の視線はよくその回転に釘づけになります。夢にまで、鳴りやまない滑車のざわめきが聞こえるのです。それは、タイナロン自体の音なのです。

(9)運命の女神が回して人生の有為転変をもたらす輪。

タイナロン以外に、幾つもの時代や神がいる町をいまだかつて見たことがないと思っています。大聖堂の消え入りそうな天辺や、ミナレットの丸天井の剥げ落ちる金、ドーリア式寺院の清らかな柱頭を一望できる所はタイナロン以外にありません。ここでは、それらは肩を並べてそびえ立ち、それぞれが自分の色を出しているのです。

ここの建物の多くは、何かしら常軌を逸しており、正気でないようなものがあります。それによって、常套性を考えさせられるのです。どこからその印象が生まれてくるのでしょう？　切り妻のフリーズの装飾は、最高裁判所にはやけに飾り立てられすぎて、市場には肝心の手すりや屋根が取り外されています。時に、散歩で疲れ始めると、歩道の割れ目や十字路でめまいを感じることがあります。というのも、建物が風で傾いて動いているように見えるからなのです……。

昨日、ちょっとした明るいアーケードを軽やかに歩き、職人さんが敷いた石畳をしっかりとした足取りで歩きました。私の視線は、頑丈でしなやかな柱や出窓の煌めくモザイクを撫でていました。歩道はここまでで、広場を抜けると、ぴしゃりと顔を叩かれたのです。目の前には、トックリランに載せられたコンクリート壁が尊大に構えていました。穴がなく、先ほどの柱回廊を暗めにアレンジしたもので、攻撃的で息苦しいものでした。しかし、それもまた、スナムグリッツバメ(10)が割れ目に巣づくりをする、東部タイナロンの果てにある昔からの石壁の一部なのです。

ご存知でしょうか、群集のなかから私に向かって口先のような顔がぬらりと出てくると、ぎ

(10)小洞ツバメともいう。小形のツバメで、河岸などに集団で横穴をつくって営巣する。

ょっとするときがよくあるんです。鞭のようにしなう触角が探りを入れている者や、ヤゴのように口が突き出ているウエイターがカフェのテーブルに近づいてくるのです。昨日などは、路面電車に乗っているとき、私の隣にちょこんと座った生き物がいましたが、それは姿形からして葉っぱを思い起こさせるのです。それに、見た感じは軽そうで、まるで乾燥した雑草のように空中に吹き飛ばせそうでした。

ある人物に会ったことがあります。その人は、タイナロンの需要のために特別な糸を生成しています。その糸は、機械的につくられた糸とは比べ物にならないほど細くて耐久性があって、柔軟性があり、その人の腹部から一日に一五〇メートルも分泌されているのです。この光沢のある、髪の毛よりも細い糸の厚さは、ゆうに一デニール(11)以下なのです。窓際でじっくりと糸を観察していたら、糸に日の光が当たって、ありとあらゆる色を熱く放ちました。

この糸だけで仕立てている服を着てみたい。これよりも軽くてフォーマルな美しい服など想像できません。しかし、それは幼稚な夢にすぎず、そのような服は一生手に入らないでしょう。糸は粘着性が強くて、腐食する糊のように体にまとわりつくからです。

一体、何にこの糸は使われるのでしょう？　私に聞かないで下さい。私は知りもしないし、知りたくもないのです。

(11)繊維の太さを表す単位の一つで、9,000メートルの長さの繊維の重さを示すもの。

耀き——第三の手紙

そうして、薄暮の光が灯される。水、瞳、窓へと何百という投影が灯される。ご存知のように、自分の臓器、あるいは、体の白熱でその界隈を照らす者もいます。南の庭のヒカリコメツキ、藁についたツチボタル、水辺に棲んでいて怪物のような額に照明を持つ生き物たち。そのなかでも非情なものは、ナラタケ(12)で覆われた腐敗木の果てない小暗さ……。

ここタイナロンにも、毎晩気になる者がいます。細い光のベールを分泌し、ときどき興奮しながら煌々と、そして爛々と煌めいています。道で私のそばを足早に——すいっと、見るからにダンスステップを踏んで——通り過ぎてゆく姿にうっとりと見惚れています。夕暮れ時になって家に姿を現しますが、長い昼の間は何をしているのか、見当もつきません。おそらく眠っているのでしょう。

今までに、一人で行動している姿を見たことがなく、市場や広場で何らかの決まった踊りをしながら、群れをなしたり自由にフォーメーションを組んだりして行動しています。しかし、雨や風の強い日には、閃光人はロウソクのように消え、屋根の下へと姿をくらますのです。逆境や厳しい気候、圧しかかる仕事や予期せぬ激変は彼らに似合いません。姿を見かけると、いつもこう思うのです。どこかでパーティーをやっていて、お楽しみが待ち構えているな、と。本当に快活で底抜けに明るく見え、バラのように赤く、もしくは黄なりを帯びた白熱はどのパ

(12) シメジ科のキノコ。褐色で切り株や倒木に群生し、立ち木を枯らしてしまう。

ーティー会場をも飾り立てるようです。

町の中心に階段があるのですが、その近辺にタイナロン人が夜ごと交際の場を求めにやって来たり、ただ顔を見るために集まってきます。押しも押されず派手な者、個性があまりある者、抜群に上品な着こなしの者、一番のお金持ち、そして一番の貧乏人が、そこで、その近辺で、数百年も経った階段で落ち合うのです。ヒカリコメッキもまた——小さな発火人にまさに似つかわしい名前だと思いませんか？——帳《とばり》が降りるとすぐに現れます。ただし、天候が凪いで暖かかったらの話ですが。

じっと見ていると切ない気持ちになりますが、接触しようとしたことはありません。この町の公用語を話しているとは思えないし、だいたい話すのかどうかさえも知らないのです。綿毛のように愛らしく、誰もが過ごしたことのない青春時代のように泡沫《うたかた》なのです。

最近何度も、その耀きを嬉々として見んばかりにその階段付近へと足を運んでいます。私に気づかぬまま、私のそばを、乞食人のそばを、青ベルトを付けて着飾った騎士のそばを小躍りしながら（！）素通りすると、その周りで希望が微かに揺らめき、春の息吹がさらりと漂うのです。まるで、何も失われていないかのように。

しかしながら、これは言っておかなければなりません。昨日の朝、ある脇道に向かう途中、市場に立ち寄ったときでした。溝のなかで、埃を被った雑巾を目にしました。その向こうで、幾つかの哀れな背中が丸まっていました。そのそばを足を止めることなく通り過ぎましたが、角まで来た所で振り返ったのです。地面から持ち上げられ、運び去られる様子を目の当たりにしました。そのときやっと分かったのです。私は、ある発火人を、今回は一人ぼっちの発火人を見ていただけだと。それは、もはや青白くさえも発光していませんでした。本当に小さくて、暗い塊でした。喜悦の煌めき、人生の触発は消えてしまったのです。どこにだって、いつだって、その消滅を証明できてしまうのです。治る見込みのない、そんな辛い苦しみが視力を落とし、私からも人生の小さな日々を蝕んでゆきます。

今夜、町ではヒカリコメッキが大群となって再び動き出します。まるで春の鳥の群れのように、いつになく嬉しそうに、そしていつになく耀いて。

万人の母の涙——第四の手紙

郊外地であるここには、いっぷう変わった屋敷があります。ゴブレットの形、非常に薄っぺらな高層住宅です。どこかしら灰の塊のようにも見えますが、その赤みを帯びた外壁はコンクリートのようにしっかりしています。そこには数え切れないほど住人が棲んでいて、体が小さいながらもまめまめしく働き、一時も休むことがないのです。全員が全員似ているために、まるで誰が誰なのか見分けがつきません。そんななかでも、一人だけ例外がいます。

昔、ヤーラにここの家のどこかへ連れていってもらえないかと頼んだことがあります。

「あの家の何が面白いんですか？」と、ヤーラが聞き返しました。

「ほかに見ない建築様式だから。そこの人、あなたなら誰か知っているでしょ？　いつか一緒に連れていってくれるでしょ？」

「あなたがそこまで言うなら」と、ヤーラは言いましたが、あまり乗り気ではない様子でした。昨日、やっとそこの住宅地のとある場所へと連れていってくれました。家の階段には門番がいました。ヤーラが門番と一言二言交わすと、その人は私を案内し始めました。

「夕方にまた！」

ヤーラはそう叫ぶと、タイナロンの雑踏へと消えていったのです。

薄暗く入り組んだ廊下に案内され、その廊下は大きさの違った広間や貯蔵室、居室へと通じていました。人の群れが走り去り、どの人も忙しそうで、大事な仕事の真っ最中のようです。家の一番奥の部屋に通され、そのドアの前には監視人がずらりと立ち、部屋に窓はありませんでしたが、その部屋はめまいがするほどに明るかったのです。しかし、その光の発生源を見ることはできませんでした。

もちろん、部屋には何人かの人物がいたことは分かっていました。目に映ったのは、たった一人だけです。その人はほかの人と比べものにならないほどがっしりした体つきで、その場に微動だにせずどっしりとそびえ立っているので、まるで記念碑のようでした。体の寸法は計り知れません。卵型の頭は丸天井を擦るほどだし、半分横になった体勢で身長がドア口から部屋の奥までもあるのです。私は部屋に入り、壁際に立ちすくんでいました（ほかに場所がなかったのです）。その人の口から軋み声が解き放たれ、それを歓迎の挨拶として受け取りました。

「女王様に敬意をお示しになって下さい」

案内人が耳打ちして跪きました。普段し慣れないそんな動作に戸惑いましたが、案内人に倣ってしてみました。

しばらく経ちましたが、私の存在などまるで無視されています。部屋の何面もの壁際に、女王の周辺で生き物が蠢《うごめ》いています。女王の必要に応じて雑務をこなしているのでしょう。女王にとって不可欠な存在なのだとすぐに感じました。というのも、女王は見ての通り形がなく、歩くことさえもできないのです。それに加えて、その体はどうやっても表へと続くドア穴に入らないと見て取れました。つまり、太陽を一瞥することもできないまま、壁に囲まれたこの部屋で一生涯を過ごさなければならないのです。そんな女王の置かれた状況におぞましさを覚え、すぐにでも、この目の眩むような洞窟から逃げ出したくなりました。

軋む声にびくっとしました。女王が頭を少しこちらに向けていたことに気づいたのです。グラスを無形の顎の下で持ち、牛乳のような液体を吸いながら、気だるげそうに私をしげしげと見つめています。ストローが口から離れ、新たに軋み声が次々と漏れました。やっとのことで、次のような言葉をつかみ取りました。

「知っているのよ、あなたが何を思っていらっしゃるのかね、こんなムシのことを」

「なんと、おっしゃいました？」

舌がもつれて、うまく言えない自分にもどかしさを覚えました。

「何かあたくしがどこぞの人物だと思っていらっしゃるんでしょう、個人か何かってね。白状なさって！」

女王は話を続けましたが、その声は低迷し、ざわめきのようになっていきました。その声は非常に独特で、何百というどよめきから構成されているかのようでした。

「ええ、そうです、私はそのつまり……」

しばらくの間、完全にパニック状態に陥り、踵に重心を乗せて座っていました。というのも、床での跪いた姿勢が辛くなってきたのです。

「まったくその通りです、もちろんです」

何も分からずに即答していました。

「言った通りでしょ？」

女王はそう言うと、吹き出しました。その声は時に轟き、時に廊下全体に冴え渡りました。ついには、屋敷中の住人たちが融合したかのようで、家全体が私のばかさ加減を哄笑していました。

突如、しんと静まり返り、女王が長いストローで私を指しながらこう言いました。

「それでは、おっしゃっていただきましょうか、私は何者ですか？」

この質問に回答する前に、やっと気がつきました。部屋の奥で何が起きているのか、そこに埋まっているのは女王の迫力のある下半身でした。そこで間断なく何かやっていることは、ずっと分かっていたのです。そのやっていることが何なのか、そのとき閃いたように判明しました。すぐそばで、ある巻物が運ばれていたのです。三度目か四度目に目を凝らして見てみると、生まれたての幼虫だということに気づきました。

　女王は出産したのです！　一時も休むことなく出産していました。そして同時に、私を取り巻くあらゆる方面から斧の衝突音や命令や鋸の摩擦音を耳にしていたことが分かったのです。至る所でレンガ工事用のモルタルの匂いが浮遊していました。新しいフロアが屋敷に次々と造られ、見目麗しく天高くそびえ立っていました。さらには地下深くからも工事音が響き渡り、石畳の下へ枝分かれした廊下を目の当たりにしました。まるで、日に日に卑しく成長する根のようです。種族は繁殖し、家は増築される。町は成長してゆくのです。

「万人の母でございます、女王様」と、私は慎ましやかに答えました。

「しかし、母とは何ですか？」

　女王がけたたましく言いました。その声は突然、笛のように甲高くなり、片方の触覚が私の頭上を鞭のように打ちすえました。私は壁にぴったりとくっつくほど後退りしました。たとえ、女王がそれ以上近寄って来られないと分かっていても。

「すべての流れの源である人は、誰かではありません」

　蛇のような幅広い顎の狭間から威嚇音を出した女王を、私はうっとりと見つめていました。

「あたくしをご覧になりにいらっしゃったんでしょ、白状なさって！」

　想像をはるかに超えたうめき声が響きました。

「でも、がっかりなさるわよ！　もうがっかりなさっているでしょう！　白状なさって！」

「いいえ、とんでもございません」と、苦しまぎれに否定し続けました。

「でも、ここには、あたくしは誰もいないのですよ、ぐるりとご覧になってお気づきになって！　そう、ここ、ここでは、どこよりもあたくしが少ないのです。あなたは、あたくしがこの部屋を満たしているとお思いでしょう。間違っています！　大きな間違いです！　あたくしは大きな穴であって、そこから町が生長していくのですから。あたくしは道であって、そこを皆が歩いていかなければならないのです！　あたくしは塩辛い大洋であって、そこから、皆は力なく、水に濡れて皺だらけで昇っていくのです……」

彼女の声は温かく、大波のように私を叱っていました。話の途中で、彼女は無造作に後ろを振り返り、歪んだ山のような下半身に目をやっていました。ちょうど、その内奥から、生まれたばかりの子孫を、煌々とした明かりのなかへと導き出しているところだったのです。それらは、死人のように声を立てずに生まれました。

と、突然、女王の目に溢れ出てくる何かが見え、私の服をくまなく濡らしながら床や壁に弾け飛んだのです。もう、私を見てはいませんでした。私は身を起こし、女王の涙でぐっしょり濡れたまま部屋を後にしたのです。

重荷——第五の手紙

ここタイナロンに、私の住所がもう一つあるってことをあなたに話していませんでしたね。

最初に住んでいた所ではちょっといざこざがあって、それについて他言したこともないし、何ともすっきりしない出来事でした。でも、否が応でも引っ越ししなければならないほど追いつめられたのです。

最初の数週間は、町の北部にある屋敷に住んでいました。その屋敷は黄緑色に漆喰が塗られていたらしいのですが、段々と寂れていきました。漆喰塗りは大きな片となって剥がれ落ち、それでできた穴は遠い昔に見た顔や形を思い起こさせるのでした。当初は屋敷も住まいもとても気に入っていて、二階の部屋や、穏やかな路地へと光景が広がる小ぢんまりとした台所なんかも好きでした。

それで、ある晩目覚めたのです。タイナロンでの三日目か四日目の晩でした。上の階のどんちゃん騒ぎが原因でした。誰かが重たい家具を移動させ——少なくともそんな音がしました——私の部屋の天井の上で行ったり来たりを繰り返し、床を引きずっていたのです。時計を見たところ、夜中の一時を少し回っていました。騒音が止んでくれるのを待ちながらしばらくは目を開けて横になっていたのですが、騒ぎは一向に収まらず苛立ちを覚えました。天井を小突けるようなぐんと長いものを探そうと疲れた体を起こしましたが、めぼしいものは見つかりませんでした。ホウキすら家に置いていなかったのです。

階段に続くドアを開けて、耳を澄ましました。屋敷全体が起きていなければならないかのように感じたのですが、耳障りな音は階段の所でいっそう重たくなり、誰もそれに驚いて起きなかったのです。街灯の落ち着いた光が、ひびの入った大理石の壁に階段手すりの美しい装飾を映し出していました。

再び横になって、天井に目を凝らしていました。まるで次々に轟く騒音に縛られて小刻みに震えているように見えました。騒音がついと止んですべてが中途半端になると、非常に長い間寝ていたような感じがして、夜が明けたかと思いました。そうして時計にちらっと目を配ると、たったの小一時間しか経っていないことに気づいたのです。

明くる晩、ベッドに入るときにはもう昨日の出来事など忘れてしまっていました。けれど、私の夢はまた、昨日の晩と同じような音に、しかも同じ時刻に揉み消されてしまったのです。平静を保とうとして本を手にしました。それに目を通しもしました（あなたがずっと前にくれた植物誌ですよ）。でも、ひっきりなしに鳴る衝突音で本の内容は頭に入りませんでした。時計の針は何かの夜の力が阻むように動いていましたが、ついに二時を回ってしまうと、破壊されたかのようにいきなり平穏が戻ってきたのです。

翌日、上の階の住人を、屋敷の向かいにある小さなスーパーで見かけました。その人は年配のほっそりした女性で、驚くほど痩せ細った手足をしていました。手触りの滑らかな杖を支えとし、その杖の頭部は巧みに切削され、嘴と角がついた生き物を表していました。その女性はスーパーでは常連さんで、待遇にも気遣いが見られました。買い物の途中、彼女は私の方を振り向いて、トランペットのような強い声でこう尋ねてきたのです。

「私たちの町での生活はいかがかしら？」

私のことを知っているなんて思いませんでした。大家さんが一度だけ、窓越しに指さして教えてくれたことはありました。そのとき、私は賃貸契約書にサインをしているところだったのです。

「あの年配の女性は、あなたの上の階に住んでいるんです」

そう家主さんは言っただけで、隣人を二階の人という感覚でちらりと見たのです。

「私はプミリオと申します」と言うので、私も自己紹介しなければならなかったのですが、訝しむ微妙な表情を押し隠すことに自信がもてませんでした。とくに、続けてこう言ったときがそうでした。

「新居にはもう慣れましたか？」

そんなふうに間髪入れることなく生き生きと聞くので、興味本位からくる視線を感じました。それは、形式的な質問とは一切関係のないものでした。

躊躇しながらも、こう言い切りました。

「ありがとうございます。快適な住まいですよ。夜中は、眠りたくないほどですけどね」

自分の恐れのなさにひるみましたが、彼女から目を離しませんでした。

「そうなんですか？　考えてみてご覧なさいよ、あなたはまだお若いんですから。私なんかはもう年も年ですから、でも、よく眠れますよ。本当にぐっすりと！」

大きく目を据えて、私を観察しながら繰り返しました。

何を信じてよいのか分かりませんでした。私に先立って、彼女は美しい杖をたよりに弱々しく店から出ていきました。けれど、店先で振り向いたのです。

「今晩は、ぐっすり眠れますよ」
そういうと、口を閉じて微笑んだのです。それが、何かの誓約であって欲しいと願いました。私は、本当に信じきってと言いましょうか、すぐに眠りに落ちました。しかし、私の夢はまたも同じように、同じ時刻に、二晩と同じく中断されたのです。ストレスと憤りでこめかみが締めつけられましたが、上の階の音をよりしっかりと聞いているのでした。とくに、コツコツと床を小突くプミリオさんの杖の音を聞き分けようとしていたのも、支えなしでは動くにも不自由なのではないかと感じていたからです。けれど、重々しい地響きと喘ぐ声しか聞こえず、吊りランプのガラス玉が留め具の所でグラグラと揺れ動いているのがスタンドの明かりではっきりと見えました。

私は、どうも信じられなくなってきていました。上階の騒々しい出来事が物語っているように、高齢で脆弱、しかも障害者のプミリオさんが毎晩このような体力を要する運動をやってのけているということが。しかし、何はさておき、自分自身にこう問いかけました。なぜ、彼女はこんなことをやっているのだろう？　いったいどんな理由で、真夜中に家具を移動させなければならないのだろう？

二つの理由しか思いつきませんでした。どちらも恐怖に結びついたものです。第一に、プミリオさんは何かに極度に怯えているということ。彼女は毎晩、部屋のドア前に家具のなかでも一番重量のある物を妨害物として置いているのです。けれども、信憑性があるでしょうか？　実際はそうではありません。というのも、物が私の頭上で何度もさまざまな方角に引きずられているのです。ここで注目してほしいのは、朝になれば一通りの備品を片付けるはずなのに、まったく物音がしないことです。第二に、どんな理由からかは定かではありませんが、プミリオさんが私に恐がってほしいと、私に部屋を引き払ってほしいと望んでいるということです。

四日目の晩、私が目覚めるとすぐに——それは騒動が始まる十数秒前に起こっていました（今回は、その繰り返しに確信をもっていました）——底が抜けるほどの戦慄を覚えたのです。まさに蝕むような恐怖、プミリオさんが感じていると想像していた（あるいは、私が感じるのを彼女が望んでいた）恐怖、それがその晩、私に移ってきたかのようでした。一番嫌気がさしたのは、音が常にきっかりと一寸の狂いもなく始まるということでした。私は何度も独りごちていました。そんなのおかしい！　おかしい！

そのときはベッドから起き上がらず、騒動を終わらせるための対策ばかりが頭にありました。どんなことがあっても上階には上がらず、プミリオさんのドアベルも鳴らさず、何をやっているのかとも聞かずに、仮に聞いたとしても適正な時間に行うべきではないかとも尋問するようなことはなかったでしょう。

どんな理由で私は言えなかったのでしょう？　間髪入れずにあなたに言います。つまり、私の気持ちに回避できそうにない不信感が沸いてきたからです。もうお分かりでしょうが、上階に這い上がりたかったとして、プミリオさんのドアベルを押したとして、私が言おうとしていたことも彼女に言ったとします。すると、深い眠りから覚めたばかりのくすんだ目で私を見て、何を話しているのか、何の権利があって不可欠な安眠を図々しくも奪い取っているのか、プミリオさんはさっぱり分かってはくれないでしょう。

それが、実のところ本質的な原因で、私を絶望へと引きずりこみ、そのために騒音の原因を綿密に探ろうとはしなかったのです。

ときどき、道や小さなスーパーでプミリオさんを見かけます。彼女はいつも親切に挨拶しますが、それ以上は私と話そうとはしません。しかし、道で彼女とすれ違うと、私の方を振り返って見ているような気がしてならないのです。あの青みがかったモザイクのような瞳には、私には理解できない焔立つ感情、もしくは考えがあるのかもしれませんし、通りすがりに私を見ているだけで、私のことなど眼中にはないのかもしれません。

毎晩、夜更かしをします。勇気をもち続けようと自分自身に何度も言い聞かせるのです。たいしたことない！　たいしたことない！　ただ、今は正体が分からないだけで、それだって何かつまらない、何でもないようなこと。それを知ったら笑うに決まっている、格好よく笑うに決まっている。

けれど、局地的な悪天候のように頭上で地響きは続き、軋む床板を伝って、何か重たくて手に負えない巨大な物を、人間生活を思い起こさせるような何かとらえどころのない物を押したり引いたりしているのです。とうとう、夜がやって来ました。振動する天井に目を凝らしているそのとき、屋敷の礎や地下が上階の雷音に応答しているように感じ、私は大地と騒音という二つの大きな金槌の狭間から外へ逃げ出しました。そうして、二度とその住所には戻りませんでした。

一七度目の春――第六の手紙

　タイナロンでは、多くのことが私たちとは異なっています。最初に思い浮かぶのは眼です。全員ではありませんが、ここの人たちの眼は、顔の三分の一を占めるほどに巨大化してゆきます。それが視力をアップさせるのかどうかは分かりませんが、私たちとはいくぶん違って周りを見ているのではないかと思うのです。その視覚器官は無数の個眼から形成されており、陽光の下で水晶体の表面が虹のようにキラキラ煌めくのです。そのような人物と会話をすることに、当初は苦労しました。というのも、その人が私の方を見ているのか、それとも私を通り越して見ているのか確信がもてなかったからです。もっとも、今ではもう気にならなくなりましたが。小さな点のようなつぶらな瞳の者もいます。その眼はあちこちに点在していて、額や触覚の先端部分、何と背中についている者もいるのです。

　眼と同じように、足や手もまた、タイナロン人には二つ以上ついている人もいます。だからと言って、彼らが私たちよりも速く走ったり、人生にもっと色を添えたりしているようには思えないのです。ある者には腹部の下にバネがついていて、必要に応じてテコのように発射できるし、それによって数十メートルも前へ跳ねることができるのです。

　ラッシュ時に触覚や触肢が俊足に飛び交う様子は、この地でない者にとっては珍しい光景です。ここの町の人たちの生活の大半がそうなのですが、どうも馴染めない現象があります。それはメタモルフォーゼです。これは少なくとも私にはまったくと言っていいほど奇怪で、そのことを考えるだけでも不愉快になるのです。そうです、ここの人たちは二回、もしくは何回もの人生を次から次へと送っているのです。私にとって不可解なのは、来世は前世に引き続いて起こるものなのに、まるで別物ということもあり得るということです。

私たちも変わってゆきますが、それは遅々的なものです。何かしらの不変性に順応してしまっていて、多かれ少なかれ安定した主体性を維持しています。ここでは違うのです。私に投げかけられたのは、二つの人生を繋ぐものは一体何であるのかということです。あれほど完全に変化を遂げた人物が、どんな気持ちで以前と変わりないと言えるのでしょう？　どんなふうに、その人は生き続けることができるのでしょう？　いかにして、記憶できるのでしょうか？

ここでは、見覚えのない人に遭遇しますよ。その人は、まるで昔からの知り合いのようにあなたのもとへやって来て、二人で体験したかのような、先ほど起こったばかりの楽しい偶然を語らい始めるのです。そうして、あなたが「いつ？」と尋ねると、その人は笑ってこう答えますよ。

「私が別人だったとき」と。

しかし、恐れ多くも誰と会話をするのかなんて、あなたは一生分からないままに終わると思います。たいていの場合、外見から生活様式までの何から何までを完膚なきまでに変えてしまうからです。

また、隠遁生活に閉じこもってしまう者もここにはいます。何と一七年もの間ひっそりと暮らしていた者もいるのです。彼らは、身の置き所もないほど小さな部屋のような籠らしきもののなかで暮らしていて、誰とも会わないし、どこへも出ていこうともしない、食事をとることなどもってのほかです。けれども、睡眠はとりますし、あるいは起きてもいます。一時も休むことなく変化していき、以前の姿形を切り捨てていくのです。

一七年！　とうとう一七年度目の春を迎えたとき、彼らは隠遁洞窟から燦々と降り注ぐ陽光のなかへと踏み出すのです。そうして、唯一の夏が始まります。秋には死んでしまうからです。それでも夏の間、これでもかというくらいにはしゃぐのです。何という人生！　こんな人生、あなたは理解できますか？

時に、僅かながらも嫉妬を感じるときもあるのです。夢を見ることなく、さなぎの殻のなかに縮こまることができたなら。春にたった一度だけ心気一転して、以前の衣を脱ぎ捨てて世の中へ踏み出せるのなら……。

さあ、もう終わりにしますね。頭が重たいのも、雷が近づいてきているからでしょう。あなたが返事をくれない理由を考えているのですが、数えきれません。亡くなってしまったのですか？　引っ越しをされたのですか？　あなたが住んでいる町は、地上から消え去ってしまったのでしょうか？　タイナロンの郵便は信用できるのでしょうか？　裏庭の堆肥のなかで私の手紙が腐敗しているなんて、誰が知っているでしょう？　あなたは玄関マットに立っていて、私の手紙を手のなかでクシャクシャにして、そうして封を切らずに新聞紙や広告の上へと置き、その山は隅っこで埃に塗れてどんどんうずたかくなっているのでしょうか。

山上で燃ゆ――第七の手紙

タイナロンの遊園地が立てられている丘の向こうに、隆起しているもう一つの丘が遠くの方にぼんやりと見えています。真夜中に、その丘の天辺が小さいながらもメラメラと焔立っているのを見かけることがたまにあります。

以前は、どれほど満足げにその炎を見ていたことでしょう。キャンプファイヤー、ギター、一緒にとる食事、そして旅の疲れの後に一息して話を語る旅人たちを思いました。けれど、後から考えてみると、それはキャンプファイヤーでも何でもなく、かがり火のような合図の火ではないかと疑い始めたのです。その火は決まって高く燃やされ、ぐるりと全体を見渡せるほど遠くまで見えます。とくに、下方に広がるタイナロンの町にはその火がよく見えるのです。

数日後、この山の火についてヤーラに話を持ち出してみました。彼もまた気づいているのかどうか尋ねてみましたが、すぐにしまったと思いました。というのも、この質問でヤーラの顔が曇り、その表情が険しくなったからです。穏やかなヤーラのこんな表情を、今までに見たことがありませんでした。

「見てはいけません。それは、あなたのための炎ではないのです」と、ヤーラが口早に禁じました。

「新月のときは、カーテンを閉めて眠りなさい」

新月のとき……。ヤーラの言う通りです。火を見たのはおよそ一ヵ月前で、そのときは確かに新月の晩でした。地球の影が遠くへ降りていたせいもあって、ひっそりと大きく燃えていたのでしょう。その前回のかがり火から、もう二ヵ月は経っていないでしょうか？

ヤーラの表情は硬くなってしまったものの、私はもう少し質問してみたのです。

「誰があのかがり火を焚いているのか教えてよ」

「あれは、かがり火ではありません」と、ヤーラが言いました。その声には、依然として棘《とげ》がありました。

「目の保養として焚いているわけではなく、その灰のなかで根菜類を煮ているわけでもないのです」

「それじゃあ、一体何なの？」

自分の声が小声になっていることに気づきました。

「燔祭《はんさい》です。あれは、焼かれた供え物です」と、ヤーラが答えました。

私は質問したときから、そんなような気がしていました。

「誰を生贄にするの？」

かがり火に見惚れていながら、町の上空に軽い異臭が漂っていることに自分では気づいていなかったのでしょうか？

「何を訊いているんですか？」と、ヤーラがいきり立って叫びました。

「自分自身を焼いているんです」

私は抑えることができなくて、意固地になっていました。

「でも、一体どういった人たちが？　何をあの人たちは望んでいるの？」

ヤーラは背を向け、私の本を調べている素振りをし、この話題は触れられてほしくないもののようでした。気の利かない自分を恥ずかしく思いましたが、火の秘密を解明できれば、それが特権か何かのように破滅を選択する人たちの気持ちも分かると思ったのです。けれど、ヤーラはうな垂れて甲冑の背中を少し動かしました。

「何を望んでいるかですって？　あの人たちは、分派の精神錯乱者です。タイナロンを救う、それを望んでいるのです。つまり、タイナロン人たちが違う人生を送れるように、夢から覚めるように、そう彼らは言っているのです。狂ってます！」

するとと、町を見下ろしている霧海に包まれた山に向かって、ヤーラは拳を握りました。

「どんなに罪なき魂が、火のなかへと放り込まれたことでしょう？」

昨日は新月でした。夕方早くに、言われた通りカーテンをぴしゃりと閉めました。しかし、ベッドに入っても眠れずに、カーテンをすり抜けて赤い色が何となく仄めいているように感じたのです。私は起き上がってバルコニーへ出ました。そうして、新月の闇の上空にかがり火を即座に見つけたのです。どんなタイナロンの光も、ネオンも、電光文字盤も、ライトアップされた観覧車の星も、山の火ほどに目映くはないのでした。その火はそこで焔立ち、蛾のように町の人たちの視線を集めていました。何ベルスタ(13)先でも煌々と光っており、私の顔を熱くしました。

(13) 1ベルスタは、およそ1,067キロメートル。

「生贄」

昨晩は凪いでおり、燔祭《はんさい》の火はまっすぐに上がっていました。それはテーブルの上のロウソクであり、夜の焦点であり、物々しい浄化人でした。あれほど高く、ぴんとまっすぐに燃えたのは誰だったのでしょうか？　タイナロンの谷で誰も知らないようなことを、その人は知っていると思っているのでしょうか？　つまり、何が人生以上のもので、その人の横溢する涙以上のもので、火傷となって蝕んでいく眼以上のものなのか知っていると？　それは、私に山の火が見えたように、その人にはっきりと見えていたものなのでしょうか？　バルコニーで立ちすくんでいた私には、火から目をそらすことができずにいた私には、そのことに対して権利も贖罪も慰みもありませんでした。まるで真夜中の花のように、喜々としてかがり火を見続けていたのです！

いいえ、燔祭が燃えている間、私はまんじりともできませんでした。何にも手がつけられなかったのです。その人が誰かは分かりませんが、火から燃えかすに、燃えかすから灰へと変わるまで、私はバルコニーに立ちつくしていたのです。

あの丘の上で、燃ゆることのない新月のときは果たして来るのでしょうか？

無数の住居——第八の手紙

タイナロンは音で溢れています。タイナロン以外でそんな音を耳にしたことがありません。

この地で、音楽と言葉の間には明確な境界線などないということに私は気づきました。町の人たちは自分の体から音を分泌し、その音は、会話とも音楽とも解釈できるのです。彼らが歌っているとは言っていません。それは少なくともここでは、あまり目にする光景ではないのです。それに、これといった楽器を使用するわけではなく、音が、筋肉、腺、内臓、もしくはキチン(14)成分質からなる甲羅によって生まれてくるのです。

その音は、まるで十数キロも離れた所のような、予想以上に深い所から盛り上がってくることがあります。その音源を、探り当てることが難しいのもうなずけます。多くのタイナロン人の生活様式はきわめて特異です。あなたは耳にしたことがないでしょうが、彼らは住居をたくさん所有していることがあります。しかし、私たちが都市にアパートや別荘をもっているようなものではないのです。

ここの人たちは、何十にも重ねられた箱のように、同時に多くの住居に住むことができるのです。核なる住まいは一DK。それが彼らの体型には、手に手袋が合うようにちょうどよい大きさなのです。ある人はどこへ行くにも携帯しているのですから。しかし、それがまた難点で、話し声がよく聞き取れないのです。というのも、話し声がプライベートルームの壁に木霊《こだま》して響いてしまっているからです。どこまでが住居で、どこからが住人なのか判断しかねるのも厄介です。

この核なる防具なしでは、人前に出てこない者もいて、彼らの生活の非常に傷つきやすい脆さを語っています。その小さな家は、砂利、樹皮、茎、泥や葉といったふうに、本当にさまざ

(14) 昆虫や甲殻類の皮膚などの主な成分。

まな物質からつくられている場合があります。四方八方からお互いの身を守る甲冑よりも、防護に優れているのです。あなたや私にとっての衣服という感覚ではなく、彼らにとっては体の直接的な延長なのです。それを剥ぎ取ろうものなら死に至らしめます。おそらく恥ずかしいというだけで、おそらく外気に接するにはあまりにも皮膚が敏感すぎるというだけで、あるいはまったく皮膚がないというだけで。

この最後の甲羅を奪い取るような無情な者がいるでしょうか！　ええ、ここタイナロンでそのような出来事も起こっていることを私は耳にしたことがあります。夜の街区で断末魔の叫びに戦慄を覚えたものです。

しかし、一体どうしてこのようなことが起きるのでしょうか。それについては、私には持論があるのです。一生家を引きずっている者は、お互いに他人同士のままですね。僅かな隙間から覗いてみることぐらいはできます。でも、それさえ無理な場合も。そう、隠れてばかりいる者たちは。

そのような状況に耐えられない者もいれば、面と向かい合って、ありのままを全世界へさらけ出したいと望む者もいます……。時に誘惑に負けて、かわいそうな誰かの最後の家を割ってしまう者もいます。私は悲鳴に目が覚め、溜息をつきながら体を横にするのです。そして、たちまちにして再び眠りに落ちるのです。

埋葬虫のごとく——第九の手紙

あなたは返事をくれませんね。このことが、ほとんど一時も頭から離れません。この沈黙の原因は、あなたには関わりがないかもしれませんし、あるかもしれません。それでも、私は書き続けます——その自由は自分に許されている——そう信じて、信じきっています……まあ、そんなことはここまでにして！

ここでの多くの出来事は、私たちが一緒に暮らしていた以前の町に非常に似通っています。たとえば、あるオフィスの窓は、もう一つの通りの、緑と白のオケアノス(15)の向こう側にあるもう一つのショーウィンドーを思い起こさせます。当時は、毎日と言っていいほどそのそばを通り過ぎましたが、決して立ち止まったことはありませんでした。だって、いつ見たって同じですから。ガラスの向こうには器用に襞を寄せた青いカーテンが降りていて、手前には石がめと白い絹紐でぐるぐると巻いた花輪が置いてありました。

ここタイナロンでも同じような店がありますが、店先に置いてあるのは花瓶ではなく、際立って美しい小箱です。ある日、ヤーラと一緒にそこに行きました。彼は日がな飽きもせずにこの町を案内してくれるんです。

誰かが亡くなりました。ヤーラが葬式の準備をするくらいですから、生存中は近しい間柄だったのだと思います。ヤーラの後について歩いていると、通りすがりにあの小箱にしょっちゅ

(15)タイナロンを囲む海。ギリシャ神話で世界の果てを流れる大河。

う目を奪われてしまいます。もっと近くで、よく見てみたかったんです。

　店に足を踏み入れるとなかはがらんとしていましたが、壁をぐるりと囲む棚にさまざまな形の小箱をたくさん目にしました。マッチ箱よりも小さなものもあるし、およそ本の大きさほどの箱もありました。それらの箱は多色で上質な生地で布張りされているか、塗られているか、もしくはわけの分からない符号やシンボルマークが彫られていました。一番の驚きは、その小ささです。タイナロン人のなかには、非常に小柄な種族もいます。けれど、小箱の小ささといったら一番小柄な人物の棺にも満たないほどなのです。

「つまり、骨壺なの？」と、カウンターの端でパンフレットを探っているヤーラに聞いてみました。

「ここに死者の灰を入れるの？」

「灰？　いいえ、違いますよ、ここには火葬場はありません。そこに入れるのはたった一つの器官、眼とか触覚を入れることが多いのです。だけど、美しい文様のついた羽の一部を選ぶ親族の方々もいます」

　私は、小箱を指でなぞり続けていました。その箱はキャンディーボックスのようにツルツルしていて、見た目もかわいらしく、白っぽい絹で内張りされていました。小さいころ、お菓子の詰まったこんな箱をもらったことを思い出しました。そのときはちょうどイースターの朝で、気管支炎を患ってから初めてベッドから起きたときでした。回復した朝の新鮮さ、絹のような白々しさ、色とりどりの銀紙、ネコヤナギ、ふわふわ羽毛に太陽を、私は世界から求めていました。

「ほかの死体はどうなるの？」

考え込みながら尋ねましたが、ヤーラは答えません。ちょうど、奥の部屋から大柄な葬儀屋が出てきたのです。目を惹いたのはその人の体格ではなく、色でした。その色は、小箱の複雑な文様にある色と同じくらい目映いものでした。胸部は緑からレモン色にグラデーションし、触覚の先端はミカン色でした。その人が感傷的にお辞儀をすると、強烈な匂いがふわっと放たれました。しばらくして、ジャコウの匂いだとはっきりと分かりました。

葬儀屋は、ぼそぼそとヤーラとの話に没頭し、話の終わりに棚から小箱を一つ選びました。それは円形で、草色をしていて、紺碧の三日月がついていました。

葬儀屋がレジを打とうと振り返ったときに、ヤーラのもとへ行ってもう一度聞き直したのです。

「ほかの死体はどうなるの？」

ヤーラの視線にびくっとしたのも、そのなかに憤りを見たからです。つまり、私の質問は場違いであったと分かったのです。それでも、私は彼が答えてくれるのを待っていました。

「本当に知りたいんですか？」と、ヤーラが聞きました。

「知りたいに決まってるでしょ。すべてに興味があるの」

ちょっと横柄な言い方にヤーラはますます黙り込んでしまったので、私は探るように聞きました。

「何か秘密があるの？」

「分かりましたよ」

ヤーラは何となく冷淡にあしらうと、待たずして葬儀屋のそばへ寄っていって、私の方を差しながら何か二言三言囁いていました。男は妙に思いながら私の頭から爪先まで舐め回すように見ると、再び上品にお辞儀をし、自分について来るように促しました。私は問いかけるようにヤーラを見ましたが、彼はむっつりと言い放ちました。

「とっとと行きなさい、私はここにいます」

葬儀屋はすでに奥の部屋に着いていて、無言ながらも微笑んで待っていました。彼がドアを開けると、そこは薄暗い階段へと通じていました。地下室と魚の匂い、少なくともそう感じました。葬儀屋は前を歩くように促しましたが、私はかぶりを振りました。それで、すいっと私の横を通り過ぎて薄闇のなかを歩いていきました。私の好奇心は跡形もなく消え失せていましたが、見知らぬ人物の後について下へ下へと、自分のつまらない好奇心に嫌悪を感じつつ、険しくでこぼこした階段を下りていったのです。奥に進んでいくに従って、強烈に放ってくる異臭のために不快感を覚えました。とうとう私は立ち止まり、即座に上へと戻ろうとしましたが、何ということ、葬儀屋が私の後をついて来るではありませんか。その黄色い胸が私の背中に触れそうなくらいぴったりとくっついて。ジャコウの靄は、さらに異様な臭気と混在していきます。私はうな垂れて下り続けました。あの手この手を使って、慇懃でありながら一歩も後に引けないほど油断も隙もなく、私を先へ先へと押しやるのです。

「魚が腐敗している」と思いましたが、腐敗臭は悪臭へと膨らみ、肺を嫌悪感で満たしたのです。大広間に到着すると、おどろおどろしい気配にやっとのことで気づきました。

案内人の姿はどこにも見えず、私は力を失っていき、湿った石壁に背中を押しつけると、埋葬所に連れ込まれたのだと分かりました。目の前にある土床には、死体が無数に転がっていました。しかし、死体にもまだ生命が宿っているかのように絶えず蠢《うごめ》いているものがありました。私の周りで、数えきれないほどたくさんの生き物が動いていました。外見上は葬儀屋に似ていましたが、衣装には——そう言えるのなら——もっと光沢がありました。その姿や仕事ぶりを間近で見れば見るほど、埋葬虫の労役に見えてきてならないのです。

私は、タイナロンの黄泉の国に下りてきてしまったのです。「ほかの死体はどうなるの？」と聞き、目の前に、今、その答えがあるのでした。タイナロンの町の日課である回避できない仕事の一つが、ここで通行人の目を盗んで処理されているのです。けれども、あの仕事を見つめていると、嫌悪感が薄れて公平な目で尊敬さえも込めて見る余裕が出てきました。

黄泉の国と埋葬所についてお話ししましたが、実際行き着いた場所では、まるで正反対の意味で奉仕しているのです。つまり、それは食堂であり、遊戯室なのです。あの仕事の虫たちは、ここでは単なる労働者ではなく母親でもあるのです。大きめの生き物一匹一匹の周りには、小さな生き物の群れがかしづいています。彼らは子孫なのです。町での生活がそこそこ可能になるようにと、やるべき仕事をこなしながら、この労働者たちは後継者たちをも同時に養っているのです。そのやり方は、好ましいと思いませんでした。どこから滅亡と繁栄の、そして生と死の破綻することのない同盟を知らしめす確固たる証を見つけられるでしょう？

つまり、こういうことです。そこには死体があって、誰が、あるいは何が生存していたのかと決断するわけではないのです。もうすでに体の輪郭は崩れてしまっているのですから。しかし、別に嫌な気はしませんでした。たとえ、母親の一人が屑山を掘っているのを目撃しても。母親はまさにそこから子孫の栄養を取り出していたのです。彼女の鼻づらが、異臭を放っている獲物にうずくまる。ほら！　黒い雫がテカテカと光り、それを赤子の一匹が飲み、しばらくして二匹目が、そして三匹目も、誰も忘れ去られてはいないのです。

さあ、ここで彼らの仕事です。汚染物から純粋な蜜腺を蒸留し、死のぬめりのある腋から健康と力と、そして新しい人生を抽出するのです。タイナロンの黄泉の国で起こっていることに、どうやって難癖をつけることができるでしょう？　真面目に、それは実験室であって、そのもとでは腕の立つ錬金術師の成果も足元にも及ばず、しかしそこで行われているのは同じことなのです。大地から新しい春を築き、秋には朽ち、そして死んでゆく。そんな大地の毎年の仕事と。

「もう、満足ですか？」

誰かが肩越しに聞いてきます。振り返ってみると、ヤーラが廊下の框に立っており、悶々とした顔で私を見ています。そんな表情なのも単に異臭のせいなのかどうかは定かではありません。なぜなら、私の鼻はもう何も感じなくなってしまっていたからです。もしかしたら、本当に悲しんでいるのかもしれない。先だって友人が亡くなったばかりで、私はそんなこと気にもしていませんでした。しかし、目と目が合ったとき、しなるような苦痛を私も感じたのです。慈しむようなその視線！　以前は気づかなかったのに。その視線は黒く光り、そして知りつくしているようで生き生きとしている……。けれども、実際にはまさにそのような視線を以前にも見たことがあり、しかも一度きりではありませんでした。

「怖がらないで」

そう、あなたの瞳にもありましたよ。見た目とは違います。知人や見知らぬ人たちの群れに紛れて、パーティーで、デパートで、自分の家で、列車で、陸橋で、教室で、店で、カフェで、町の人が座る鋳鉄ベンチがある毎夏の公園の大きな菩提樹の下で、私に向かって来ていました。あるいは、通り越したかも。そして、無防備なひとときに、私の瞳のなかにも潜んでいると確信するのです。

それが消えてしまったら！　そんなことは不可能だし、耐え切れそうにありません。後ろを振り向きざまにヤーラと目が合ったとき、それは私たちのなかに容赦なく潜んでいました。傍目で見ていた奇妙な食事風景は、何の解決策をもたらさなかったのです。

無数の宝の無言の耀き……。それが、原料の冷たい塊のなかへと消えて埋もれてしまうなら。角膜の表面に浮かぶ涙液以外の何物でもないかのように……。

「早くいらっしゃい」

ヤーラは、思いもかけず優しく声をかけました。そして、お互いに見つめ合うことなく、あの世を残して立ち去りました。

御者[16]——第一〇の手紙

故郷から葉書が届きました。ええ、あなたからではありません、分かりきったことですね。葉書のブロンズ像は二四〇〇年も昔の物ですが、映っているブロンズ像は若者です。額には装飾紐が巻きつき、髪の毛は金メッキで覆われて耳の手前で軽やかにカールがかかっています。片手に手綱を握り、暗黒色の石のような瞳をもち、それはキラリと光って神秘的で、そして驚きに満ちています。

しかし、どんな生命と豊かさがそこから耀きを放っているというのでしょう！　私が目にしているものが、単なる色のついた石を反映した光にすぎないなんて、私には信じがたいのです。何という偶然、この葉書は、ちょうどあなたに手紙を送ったときに届いたのです！　そこに、ほら私が話していたあの視線が、私の心の襞に触れてくる視線が、至る所で感じるあの視線があるでしょう。

けれど、この青年は何かに戸惑っています。彼も驚愕の色を浮かべ、口も開きかかっています。間違いありません。こんな表情が、ある死者の顔に浮かんでいたことを覚えています。その顔からはすべての管が除去されており、瞳は開ききっていました。どちらの顔にも同じような集中力が見られ、見えない競争をしています。

この青年の顔を見て、真っ先に頭に浮かぶのが人間の顔とはいかなるものでしょうか……。

(16) ブロンズの御者の像と呼ばれ、ＢＣ478年頃の古典時代を代表するギリシャ彫刻。

粉塵に塗れた足跡——第一一の手紙

もうお話していたでしょうか、タイナロンには大公もいるということを。私は外国人として、大公と謁見する機会を思いがけず与えられたのです。ヤーラに相談をもちかけ、この招待にふさわしい格好や行儀作法について意見を仰ぎました。けれど、彼の返事は何も言っていないのと同じで、これっぽっちも役に立っていないように思いました。

「どんな服装でもかまいません。どんなことでも聞いていいんです」と、ヤーラは言うと、最後にこう付け足しました。

「たいして重要なことではないのです」

「どうして重要じゃないの？」と、私は戸惑いを隠せません。

「そこにただ行くだけ？　通りからまっすぐ？　そして、思い当たることを大公に話すの？」

ヤーラはそれ以上、何の助言もしてくれませんでした。自分の判断で一丁らを着て、言うまでもなく緊張してそこへ出かけたのです。

大公の住まいは町の中心地にあり、堀に囲まれている宮殿です。はね橋は下方に見え、監視人などどこにも見当たりません。人々が往来し、誰も私に気を留めていません。私には許可書なる紙が与えられており、屋敷の使用人らしき人にその紙を押しつけようとしたのですが、誰も受け取ろうとはしないのです。会う人会う人、「必要ありません」と、気だるげに手をさらりと振るだけです。

「どこで大公とは謁見するのですか？」

三度も違う人に尋ね、三度目にようやくその場所を教えてもらいましたが、誰も案内しようとはしないのです。私が歩いている廊下には、人っ子一人いません。開けっ放しにされたドアからは、太鼓石、広間、階段、造り立ての柱廊、中庭といったさまざまなものが見えました。中庭にはイギリス庭園が造られており、東屋、人工湖、橋などが取りつけられていました。

大公とは、城の中央塔の天守閣で謁見しました。遠くの薄暗い廊下からでも姿が見えました。石のフロアに、私の靴音がカツカツと耳障りなくらい響き渡ります。

謁見室の扉は開かれっ放しで、近くには誰の姿も見えません。サロンは楕円形で小さく、部屋の真ん中に大公が腰かけている椅子が一脚だけありました。部屋の天井は非常に高く、実際には塔の高さくらいあるようで、まるで大公が井戸の底に座っているように見えました。

敷居をまたごうとして、立ち止まりました。というのも、どのように大公に近づいたらよいのか分からなかったからです。彼はじっと腰を据え、私の目をまっすぐに見ているようでした。大変高齢で、華奢な体つきをしていました。上方の窓からスポットライトのように大公や反り返った頭に光が降り注ぐその光景は、その場に尊厳と憂いを漂わせていました。

私は、非常に長い間、不安げな面持ちで立っていたように思います。しかし、大公が目を開けたまま眠っているような気がし始めた瞬間、前肢がゆっくりと厳かに招くような動きをしたので部屋に足を踏み入れました。

「陛下、私の出身は……」と、私は切り出しました。

「まあ、まあ」と、大公は私の話をすぐに遮りました。

「すべて承知していますよ。何でも質問するとよい」

私は、いろいろな質問を用意していました。内外政策や貿易、また税制改革に関するものばかりでしたが、その瞬間は頭が真っ白になっていたのです。

「あの、その、おうかがいしてもよろしいですか」と、しどろもどろになりながら尋ねました。

「ご機嫌はいかがですか？」

こんな質問が場違いだということは自分でもよく分かっていましたが、どういうわけか、これ以外に口を突いて出てこなかったのです。大公が立ち上がって謁見終了と言い渡すのを、私は黙ってじっと待っていました。

意外なことに、大公は私の質問に考え込んでいるようでした。まさしく、それがその状況に適切な質問であったかのように。

「健康に関しては、何の問題もない」と、大公が言いました。

あまりにもか細い声だったので、聞き取れるように、顔を突き出さなければなりませんでした。

「だが、少し気になっているといえば耳でね。常に鳴り響いているというか、耳のなかで小さな銀の鈴がチリンチリンと鳴っているのだよ」

と、突然、頭を揺さぶって見せるので、首に巻かれた毛羽だったキラリと光る青い襟がシャッと衣擦れの音を立てました。

「夜に関して言うと、それはあまりにも大きすぎる。大公妃が立ち去って以来、夜は休む暇なく成長してきている。そう、三〇年も前に出ていってしまった。これからというときにだ。君は信じられんだろう。大公妃がいたあのころはまだ、夜はほんの僅かだったのだ。こんなに小さかったのだよ！」

大公は、前肢二本を差し出して私に見せました。薄手の綿毛に覆われて、ほとんどぴったりとくっついていました。私は丁重に興味を示したように見つめ、こくりとうなずきました。そして、大公は椅子に深く腰かけ、打ち解けたように、ようやく今度は聞こえるように話したのです。

「大公妃が亡くなってから、私はよく別の甲羅を背負って町へ繰り出したものだ。橋の先端に居ついては、来る者も行く者も、私の入念な検査なくしては誰一人として入らせなかった。しかし、大公妃の姿は一度たりとも見なかったのだ。もちろん、いかなる変装であっても見分けていた。たとえ、すっかり姿形が変わっていたとしてもだ。それには自信がある。大公妃の目には二人だけにしか分からない秘密の残像があり、それで彼女だと見分けるわけだ。だが、歩いてくる人々の淀みない流れにあるのは、知らない記憶の泡にすぎなかった……」

するると、大公の声が沈みました。謁見はもっと早くに終わっておくべきだったと私は思ったのです。年寄りの思い出話のたった一人の聞き手として目の前に立っていることに疲労を感じてきたのでした。誰も私を迎えに来ません。宮殿には、人気のない静寂が漂っていました。

「なぜ、我々が忘れ去られてしまっているかご存知かな？」と、不意に尋ねました。私はその言葉に愕然としたのです。どうして、よりによって〝我々〟なのでしょう。それこそ、この状況にそぐわない言葉です。どうして、大公は親近感をもって声を落としたのでしょう？

「それはだ、皆にしてみればどうでもいいことだからだ」と、声を潜めました。

「私が今何をしようと、どこへ行こうと、何を話そうと、すべておかまいなしなのだ。分かるかな？」

「いいえ、そうは思いません、陛下」

私は心許なく言いましたが、大公は前肢を曲げて、近寄るように指図しました。大公に向かって恭しくお辞儀をし、そばへ近寄りました。すると、大公が言っていた小さな銀の鈴の音を聞いたような気がしたのです。それに、鼻を突くような薬草の匂いもしました。

「現実では、私はもう大公ではないのだ」と、耳元で囁くと、私の反応を見るために遠退きました。別にこれといって何の動揺もなかったのですが、驚いたように見せようと努めました。大公が嘘をついていないと確信していたのです。分かっていたもの、それは私がすでに宮殿で遭遇していた、空虚さと無関心さでした。

「私は気づいているのだ、君が……」と、大公は調子を強めて言いました。

「だが、心配は無用だ。問題はそんなことではないのだから。理解してほしいのは、時は変わるが、それは無数にあるうちの一つの時にすぎないということだ。着替えるように時も変えられる、それがどうしたというのだ。今日は、もう少し宮殿に座っているとしよう。長く休んでいるときも呼び鈴を鳴らそうと思えば鳴らせるが、誰も来ない。シャツにはいまだにタイナロンの紋章がある。しかし、私に注がれるワインは以前とは質が違う。それがどうしたというのだ。明日には私は亡命しているか、私の死体があそこのイギリス庭園の小さい木橋に寝転がっている。国家の近衛兵が、研ぎ立ての銃剣で刺し殺すのだ」

やっと、大公は腰を上げました。私は、それをずいぶん待ち望んでいたのです。そして、謁見がついに終わったと安堵の胸を撫で下ろしたのでした。恭しくお辞儀をし、踵を返しました。厚い埃がくまなく覆っている天守閣の石のフロアには、自分の足跡だけが残っていました。足跡の孤独さが、何よりの明白な証拠でした。この部屋にはしばらく誰も訪れていないということと、そして、大公自身もサロンから一歩も出ていないということの。彼は葬りさられた人だったのです。

大ムガルの日——第二二の手紙

どうしてまた、筆をとっているのか自分でも分かりません。返信を待っているというわけではさすがにありません。それでも、誰かに話したいのです。何か奇妙で、はっとさせられるような、うんざりするような変化が起こったのです。何が原因なのか、私は分かりません。多分、それは一時的なものにすぎず、私の生活もまた元通りになると思います。おそらく、ずっと昔の珠玉のような日々も戻ってくることでしょう。

私はどこへも旅をしたことがなかったのですが、この町はいまや別物です。その変化を好きになれません。表を見ると、まるで剥ぎ取られたように見えるのです。そこには、ほんのついさっきまで、私にエネルギーと喜悦を与えていたもっとも大切なものがなくなっているのです。大地を見下ろし、天を見上げる、至る所に同じものが欠けているのです。通りやデパートで群がる瞳も同じです。それは、窓やカウンターから消えてしまった精彩を探しているかのようです。仮に、昔と現在のタイナロンの写真をあなたに送るとします、あなたはおそらくこう言うでしょう。「何の違いも見られない」と。ええ、そうかもしれません。けれども、私は知っているのです。すべてが決定的に正反対である、と。

しばらくの間、町の音がプッツリとなくなれば、まるで砂穴の壁から漏れる細流のように、知らず知らず風化してゆく音を耳にするでしょう。それから生命力。無尽蔵だと信じている生命力が、使い手のいない場所へとトクトクと淀みなく流れてゆくのです。

これが、老化と言われているものなのでしょうか？　至る所で目にしているのでしょうか。たとえ、その変化が私のなかで起こっているだけだとしても？　以前、私を取り巻いていた喜びというもの、それも単なる映像にすぎなかったのでしょうか？　しかし、そういった場合、私はどうやって知ることができるのでしょうか。タイナロンとは何で、どんなものなのか……。

今日は、大ムガル人であるアウラングゼーブ[17]について語っている本を開いています。アウラングゼーブとは冷酷な独裁者です。彼の一五頭の象が山道から峡谷に突進し、一頭の背には彼

(17) インドのムガル帝国第６代皇帝。専制と宗教的狂信性のため帝国は衰退した。

の寵愛する妻が乗っていました。

「奇妙である」と、大ムガル人が書いています。

「手ぶらでこの世界にやって来て、立ち去ろうとしている今、罪の巨大な荷馬車を引いている。

（……）私の悲しみが私を殺す。さらば、さらば、さらば」

私は無理して身を起こし、ドアを開け、そして通りへ踏み出しました。食事をとろうと決めていたのです。カフェの窓際のテーブルから見える通行人は一人残らず、見えないけれど重たい荷物を引きずっているように見えてきます。液体がカップのなかでキラリと光り、すぐにでも飲み込んでしまわなければならないのに、それが今日の苦杯であるかのように私は見ているのです。

大理石のテーブルの下では、私の足が待っています。微動だにせずに、左右対称にきちんと揃えて。自分の足の存在をこんなふうに感じたことが以前にあったでしょうか。足は息をし、そして、熱をもった足は私を焦がすのです。私の足、かわいそうな私の足！　控えめで、頑丈で弾力性のある私の支柱、あなたたちも萎えてゆくのです！

ありふれたつまらない毎日。路面電車でハンドバッグから櫛をたぐり寄せ、剛毛を梳きながら、「櫛が通らないわ。コンクリートが髪を食べちゃう」と、ブツブツぼやいている女性。上着をばさりと羽織り、指を勢いよく動かしながら、ふらつく足取りで私に向かってきている知人。世の中の若さを学ぶこと、そのことを話そうと火照った顔でテーブルからテーブルへ駆けた時代もその人にはありました。知人が今話していることは、まるで別のこと、まるで別のことなのです。私は耳を貸しません、悲しむのです。世の中の若さ！　真実の目が私たちに向かないように、周囲に言葉を吐き出しているなんて！　徒労です！　一縷の望みもないような、薄くて穴だらけのベールは何も覆い隠しません、私たちは運命の耀きのなかでもがくのです。盾も甲冑もありません。肉体は、二度と言葉に返還しません。偉大なる横臥人(18)の像を通り過ぎると、その周囲で疲れた歌が波打ちます。

夢に留まる、敗北と戦争の下で、
願わくは、巨石のままの我。
見ず、聞かず、そこに至福あれ。
ああ、眠らせておくれ！　囁いて、小声で。

かわいそうな知人！　私は、その指が沈んでゆくのを見ました。彼は凍上地をゆらゆらと揺らめき、市場の電話ボックスに籠城してしまいました。

それはそこで起きたのです。ここタイナロンではありません。ここにあるのは、別の像なのですから。しかし、毎日はどこでも同じようにつまらなくて、それは先細りの円錐形をしています。

あなたも気づいているでしょうか。つまり、欲することを欲さないときがやって来て、内を見るのです。何が見えるでしょう？　終わりなき意志の連続、無限のあなたが大勢いる。あな

(18) ミケランジェロの彫像「夜」の女性裸体像。以下の詩は、ジャン・バッティスタ・ストロッツィが「夜」を称えて書いた四行詩に、ミケランジェロが答えたもの。

たたち全員が記憶の執拗な細糸に編み込まれるのです。最終的にはあなた自身も、その薄くて細い糸以外の何者でもなくなり、それは震え、ぴんと張り詰める……。

今日、ピチピチとさえずるスズメの群れのそばを通り過ぎたら、それはぱったりと黙りこくってしまったのです。それと同時に、私は吐き気を催しました。突然、大地が足元でぐらつき、私は再び思い出しました。タイナロンの下には、一夜の薄ら氷のように脆い、そんな殻だけしかないということを。

試し刷り——第一三の手紙

強姦者が肩で息をしながら、私の後ろからものすごい勢いで迫ってきました。そのとき、思い出したのです。私が見ていたものは夢であって、私にはつまり可能性があったということを。力を振り絞って、無理やり大地から足を引き離しました。殺人犯の汚れた手が私の足首をまさぐったと思ったら、天辺の木の芽を越えて届かぬ所へすり抜けていました。自分の不信感が救いでした。しかし、すべてが真実であると信じている不幸者、それは夢の虜です。

今日、何年も前の、加護に恵まれた時代のことを思い出したのです。そんな時代だった、そう私は言いたいのです。二つの教会の狭間にある道を上り、そしてあなたは、「魂とは、見えるもの」と言ったのです。覚えていますか？

ついさっき、鏡をたまたま見ましたが、あなたが遠くから、でも当時と同じように明確に言いましたね。私は鏡をめったに見ません。けれども、私に眼を与えてくれる誰かがいつもそこにいるのです。鼻の付け根が青くなり、ドライポイント(19)で削られたような線が口角に描かれています。これは試し刷りではありません。毎日の酸が腐食し、魂というものを完成させているのです。

かつて、あなたは嘆声を上げながらこう言いましたね。

「あなたを愛したい、たとえあなたが別人であっても」

あなたはすごい人です！　その言葉にどんなに自信がつき、安心したことか。

昨朝、大きなデパートの前にたたずんでいました。そこで衣類を買うつもりでいたのです。太陽は、タイナロンの屋根の向こうから昇ってきたところでした。私がついと立ち止まったのも、たまたま、そこはかとなく足元を見たからです。目の前の歩道に二本の日除け木が生えており、どちらも欠くところがありませんでした。私とその別人。

ああ、私にはステップ地帯よりも、オケアノスよりも漠々としたものがあるのです。どこにそれを置けばよいのか、誰の目の前にもっていけばよいのか、私には分かりません。私は見せることもできないし、使うこともできません。それは、この町にはあまりにも広すぎて、一つの人生には小さすぎます。誰も必要としていない。だけど、今日、それは私を羽ばたかせて歌わせたのです。

(19)銅版画で彫るために用いられる針。

砂——第一四の手紙

新しい日が、低く暗鬱と白けていく。私は肩を落として散歩に出かけました。一人で。ヤーラには仕事があったのです。そもそも、どういった仕事なのかは知りませんが、おそらく何らかの事業ではないかと思っています。

今までに見たことのないようなものを見てみたかったのです。それで、町の東部へと足を向けました。そこには近づかない方がよいとヤーラが言っていたことは、よく覚えています。反対する理由を聞いてみたのですが、一人で歩くのは危険だから、としか言いませんでした。そうは言っても真っ昼間ですし、見通しのよい大通りを歩いていたのです。大通りの両側には、いまだに青々としたポプラが天高く伸びていました。遠くから眺めていると、一本の別の木の若枝のように思えてきました。横切った劇場のひさしには、女像柱がまどろんでいます。その屋敷には妙に惹かれるものがありました。横通りに出ると、その脇道には高級ショップが軒を連ね、ちょっとした洒落たカフェもあります。私自身も、このきれいなテーブルに腰かけていることが多いのですが、今回は立ち寄りませんでした。何か、待ち合わせでもしているかのように、私は急いでいたのです。

すると、見慣れぬ通りに出ていました。店の看板も、趣向を凝らして飾り立てられたショーウィンドーも、もう見当たりません。家々は閉ざされ、荒廃し、低くなっていました。鬱々としながら、しばらくの間は周囲に目をやることもなく歩いていたのです。しかし、踵の下の砂利の凹凸ではっと気づきました。この街区には、石畳やアスファルト舗装もされた道がないことに今ようやく気づいたのでした。走行不可能と言ってもよいほど穴だらけなのですが、この地域にはこれといって交通があるように思えませんでした。歩道も造らずじまいで、家々の隙間からは区画されていない路地が曲がりくねっているだけです。何歩か進んで、私は自分に問いかけたのです。あれは家？　私たちや友人たちが住んでいる家の壁は、垂直で丈夫な壁造りじゃなかった？　それに、屋根はレンガやブリキで覆われていなかった？　窓だってガラス張りだったはず？

歩きながら、私は門や重厚な正面玄関を思い出していました。真鍮でできた取っ手、雨降りのときにはトントンと鼓を叩く雨樋、屋根裏の窓から見ると孤独な人間のように見える煙突。窓ガラスの向こうには？　そこからは、白いカーテン、眼、猫、そしてゲストルームの朧げな生活風景が見えるはず……。

しかし、そんなようなものは何も見えませんでした。私が通り過ぎた住居からは、本来の住居に特徴的なものが一切なかったのです。まず、垂直な線がありませんでした。そこでは、すべてが曲がりくねり丸みを帯びているのです。曖昧で鋭角的な線がなく、屈曲しているものさえありました。住居は地面から隆起し、泥と土でこしらえたような土色をしていました。そこには、不揃いな穴がたくさんあり、それが窓やドアの代用をしていました。では、町の中心街のほとんどの市場で目を引く柱や柱頭はどこにあるのでしょう？　赤みを帯びた丸天井の金や手の込んだモザイク柄の出窓は、どこに消えてしまったのでしょう？　壁龕とそこから手振りしている砂岩像は？　滑らかな棟の目板や先鋭アーチは？　木々が咲き誇る片蓋柱《かたふた》やアトリウム中庭は？

私は、タイナロンが二つ存在しているのだと理解しました。もしくはそれ以上かもしれない、誰が知っているでしょう……。これはタイナロンであって、そこには文化と呼ばれるものすべてが欠けているのです。喜びや希望、裕福や野望が地上に築いて飾り立てるものすべてが。

私としては、あまり好きになれない光景です。

さっきよりも足早に歩きました。はっきりしない町の外れからすぐにでも抜け出して、噂にだけ聞いていた砂浜でしばらく過ごしたいという思いに駆られていました。そして、その後は、長くてうんざりするけれども北のハイウェイを通って町の中心地へ帰ろうと決めていました。

光が増してきて、鳥の巣やハチの巣、砂や岩をくり抜いた洞穴の向こうに、どこからか水のさざなみが反射しています。前方からは、大きなホウキで大地を掃かれているような摩擦音や研磨音が間断なく聞こえてくるのに、何も見えてこないのです。二、三回、小丘の向こうからズルズルという引きずるような音やシューシューといった音が聞こえてきます。石の狭間に、トカゲなどの爬虫類が潜んでいるに違いないと思いました。私は、道すがら二、三人に出くわしただけで、いずれも背が低く華奢でカゲロウのような生き物でした。最後に通り過ぎた住居は、単に低く隆起したものや窪みにすぎませんでした。生きとし生けるもののなかでも、少数で目立たない者たちに避難場所を提供し、たちまちにしてきめの細かい金色砂に潜って溶け込んでしまうのです。その金色砂は目の保養にはなりましたが、足取りを重くさせるうえに、靴のなかだけでなく、喉がカラカラになるほど口のなかにも侵入してきました。

　遠出は楽しくないものになってしまったと自分で分かってはいましたが、もう数歩、それでも散歩を続けることに決めました。砂が小高い砂丘となって目の前になだらかに広がりました。もう、周囲を見渡しても町の目印などはありませんでした。砂からは、私たちの故郷の雪原と同じ、つましい荘厳さがほとばしり、純潔、夢、そして虚空の魅惑のようなものがありました。

　小高い砂丘を見続けているうちに、その形が、昔、子どものころに過ごした中庭のソリの丘に見えてきました。けれども、次第に極度の疲労が押し寄せ、その柔らかさにしばらく羽を伸ばしたい気持ちになってきたのです。と、突然、夢心地に陥って、私の思考が交錯してきました。

「もし、凍えたらどうしよう？」

　尾根に向かって数歩進み、それと同時にごくごく小さな突起に目が留まったのです。最初は、周囲の開けた砂地と見分けがつきませんでした。近寄ってみると、さまざまな大きさの土手が見えました。それはすべて環状形で、幾重にも連なった環の形をしていました。その中心には円錐形の陥穽《かんせい》があり、左右対称です。見たところ、わざとそのように造られているようです。というのも、これほど精緻な形は、風や水で造り上げられるものではないからです。あの窪みは何かを思い起こさせます……。遠い昔、私は同じような現象を見たはずでしたが、それがどこで起こったのか記憶を辿ることは苦痛でなりませんでした。

砂丘の向こうに、土手をもう一つだけ見かけましたが、他に比べて大きいものでした。天辺によじ上るとまもなく、砂が足元で動き始めたのです。ザラザラと窪みの壁や無音の滝やたぎる流れを伝ってそこかしこで転げ落ち、その音は、礼服を着た女性がゼイゼイと喘ぎながらジャングルを駆けずり回っているかのような、嗄れたメロディーのようでした。

しばらくしてから気がついたのですが、窪みの深部には穴が開いていたのです。初めは、何でもない小さな穴のように見えたのですが、実際はそうではなくて、その地点から私が単に遠く離れていただけで、私の頭のサイズよりも大きく感じられました。それは、底なしのように深く見えたのです。私が少し動いただけで踵の下から動き出すつぶてが、脆い縁を越えてどんどん流れ落ちていきます。私が立っている土手の天辺では絶えず何かが発生し、足元の方はぐらついていました。そう、私は自分の場所に立っていて、あの丸い穴から目を逸らすことができませんでした。最初に微動を感じたように思いました。瞬きをすると、まつげの影が動いたように感じたのです。それから、何の選択の余地もなく、はっきりと見たのです。つまり、何かが砂中深く、穴のなかで蠢《うごめ》いていると。そして、同時に穴の壁が波打ち始めたのでした。

その瞬間、体力と比較してみても超自然的なジャンプさえしたような、非常におかしな行動を取ったように思ったのです。足元がとうとうすくわれてしまうようで、砂とともに真っ暗闇の穴に向かって流れてゆくのを感じていたからです。

私は土手をよじ上ったのではなく、後転跳びをしたのは確かです。というのも、次の瞬間には、土手の向こう側にいて、軽快に動き回る草むらの円錐花序を目の当たりにしていたからです。振り向くと、今度は砂だらけの光景を目にしました。仄かに耀く石英の欠片、深紅の花崗岩粒子、破損した貝殻を。雲が割れ、太陽が影なき砂を照らしています。鱗片の金色が私の瞳孔にレンジの燃えさしのように赤く映り、何ものをもこんなに間近で見たことはなかったと感じました。

恐怖で腰が抜けて、砂上に倒れてしまいました。何かしら先端のような、毛もしくは針で覆われた爪のような、あるいは、歯のようなものを穴の縁でちらりと見てしまったのです。けれども、それはあっという間に闇に消え去ってしまいました。

しばらく経ってから起き上がり、私の足は帰途へと向かっていました。どの道を通ったのか覚えていません、別に、そんなことはどうでもよいのです。ヤーラにもまだ会っていないし、今日あった出来事を彼に話すつもりもありません。

私は今、抜け殻かもしれません。アリジゴク(20)の幼虫に内臓や体液を吸われているアリのように空っぽの状態かもしれません。こんなふうに書くと、少し恥ずかしく思うのです。これを語ることで、あなたにショックを与えたいと願っているような気がして。けれども、この話は事実なのです。

自分の爪や手の甲の皮膚を顔に近づけて調べます。土手の天辺の向こうに投げられ、塵となって砂に分散していく、脆弱で干乾びた皮であるかもしれないと知りながら。

風！　立ち上っては粉塵と砂をタイナロンの市場に拡散する風、そして砂丘が再び内陸部へと彷徨します。小高い丘からは軋む音が聞こえ、観覧車が風に煽られて旋回しているのが見え

(20)餌食の残りは、砂に堀った漏斗状の罠の外に跳ね出してしまう。

ます。その機械装置のなかにも浜辺の砂が回っているのでしょう。アンテナや塔の周りで波打ち、溝に落ちた紙を躍らせているざわめきや大気を思うと、もう恐れることはないと思うのです。個人的な幸せと不幸せに新しい息吹が吹き抜けます。それらは、大舞踏での数歩のアクセル以外の何物でもないのです。

だけど、私は浜辺から戻ってきたばかりであったはず？　なぜ、水のことを何も覚えていないのでしょう？　オケアノスの外海の向こうへ、北の方へ一瞥もしなかったのでしょうか？　砂の波とさまざまな小さなことが、タイナロンの町を覆い被さるためにやって来たように、私の注目をすべて飲み込んでしまったのでしょうか？　潮騒はそのとき喚声を上げ、波は騒ぐはずでした。でも私は、ぼんやりしていた私には、砂と爪以外に何も見えなかったのです……。

白い轟き――第一五の手紙

通りの人込みに入ると、手で耳を覆いたくなるほど、入り混じったどよめきに圧倒されることがよくあります。一人はギャーギャー喚きたて、もう一人はドンドンと鼓を打ち、そして、通行人からはパチンパチンという音が、ある種単調な音楽となって漏れてくるのです。それでは、ときに家々の谷間を縫ったり、壁から壁へと弾んでいったりする奇怪な轟音、もしくは金切り声はどうでしょう？　鳥たちの甲高いさえずりや魚たちの沈黙と同じくらい、私にはあま

(21)マメ科。材は、紫色を帯びた黒褐色で不均一な縞状。永続性のあるバラの芳香がある。

り理解できません。

この町でよく出会う混乱状態は、何かに似ていて懐かしくさせます。頭に浮かんだのはラジオ。その場所は、出窓にあった低いブラジリアンローズウッド(21)の棚でした。よく、ラジオを前に、長い間床に座って耳を傾けていました。

けれども、そんなふうにできたのは、部屋に一人でいるときだけでした。ほかの子どもたちがラジオのそばに来ると、ほかのことを見つけてやっていました。童話番組もクイズ番組も、スポーツ解説にも関心がなかったのです。母親がかんかんに怒って禁止しに来るほど、どうして私はラジオのスイッチを長々とひねり回していたのでしょう？

ラジオのそばには、大きなレンガ鉢にトケイソウ(22)が生えていて、ラジオに耳を傾けながら硬いトゲを摘まんでいました。光沢があって、驚くほど尖っており、骨のように硬かったのです。

「どよめきのほかに何も聞こえないな」と、部屋に入ってきた兄が言いました。

「貸して、やってみるから」

兄は受信機をまたいで屈み、音楽やスポーツ解説、もしくはニュースを送信する場所に垂直な針を合わせました。

「おまえが聞きたいのはこれ？」と聞くので、私はなるべく早く一人になりたくて、感謝しつつこう答えました。

「そう、それ」

兄が行ってしまうと、微光を放っている針の方に振り向き、ヨーロッパのありとあらゆる町

(22) 花が時計の文字盤に似ているところから和名はトケイソウであるが、十字架とイバラの冠とも見てとれることからフィンランド語では「キリストの受難」と言われている。

に赤い線を運びました。町がざわめいて歌っているのを耳にしましたが、その誘いに乗る気はありませんでした。遠方の言葉は分からなかったけれども、言っていることは、私たちの言葉で話されていることと変わりはないと知っていました。当時は、本当に重要なことは言えないのではないかと疑っていたのです。

一つとして大都市には留まらなかったのもそのためで、私はそれよりも、誰も何も送信していないラジオ局同士の狭間の空間に針を合わせていました。星たちの間隔のように空虚で無軌道の地へ、繰り返し繰り返し戻り続けていたのです。そんな不可侵の地でさまよっていると、探険家の幸運を感じ、名もなき外海から沸々と湧き上がる絶え間ないざわめきに私は魅了されていました。周波数は、花蜜と幾千というマルハナバチの営巣を思い起こさせるような、ほとんど変わらぬラジエーションで受信機から強くもなく弱くもなく分離していました。ざわめきは、カーテンや舞い踊る埃のように目の前で浮遊していました。止むことのない出来事で、だからといって何も変わることはありませんでした。

そのとき、私は森で心を落ち着けて一人でたゆたっていました。耳にした言葉は意味が氾濫していて、それをもっとよく理解しようと私の内臓器官が機能を中断していると感じたほどでした。

そのとき、「では、一体何を意味しているのでしょう?」と尋ねられたとしても、私は答えていなかったでしょう。「それは、すべてを意味しています」と言う以外に答えようがなかったからです。自分の耳にだって、その回答は理にかなっていないように聞こえたものです。

けれども、実際にそうなのです。ざわめき、私を誘うもの、それはあらゆる言語の、あらゆる音の混成曲なのです。

同じ嵐が他の地でも起こっているのを聞いた覚えがあります。そのとき私には熱があって、校庭で列に並んでいました。力が抜けて目の前が暗くなり、めまいがして倒れてしまったのです。しかし、砂利に衝突したとは感じませんでした。というのも、耳や血のなかで、その音の多量さと吸引力がざわめきながら膨張し、海に潜っていくかのようにわき目もふらずそのなかに浸っていったのです。そして、そのなかでも〝すべて〟が同時に生きていました。

ラジオの騒音を聴いていても、時に、聞き分けて単独音を私のもとに誘うことがあります。毎回、成功するとはかぎりませんが、耳を澄ましているだけで、囁き、あるいは、旋律が密集した音の雲を雲散させ、前の方で浮遊しているのです。私が耳にしたものは、決して一筋縄で説明がつくものではないのです。それが幕であるかのように、このざわめきを引き裂いてしまいたい欲望に駆られることはしょっちゅうあります。それは、無理なことです。つまり、音は生まれ、あの靄のなかで生き、靄が晴れると〝すべて〟が死の静寂へたちまちにして分散してしまうのです。

けれど、いつだったか、私は砂礁の上でカモメが鳴いているのを聞くことができ、一方で列車が突進しているのを聞きました。それは非常に遠くで起こり、多少なりとも恐怖を覚えたことは否めません。

すべてが翻り、変化し、何かが絶えず起こっていました。ラジオのスピーカーを覆った動かぬ布の向こうで誕生して死にゆくものに対して、私には少しの影響力もありませんでした。戦慄を覚えるような出来事もありました。地震で破滅した町々、暗殺未遂、崩壊してゆく星たち。噴火は新たに噴火を生み出し、果てなき爆発の木霊は弱まることを知らないのです。遠くから物質が誕生しているのを私自身が聞いていたかのようでした。

そんなとき、私の指は再びサボテンのトゲをいじり回して、一番尖った先端を思いきりねじりつぶしていました。そのトゲは、針よりも温かく、生命に溢れ、しっかりとしていました。

私には心臓があり、何でもできるということを、受信機を前にして思ったことがあります。あの心臓が高鳴り、絶えず高鳴り続けました。鈍重で的確、そして自信に満ちたもう一つの心臓の鼓動が、暴風雨を抜けて応答してきたのです。そのとき、スピーカーを隠している布を見ていたのですが、それは、私の胸のように微動だにしませんでした。

私にかつて与えられた名前を覚えていたのかもしれないし、そのとき、その名前で呼ばれていたのかもしれません。その場で歩き出していたかもしれないけれども、それは追いつけないほど遠すぎたのです。

食器が台所でカタカタと音を立てるときにはもう、私は他の人たちと同じようにテーブルについていました。

模倣者——第一六の手紙

タイナロンには、自分のバルコニーがあります。日が照って、これといって町に用事のないときなどは、そこでのんびりと腰を落ち着けています。そちらは秋ですね、こちらはまだ夏の真っ盛りです。

昨日、あまりの眩しさに瞼を閉じると、燃えさかる光景がなだれ込んできました。私は本を抱えていましたが、ページをめくらずにいました。この中庭には、名前はよく分かりませんが大樹が植わっています。太陽の炎は、枝々に捕われてしまった途端に消え失せました。

あっ！　すると、石だらけの光景が視界に飛び込んできました。わりと大きな玉石で、灰色、斑点模様で赤みがかった花崗岩、もしくは片麻岩である可能性もありました。それらの石で、中庭の中央部分が覆われていました。目を見張るような石ではありましたが、だからといってしげしげと見つめることはしませんでした。中庭には新しい石が運び込まれていて、小丘のようなようなものが造られているように見えました。以前、どこにもこのような丘など存在していなかったのです。

このちょっとしたなぞなぞに頭を捻っていたら、ヤーラがバルコニーに入ってきました。

「あそこの木の下を見てよ。どうして、あそこにあんな丘が造られたか知ってる？」と、私が話しかけました。

ヤーラはそちらを見ると、にんまりと笑いを浮かべました。顎がゆっくりと引いてゆくその動きに私はどうも馴染めません。

「あなたにしてみれば、おかしいかもしれない」と、少々苛立ちを覚えながら言いました。「通路にありとあらゆる障害物を造るなんて、私にしてみれば無意味にしか思えない」

再度、あの石山をちらりと見やると、気がめいってきました。というのも、それが小さな墓に思えてきたからなのです。

「心配ないですよ」と、ヤーラがなだめながら私の肩にちょこんと前肢を乗せました。「あなたはまだ、模倣者を知らないようですね。お望みなら、あなたにご紹介しますよ」

「それは、どんな人よ？」

秋にはまだほど遠く、日は燦然と耀いているのに、私の気持ちは沈んでいました。

「あなたが見ているのがまさにそうですよ」と、ヤーラが優しく言いました。

瞬きなどしなかったのに、目のなかで何かが起こりました。だって、この目で今見たのです。中庭の木陰にはもうどこにも石山は見当たらず、生きている生物がいるのです。動きはしないのですが、赤みを帯びた灰色で、こんもりと盛り上がった甲羅を背負った後ろ姿が見えました。

何か聞こうとしたところに、ヤーラがすっと指差しました。ヤーラはね、驚くほどしなやかで、そして優雅な身のこなしをするんですよ、その手の動作だって、何も言えなくなるくらい素敵だったのです。

「ご覧なさいよ」と、ヤーラが口調を強めました。でも、もう木陰には何も、誰もいませんでした。その代わりに、壁際の芝生の一角に丸い塊が現れ、生えたてのように青々と茂っているのです。

「あれは……？」

「そうです、すばしっこいんです」

「分からない」と、私はぶつりと言いました。

「つまり、その人は誰かなの？　一体、誰なの？」

「大切な友よ」

ヤーラはそう言うと、触覚の伸展を小刻みに動かしながら私をじっと見つめました。

「あなたは、模倣者に主体性があるとお思いですか？　今日はこの人で、明日はあの人なんです。どこにいるのか……、それはついさっきまでは石で、今は夏草なのです。明日の姿を誰が知っているでしょう。まあ、こっちに来て、さあ行きましょう、あなたたちを引き合わせてあげますよ」

「行かない」

何だか分からない憤りを感じていました。

「行きたくない。そんなような人物と知り合いになんかなりたくない。いろいろな姿をもつなんて……」

「そうですか」

ヤーラはとりわけ何の共感も示すことなく、とがめる口調でこう言いました。

「つまり、誰もが誰かでなくてはならない、こう望んでいるのですね。最後まで最初の姿でなくてはならないと」

「だけど！　何かしら継続性がないと！」と、私は声を張り上げました。

「言うまでもなく発展、それと同時に忠実さ！」

そのまま言い続けようとしましたが、タイナロンのあらゆる方角から包まれた夏の日に怒りも熔け始め、まもなくして、その知らない生き物を守りたい気持ちに駆られていたのです。

「本当はよく分かっているんです」と、この上もない寛大な気持ちで言いました。

「あの人は、自分の姿を探しているんでしょう」

「そうですか？」

私たちは、バルコニーの取っ手から身を乗り出し、下を覗き込みました。中庭には石や草でできた丘など姿形もなかったけれども、大樹の脇にもう一本木がすくんでいました。それは、だいぶん小さかったものの、がっしりと構えていました。

「私たちがここにいるって、あの人は気づいているの？　私たちのためにしているの？　それとも、自分の楽しみのために？」

「あれは、あの人の仕事なんです」

ヤーラはそう言いましたが、本気でそう言ったのかどうか私には分かりません。

「何がおかしいんですか？」と、ヤーラが今度は尋ねました。

「つまり、この町を愛してるってこと！　ずっとここにいるかもしれない。（よく、そんな言葉が！）」

「そうですよ、ずっと、ここにいなさいよ」

そう言ったヤーラの声があまりにも深く沈んでいったので、模倣者のことなど忘れて慌てて振り返ったのです。

大窓——第一七の手紙

夕方、幼い私、表の通り。光という光が灯る、街灯、ショーウィンドー、車のライト。そして、私は玩具屋の前で立ちすくんでいました。あなたもそのお店はご存知でしょう。いまだに中心街にあります。あなたは何度もその前を通り過ぎているはずだし、もしかしたら、クリスマスシーズンに立ち寄っているかもしれませんね。

その窓！　それは豪華絢爛にライトアップされていて、窓を伝ってキラリと光る滴が流れていました。そう、驟雨がちょうど町を通過し、見るものすべてが浄化され、がらりと変わっていました。人形や車、ボール、そしてゲームの前に、窓ガラスのすぐ向こうに、花弁の形に置かれたビー玉の種類が豊富に取り揃えられていました。透き通った玉もあれば色とりどりの玉もあり、また、牛乳のように白いものもありました。

私は、ついぞビー玉を所有したことがありませんでした。その耀きにとりつかれ、長い間見惚れていたんです。すると、何の警告もなくビー玉と私の間に大量の情報がなだれ込んできたのです。つまり、母は死ぬものなんだ、と。

この苦痛にショックを受けていたとき、水際立って美しく青く光る玉を食い入るように見ていたのですが、そのとき何かが起こりました。玉が変貌したのです。色に変化はなく、大きさも同じ、依然としてその場所に鎮座しています。しかしながら、それは以前とはまるで別物だったのです。何かが、つい先ほどまで駆り立てていた一番重要なものが欠け落ちていました。玉にはもう何の価値もなく、ただのガラクタでした。ショーウィンドー自体にも何の関心も湧きませんでした。まるで演劇の途中で脚光が消滅してしまったかのように、爛々たる舞台に地上から天蓋へ無意味という名の幕が降りたかのように。

私が立ちすくんでいる通り自体も、いまや奇妙な町の見知らぬ通りとなっていました。それでも、同じ場所に突っ立っていたのです。あやふやな詮索欲に私は揺れ動き、ビー玉を元の状態に戻すことができるのか見てみたいと思ったのです。玉から一時も目をそらさず、混濁した夜を分散しようと力を込め始めました。夜は目に見えなくとも、見るものすべてを支配していました。

闇を信じていませんでした。闇は本当ではありません、じきに本当ではなくなります。闇は白んで、霧の帯のように晴れていきました。そしてビー玉は、私の目の前で以前と同じく神々しく耀いていたのです。

けれど、そのとき分かったのです。溢れんばかりのショーウィンドー全体、その宝の部屋のすべての玉は飾り気のない試食であったと。人生自体が一度は両手で――いいえ、何千という手で！　私の前へ運ぶであろう試食！

そのショーウィンドーから、一歩も、一時も離れません。私はただ、そこにたたずんで、玉が耀いては失せ、再び煌めくのをじっと見続けます。夜があり、昼がある。そして、私には黄泉と天国が同じ窓から見えるのです。

測量士の仕事――第一八の手紙

今日、町の測量士の仕事を窓からずっと見ていました。以前、町の別の箇所で職務を果たしている姿を見たことがありました。そして、今朝、測量士は私たちの通りまで追いついたのです。道路の長さ、幅、市場の直径、建物の高さを測っています。何のために測っているのかは分かりませんが、おそらく、測量によってもたらされる情報はどこかにファイルされ保存されて、興味をもっている人たちが自由に閲覧できるようにしているのでしょう。

測量士の仕事の持ち場は結構あって、仕事熱心なのに計測器はたった一つ。自分の体です。身長があって、緑色の体をしており、それを巧みに使いこなしています。その柔軟さには以前も魅了されましたが、アクロバット曲芸でしか見たことがなかったのです。時に測量士の体は大輪を形成したかと思ったら、次の瞬間には再び長い直線に伸びて、進む距離をぐんと伸ばしているのです。また、レンガの壁を建物のコーニス[23]まで垂直姿勢で難なく登っているし、高所恐怖症で悩んでいる様子でもないのです。

店を出て公園を通って近道をしていたら、測量士がベンチに座って食事をとっている姿を目にしました。彼は、町の役人が使用している螺旋模様で装飾された白い帽子を被っていました。少しの間隣に座ってもよろしいですかと尋ねると、快く席を空けてくれました。

「召し上がりますか？」

測量士はそう言って、弁当箱を開けました。けれど、食事を済ませてしまっていたので深謝しつつもお断りしました。私は、あることについて聞いてみたくなりました。

「あなたのお仕事は面白いですか？」

「ええ、とっても」

測量士は、むしゃむしゃとサンドイッチを食べながら答えました。背後にある砂場ではタイナロンの子どもたちが、世界の国々の子どもたちと同じような遊びにつんざくような声を上げながら戯れていました。逃げ走っては捕まえて、そして捕まえられた者が今度は鬼になるのです。

「その仕事に就いて、もう長いんですか？」

「現在の身長になってからずっとやっています」と、魔法瓶から湯気だった甘ったるい匂いのする飲み物をカップに注ぎながら答えました。

大聖堂からゴーンゴーンと鐘が響き渡ると、子どもたちはその場から立ち去って木陰に姿を

(23)壁面を保護し装飾の役割を果たすため、軒先に突出した帯状の水平部分。

消しました。時刻はもう正午をほぼ回っており、休憩時間に入ろうとしていました。行き交う交通もなく、ただ鐘の反響音だけを聞いていました。人生までもがその場にすくみ、体を休め、そして測量士のように心気一転しているように感じたのでした。

止むことのない鐘音に、測量士の一様な声が響きました。

「同じ仕事を父もやっていました。そう、祖父も、曽祖父も、そのまた父も。それぞれの世代から町の測量士が新しく選ばれて、現在、私が務めているのです」

そのあと、何か言ったようなのですが、鐘音が鼓膜を破るほどに膨らんで、そのために聞き取れませんでした。

測量士の方へ体を傾けると、その平坦な顔が私の口元に近づきました。そうしてやっと、何と言ったのか聞き取れたのです。

「私は万物の計測器です」

けれど、それは癇に障るような言い方ではなく、胸元から食べかすを払い落としながら証言しただけのことでした。

「だけど、この地域は昔からあるし」と、私は声に出して考え込みました。

「何世代にも渡って測量済みなのでは？　まだ、測るものがここにあるのでしょうか？」

すると、測量士は怪訝そうに私を見て、こう尋ねました。

「測るものが何かって？　当時は別の時代だった。別の時代と別の計測器。私と祖父は、あなたが思っているほど同じ体型というわけではないんですよ」

測量士は鞄から大ぶりの果物をたぐり出し、健康で何列にも並んだ歯でかじりつきました。私は言葉を失ってしまって、自分がまぬけに感じたのです。

測量士がへたの部分を残らずきれいに吸って、町の紋章入りのゴミ箱に捨てると、決心したかのように立ち上がり、義務づけられているようにこう言ったのです。

「仕事が呼んでる！」

万物の計測器である測量士は、気合いを入れて職務を遂行しに駆け出しました。公園の歩道でその姿はみるみる小さくなっていき、清掃された砂地にはまっすぐでくっきりとした轍が残っていました。まるで責任ある地位に選ばれた人物のように行ってしまいました。万物には測るものがあり、そして、

「測量士」

測量士自身が何であって誰であるのかさえも知っている者のように。

測量士を見習って、時間までも再び動き出しました。葉は乾いた埃に混じって干乾びて足元に落ちてきました。それは秋になってから最初のひとひらでした。季節が移り変わったのです。

鐘の音は反響を止めましたが、町は、働きバチのように自分の声を響かせていました。また、タイナロンにある遊園地の色とりどりの車輪は、正午には動きを止めていたものの再び回り始めました。私は、自分が一人で座っていたベンチを見ました。そこからは港が見え、あらゆる市場や広場が見えます。それは、それほどにも高く、吹き止まぬ風にさらされているのです。

通行人——第一九の手紙

今朝、目覚めて、ベッドのなかの私を襲ったむずがゆい不安。不安の原因は何であるのかすぐには分かりませんでした。ベッドの縁に長いこと座り、耳を澄ましていました。もうとっくに陽も高いというのに、誰もまだ起床していないかのように町は静まり返っていました。普段と変わらない平日だというのに。

昨日の服を着て、朝食をとらずにヤーラを求めて通りへ出ました。

しかし、表玄関を開けようとすると、階段の丸い窓から目を見張るような光景が目の前に広がったのです。建物の前の舗道には、溢れんばかりの背中があったのです、肩幅の広いもの、狭いもの、背が高いもの、筋肉質なものがひしめき合っていました。けれど、共通していたのは、不動、同方向、そして体勢でした。

すぐさま、いつしか見た写真が彷彿としてきました。本で見たのかもしれない、美術館かも、思い出すのも億劫です。おそらく、あなたも見たことがあるでしょう？　絵の人だかりには共通した興味の対象がありました。それは見えていなかったのですが。そう、それは絵の枠外に、多分現実のなかにあったのです。目に見えない出来事や傍観者よりも、目を惹いたのは下の方に留まっている男性でした。ほかの者とはまるで違った方向を見ていたのです。あなたも彼を覚えているでしょうか？

表階段に足をかけました。実は、躊躇しながら、ほとんどしぶしぶ踏み出したのです。すると、向かい側の街区の前でも大勢の群集が立ちすくんでいたのです。けれど、そこでも水を打ったように静寂が広がっていました。まだ、お話ししていなかったかもしれませんが、私は現在、大通り沿いに住んでいて、その大通りは東から西へと貫いているのです。今朝、その通りに階段から目をやると、町全体がこの長くて広々とした通路の脇に集合し、そこで無言でたたずんでいるように見えたのです――そんなような印象でした。多分、真夜中からずっと……。これほどの群集なら、もうもうと立ち上る煙のように起こる雑音は相当のものです。しかし、集団の激憤も喜悦も今の沈黙には及ばないでしょう。

ここにはもう秋が近づきつつあるので、朝方、太陽は通りの東に低くぶら下がっています。しかし、偶然にも気づいたのですが、町の住人の一人ひとりがそれとは反対方向に目を据えているのです。大通りが小さな黄色い花に凝縮していく、そんな遠くの果てに向かって。そこには、菩提樹が秋の陽だまりのなかですくんでいました。

通りはがらんとしていました。石で巧みに文様を入れた表面をよく調べていましたが、いまやそれは目の前に空しく広がっており、通行人は一人もそこを渡らず、行き交う交通もないのです。その唯一無二の美しさにはまったく気づきもしませんでした。新しい日の鮮やかな朝焼けのなかで、銀で上塗りされているかのようにレールが目映く光を放っていました。

そのとき、ふと脳裏に過ぎったのは、国民の記念日か何かを町で祝っていて、大通りは大パレードのために交通を封鎖しているのではないかということでした。じきに大公を目にするかもしれません——彼がまだ健在しているとして——大公が車で通り過ぎ、今にも折れそうな手を振るかもしれないのです……。それとも、町は国賓を待ち続けているのでしょうか？　もうすぐ、有蓋馬車が貴賓を乗せて市役所のレセプションへと通りの中央を走ってくるのでしょうか？

しかしながら、このような考えは長くは続きませんでした。というのも、大祝祭を示唆するような動きは、市民から見てとれなかったからです。花束も、風船も、お面も見当たりませんでした。杖のようにぴんと伸びては長く巻かれて甲高い音を出しそうな、そんな笛を吹く小さな子どもも一人もおらず、螺旋（あるいは、腹足類の模様かもしれません、どちらの絵柄なのかはっきりと確かめたことがないのです）が印刷された、タイナロンの白くて細長い小旗を振る者もいませんでした。

そうです、みんな口をつぐんだまま立っており、東の太陽がその甲羅を照らし、強烈な銅の熱を注いでいます。

蔑んだ視線を感じながらも、私は群集の最前列へと厚かましくも押し入りました。そして、歩道の狭い縁石に落ち着きました。

私の隣には、ダイバーを思い起こさせるようなつやのある黒い姿がありました。その光沢がカーンと響くように叩いて、私はこう言いました。

「申し訳ありませんが、今日が一体何の日なのか教えていただけませんか?」

その人物は、「一九回目」とぼそっと突っけんどんに回答すると、私を邪魔者のようにちらりと見ました。そして、すぐにその人はまた西に振り返りました。

その答えは何の役にも立たなかったのです。でも、私は自分を責めました。質問するタイミングの悪さと言葉の選択ミスであったと。

そのときなんですよ、待ち人たちの頭上に陣風のように吹き抜けるものがあったのです。周りで突如ごった返し始め、私は片足で溝に立ちつくすはめになったのでした。とんだ目に遭ったとは思いませんが、いずれにしろ、眺めのよい場所を確保できたのです。大通りが菩提樹の下へ薄暗いトンネルとなって吸い込まれてゆく場所で、今、何かが起こったのです。そこから、何か綿々と連なる白っぽい一行が近づいて来ているのです。しかし、どんなに目を細めてもつぶさには見分けがつきませんでした。

それはおもむろに前進し、私たちの時間はそれに沿って延々と長くなりました。少しずつこちらの街区に近づいてきます。よく見えてくればくるほど、頭が混乱状態に陥ってきました。

何という一行なのでしょう！　てかてかと光る馬車も楽団も見えませんでした。反対に、近づくにつれて静寂さが増し、タイナロンの広々とした大通りには静寂が静寂を呼び、一行の沈黙が群集の不動に溶け込みました。旗も、小旗も、歌も、喚声も、スローガンもありません。けれども、この一行には葬列の荘厳な耀きもありませんでした。花一輪も花冠のリボン一本でさえも彩りを添えることなく、ロウソクの炎も揺らぐことも燃え上がることもありませんでした。

果てしなく続く、通りの幅ほどもあるリボンの先端部分がここまでやって来ると、遠く木々の向こうから大隊が殺到してきました。大隊、そう言いましたが、それがある種の軍隊か何かなのか、今日でさえ分からないままです。私は今朝、目の前で見たものをあなたに伝えようとしているのです。

一行はヘビを思わせるくらいに、本当に一糸の乱れもありませんでした。しかし、実際には無数の個人から構成されているのです。その行進は遅々たるもので、じっくりと先端部分を観察することができました。爬虫類の頭部のような幅で、おそらく一行全体が弾力性のあるセロファン袋のような、透明で僅かに光沢のある薄膜で覆われていました。この膜の内側で、小さな生き物たちが列をなして行進していました。この場所から見ると、幼虫を思い起こさせるようで、ほんとんど無色、だいたい私の中指ほどの厚みがあって、でも、それよりも心もち長く感じました。じっと見つめていると、背筋がぞくぞくしてきたのです。寒いところから部屋のなかへ入ると身震いするように。

一行は二層、さらには三層から形成されており、下にいる者が表層を前へ前へと運んでいます。その表層は下層よりもしなやかに、生きたマットの上を動いていました。最前列に行進している者が先端部分まで来ると、そこで上と下が入れ替わった場景を目にしました。そうやって、交互にお互いを運び合っていたのでした。一行の人数を正確に推しはかることは不可能でしたが、何十万といわず、何百万人という個人がいたように思います。

目の前で波打っている潮流を見ていると、これと同じような通りが潮流へと変化した夢を、以前、何度か見ていたことを思い出しました。それが予知夢であったと解釈したい気持ちにもちろんなりました。そのようなものを見るタイプではなかったのですが。

私はこれを静寂の姿であると解したい、そうあなたに言いましょう。その姿で町がこの群集のパレードを歓迎しているのです。これは敬意？　恐怖？　脅威？　私たちの朝を思い出していると、つい考えてしまいます。その行進には感情のすべてがあり、私には分かりそうもない何かが含まれていると。ここでは、私は否応なくして異邦人なのですから。

私は——私の周りに立っている人たちもそうですが——見たのです。車道の中央に何か小さい体、ゾウムシのようなものが現れました。それは呆然と目を丸くして、ゆっくりと近づいてくる扁平なヘビの頭を見つめていました。その不動には何の解釈の余地もなく、恐怖とカタレプシー以外の何ものでもありませんでした。脂ぎったようにギラギラと光る巨頭は、いまや高々と降り注ぐ陽光に包まれ、前にも言ったように——何百という小頭から成っているのです。

そしてずんずんと石畳を進み、その小さなものに向かって来ているのでした。あの硬直したひとときに、車道に駆け出してその生き物を安全な場所へ引きずっていこうなどという考えは一切浮かんできませんでした。あの生きた縄の餌になってしまいかねない、そうでなくても、妙な一行に望まずとも組み込まれてしまうだろうとすっかり確信していたのです。

しかし、実際はこうでした。あの遅々として波打つ川が生き物の前にたどり着いたとき――その生き物は催眠状態に陥って硬直している感じでした――巨頭が二分し、一歩も動こうとしない姿にかすりもしないで、ゾウムシに道を開けたのです。

溜息が漏れました。みんな同じ気持ちでした。ヘビの前頭は再び一つになりましたが、扁平な潮流の中央には孤島のように小さな生き物が立ちすくんでおり、その周りは、どこもかしこも波立つ塊が光沢を放ちながら前へと押し寄せていました。

あなたには、この場景が奇怪に感じるかどうかは分かりません。旅行中にこんなような場景を目にしたことがありますか？　私たちが知り合う以前の時代について、あなたはあまり話しませんでしたね……。

私は、いまだに朝の体験にうろたえているのです。どれくらい長い時間、片足を歩道にかけ、もう片足を溝のなかに突っ込んだ状態でいたのか、そしてひっきりなしに新しい大隊や部隊、連隊が前を通り過ぎていったのか分かりません。一行の様子からは（ゾウムシの件を除いて）、私たちが見られていたとか、気づかれていたとか、そんな感じは受けませんでした。そのことは言っておきます。この大行列が私たち市民（私だってここの市民の一人ですから）を監視するために執り行われたような感じではなく、一行が私たちの存在を気にしているふうでもありませんでした。

もしお尋ねになるのなら、私はこう答えます。知りません、と。そう、それが何であったのか、どうしてまたタイナロンを通行していったのか、どこからやって来たのか、一行には終着点があったのか、本当に分からないのです。何かを探していたかもしれませんし、逃走していたのかもしれません。もし誰か他の人が何か知っているのなら、もしあなたが何かを介してこの出来事の手がかりをつかむなら、包み隠せないで私に教えて！

ほんの数人で形成された薄っぺらい最後尾が――それも非常に脆弱で透明でした――ついに広場の向こうへ、大通りが果てる東の方へ滑るように姿を消すと、群集が異常なほど蒼惶《そうこう》に三々五々に散っていったのです。私は周囲を見渡して、縁石に一人でぽつんと立ちつくしていました。もう陽は高く昇っていました。以前のように、みんなは周りで忙しく立ち動いており、交通は再開して東へ西へと往来も激しくなりました。銀行やオフィス、秘密の待ち合わせに急ぐ者もいれば、夕食の支度に余念のない者もいました。けれども、方角を問わず、見渡すかぎりの通りの中央には、湿って粘液に濡れた跡が続いていました。

薄暮のころ、大通りを渡って散歩しましたが、もうその跡はありませんでした。それは乾燥して、冬が到来する前にタイナロンの各通りで舞う砂と埃に塗れていたのです。

ミリンダ王の問い――第二〇の手紙

同じ階に住んでいる隣人に、驚くほど高齢の老人が住んでいます。大公よりもずいぶんと年をとっています。一五〇をとうに過ぎたという人もいるし、ヤーラのように一二五歳だとか一三五歳だという人もいます。けれども、誰しもが口を揃えて言うことは、老衰具合から察しても分かるように、その人の寿命はとっくに過ぎたということです。不可解なのは、ここタイナロンで生き続けるしかないということです。酷なものです。

その人にはお抱え使用人、もしくはおそらく孫の誰かが毎朝決まって外に連れ出しています。干乾びて軽い上にちんまりとしているので、ある種のバッグか袋に入れて持ち歩いているほどです。バッグを陽射しの当たる公園ベンチに置いて縁を少し折り曲げるのも、老人が呼吸しやすく、花や通行人を眺められるようにとのことからです。二、三時間、そこに置き去りにした後、連れ戻しにやって来ます。貧弱な肢体が、バッグのなかではひとふさの藁ように見え、焚きつけに使う紙のように一握りで塵となりそうです。

年をとらない場所があると思いますか？　私がまだ若かったころ、そんな世界に住んでいる人に出会ったことが果たしてあったでしょうか？　バッグの老人くらい高齢になったとき、その人は今度は私に会いに来るのでしょうか？

その人はどれほど怯えることでしょう。そして、嘆いてこう言うのです。

「親愛なる友よ！　どんな恐ろしいことが起こったのですか？　誰がそんなにも非情にあなたに暴力をふるったのですか？　ふさふさの髪の毛はどこへ行ってしまったのですか？　いったいどうして、そんなに腰を曲げて、のろのろと歩いているのですか？　誰が犯人なのか、私に教えて。そしたら、仕返ししてやるから」

大人気なくて、無知な人間！　元の場所へすぐに帰ってしまえばいい！

何かがチカリと光りました。袋からです。そこに鏡があるかのように見えました。藁が何かサインを上げ、私を呼んでいるのです。それに応えないわけにはいきません。私は袋の隣に行って腰かけるほかありませんでした。袋は、そのなかに詰まった一五〇年に比べると、本当にちっぽけなものでした。

袋の声は弱々しく、しわがれていました。すんなり聞き取れなかったほどです。私の出身地を尋ね、袋自身もタイナロン生まれではないと言いました。私はしばらく座っていると、袋のなかには、人生を歩んで記憶に留めている者がいると分かりました。そしてもうしばらく座っていると、老人は年ではないということも知りました。老齢期は単なる仮装にすぎません、かつて幼少期がそうであったように。そう悟ったのは、小さき者のまっとうな悲鳴によってでした。

「私は子どもじゃない！　私は子どもじゃない！　なぜなら、自分が子どもであったこともなく、老人になることもないからだ。なぜなら、死んだ者と生まれた者は同じだろうかといったミリンダ王の問いを耳にしたことがあるからだ。そして、その答えはイエスでもなくノーでもなかったからだ」

　すると、公園の木々が木陰を揺るがしました。私の歳月を越えて、あの人の歳月を越えて。枝にくっついていた葉はすでに黄葉していて、それはじきに枯れ落ち、そしてなくなるのです。

　人生で何が一番辛かったか聞いてみました。すると、袋はこう答えました。

「すべてが繰り返されて、いつも戻らなければならないこと。同じ質問が決まって繰り返される」

　同じ質問をもっと続けようと思いたったところに、使用人か孫かがつかつかと向かって来て、荷物を軽々と持ち上げました——その歳月はその人にとって羽毛にすぎないのです——そして、砂利を踏みにじりながら屋敷へと連れ去りました。

　私は体が熱くなりました。老人のことを一瞬忘れつつ、港の方へゆっくりと向かっていました。そこには白い船があり、かつて私をタイナロンへ連れてきたものと同じ船でした。だけど、何のために。それを思い出すのももう億劫です。

不十分——第二一の手紙

お元気ですか？　いかがお過ごしでしょうか？　あなたの沈黙は容赦がなく、次第に死者たちや神々を思い起こさせます。それがあなたのメタモルフォーゼ、でも別に嫌な気はしません。

私がなぜそう思うようになったのか、お話しますね。人間は不十分だと分かったのです。不十分。いくら大きくても、美しくても、賢くても、気難しくても、不十分。レーダーのように彼らの触覚がどんなに遠くまで探知できても、彼らの衣が甲羅よりも堅牢であっても。

だから、告白します。私が言うことすべてに言外の願望が含まれていると。その願望は、私のあらゆる行為にも結びついているし、ただ座って、そして見ているときにも関連しています。熱い願望！　不治の願望！　死者たちや神々が耳を澄ましているようなもの。死者たちや神々が目を澄ましているようなもの。死者たちと神々が知っているようなもの……。

けれども、歌を聞かせる者はたった一人だけです。その人は不幸せになったばかりで、バラに引き裂かれてしまいました。

昨夜、あなたのもとにずいぶん久しぶりに私は戻ってきました。遠くの地から、多くの抗いを切り抜けて。妨害や木柵、有刺鉄線や石山が道を塞ぎました。火口、割れ目、そして異臭を放つ塹壕が足先でのた打ちました。けれども、私のスピードは目くるめくように猛烈で、山巓《さんてん》も渦も飛び越えて、あなたの扉へとまっすぐに続く凍てついた溝を駆け抜けました。

ベルが屋敷中に、冬の日の闇に鳴り響いています。そして、あなたは以前と変わらず扉を開けるのです。感極まる私たち！　抱き寄せ合う私たち！

しかし、次の瞬間に、あなたの心がそこにないことに気づくのです。あなたは何か別のものを待っている、そうでしょう、正解でしょう。あなたの胸にしがみつく私の頭越しに、あなたは耳を澄ましている。そして今、私も階下で足音が近づいて来ているのを聞いている。

そのとき、あなたの顔に、爆ぜる炎の煌めきが広がり、こう尋ねるのです。

「こっちに来てる？　近づいてない？　聞いた覚えのある足音だよね？」

けれど、私は答えません。あなたも、私の言うことに耳を傾けていないのです。あなたの手は私の体からすでに離れ、そして私は同じ道に、ついさっき期待に震えながらあなたを目指して駆け抜けたあの道に踵を返していたのです。

ぶら下がり——第二二の手紙

多くのタイナロンの住人には、いっぷう変わった慣習があるということは言っておかなければなりません。少なくとも、遠方からやって来た者の目にはそう映ります。この近辺ですが、同じ街区に背が高くて細身の紳士が住んでいます。彼は毎日、頭を下に向けてバルコニーに何時間もぶら下がっているのです。通行人にとっては、この奇妙な体勢は興味をそそるものではないようですが、私が初めて彼の下を通ったとき、真っ先に助けを呼ぼうと駆け出しそうになったほど目をむいたのです。事故が発生して、あの男性がバルコニーの錬鉄の飾りの部分に足を引っかけているのだと思っていました。そのとき、並んで歩いていたヤーラが冷ややかに袖を引きました。その人は自分の自由な意志であの体勢を選択したのだ、と。そして、他人の人生に好奇心をむき出しにして首を突っ込まず大人になってほしい、とも。そう言われて気分を害したことは認めますが、最近はその忠告を以前よりも謙虚な気持ちで受け入れたいと思うようになったのです。

めったに男性を見かけませんが、バルコニーの下を通り過ぎるたびに私はいつも挨拶をします。一度だってその挨拶に応えてはくれないのですが。睡眠をとっているか、もしくは瞑想に耽っているのでしょう。固定した状態の男性は、洗濯女が干した衣類のように無気力ではらりと翻っています。たとえ、救急車がサイレンを鳴らしながら押し寄せたとしても、この上ない平静さで、喧々とした雑踏上に体勢を崩しもせずに頭を引きずっているんです。常に同じ外見、蛍光色の緑にも近いような煌めきで、通りの出鼻にある銀行の平坦な階段からでも見分けがつくのです。赤レンガにくっついた鮮やかな葉っぱを見るように。

ぶら下がっているとき、夢を見ているのでしょうか？　たいてい、片足でぶら下がっているのですが、それでもすっかりリラックスしきっているんでしょう。まさしくそんな状況なのだと信じています。自分の経験からして、恐怖、そして犠牲者の不動がどのようなものであるか知っていますが、この場合、問題はどちらでもないようです。男性は夢を見ているのだと思っています。片時も止むことなく蝶々と夢を見て、毎日の動力に対して僅かな意識さえも犠牲にすることなく、猛烈に死を軽視する夢を見ているのです。私が思うに、すべての活動は無駄であって、有害でさえもあるという信念に、彼はもうずっと前にたどり着いているはずです。

この紳士は尊敬すべき人で、その人生の過ごし方に羨望の眼差しを送っていた日々もあります。私だって自分のためだけの幻想の甘やかなひとときに、彼と同じ平常心でじっくりと浸っていたいと思いました。でも、それがふさわしいとは思わないで下さい。夕方になると、きっちりと窓を閉めてもランプの灯を消して耳栓をしてしまいたいと思うのです。この町は、みるみるといきり立って日の光を体中に浴びるようにギラギラと流れているのです。そうすると、身を起こして、緑の紳士はいまだにさかさまにバルコニーにぶら下がっているのか見に行きたくなってしまうのです。自分もはい上って、同じ体勢を取ってみたい。頭に血が逆流すると、タイナロンが霧に包まれ始め、私も夢を見始めるのです。終わりなき、青々とした葉の……。けれども、明け方に夜の経験がふと脳裏をかすめ、悶々とした迷路にはまってしまっていたら、人生を夢の町で送りたくはないと思うことは確かです。そんなような朝にぶら下がりのバルコニーの下を通るなら、尊敬するというよりも憐れんでいるでしょう。

そうして知るのです。夢のなかでは同じような陽光の耀きは手にできず、私が吸っている空気も、私の細胞のなかと同じようにそこで清冽に流れているわけでもない。それに私は洞察力が優れているわけでもなく、千里眼でもない。そして、私は再び信じるのです。真実というもの、それを目にすることができるのは全員、全員なのだということを。

変人たちの保護者——第二三の手紙

彼女を敬愛しています。彼女を女王マルハナバチと呼んでいます。しかし、ヤーラは私とは違う名称を使っていて、どうもそれはすでに忘れ去られた、変人たちの保護者というようです。確かに、女王マルハナバチは、ここタイナロンでは変人扱いされて疎遠にされているような者たちを、愛情をこめて世話しているのです。ストリートシンガー、乞食、売春婦、さまざまな形で気が触れた者たち、そして自分の薬の世界に陶酔しきっている者たちを。

女王マルハナバチのもとには、昼とも夜ともなくあらゆる人がやって来ます。彼女の屋敷にはいつも明かりが燈っていて、扉は動きっぱなしです。内側へ、外側へ、ひなびた街角のカフェなどでよく見かけるスイングドアになっています。敷居も錠もなく、二、三街区先からでも女王マルハナバチの所のどんちゃん騒ぎの様子がよく聞こえてくるほどです。

なかに入れない者はいません。とはいっても、彼女の屋敷はそれほど大きくもないのです。そう、まったく、まったくもってそこそこの大きさで、町の外れに無数に点在するほかの屋敷と変わりのない地味な構えです。

しかし時に、屋敷が人で埋め尽くされていても静まり返っていることがあるのです。そのとき、隣人たちが口を揃えてこう言うのです。今また、変人たちの保護者が偉大なる記念日を過ごしていると。

「誰を祝っているんですか？」と、ヤーラに尋ねました。どうやら、亡くなった者を記念しているわけではありませんでした。すなわち、女王マルハナバチは記憶を収集し、記憶によって生き、そしておそらく記憶のためだけに、これほど大勢のさまざまな人たちの世話をしているのです。けれど、どんな記憶でも彼女に通用するとはかぎりません。そうです、素晴らしくて甘やかで、喜びが零れ落ちる記憶だけを使うことができますが、仮に冷たくて暗く沈んだものを差し出そうものなら、情け容赦なく屋敷の外へ追い払うでしょう。

誰かを必要としている誰もが、女王マルハナバチのもとで食事をとったり、寝床をもらったりできるとヤーラが話していました。けれども、毎月決まった日には、誰もがよい記憶を少なからず一つだけは女王に代金として持っていかなければなりません。その見返りを彼女は要求し、それに関しては妥協しないのです。

その日になると、女王マルハナバチはテーブルに白いテーブルクロスを広げ、まるでクリスマスでも来たかのように数十本のロウソクに火を灯します。しかし、お皿は並べません。偉大なる記念日には記憶という食事しか出さないからです。

「それこそが栄養を与えるから」と、女王マルハナバチが言います。泥酔者や変人、そして乞食は皆、同じ気持ちでいるのです。そうしていなければならないのも、翌日のまともな食事にありつけないからです。

「私も偉大なる記念日にいつか参加できる?」と、ヤーラに聞いてみました。

「どんな人でもできますよ、だけど望まない人もいます。それから、本当に良い記憶を準備しておくことを肝に銘じておくように」

「あり余るほどあるわ」と、私は気楽に言いました。

次の偉大なる記念日がやって来たときにはもう、私は女王マルハナバチの屋敷に座っており、変人たちと肩を並べていました。

顔ぶれについては、前もってあれこれ聞いていて、スリからは遠く離れて座りました（まるで、私が高級品を持って来ているみたい！）。そして、（自分が恥ずかしくなりましたが）色黒の人や染みだらけの生き物からは、それよりも遠くに席を取りました。町の人々から恐れられていて、伝染病もちと呼ばれていたのです。ざっと周囲をちらちらと見たところでは、女王マルハナバチの変人たちはタイナロンの人たちと別段変わりはないように感じられ、私は自分自身に向けられる詮索と不審の視線にまごついていました。私もまた、今は変人の一人であって、顔ぶれのなかで浮いた存在なのでしょう。集団という集団に、自分が溶け込むといつも信じていた私。後ろの方に構えてじっくり傍観できると思っていたのに、今、タイナロン人たちの恰好の見世物になっているのです。

女王マルハナバチは私と向かい合って座っており、私は混乱から立ち直ってからじっくりと彼女を見ることができました。女王の母像と体にフィットした虎模様の服、個眼のおぼろげな光が照らし出す毛羽立った黒々しい顔。

「さあ始めましょう！」

女王マルハナバチの響きのよい低音が鳴り、その声は太陽を浴びた草原の囁きにも似ていました。

「プサモテティックス、あなたから始めて」

振り返って見てみると、その格好よく鳴り響いた名前は、白髪頭の地味で不器用な紳士を指しており、パーティーが始まってからずっと、しきりに何やら独りごちていました。多分、自分で選んだ記憶を、肝心なときに忘れないように反芻していたのだと思います。

プサモテティックスは綿々と続く話を猛スピードで語り、その話については、私は一つも理解できないでいました。それというのも、おそらく効果を狙ってのことだと思うのですが、間断しながら意味ありげな舌鼓や、ここぞと言うときに発する嗄声が——あくまで仮定ですが——荒々しい喚声へと変わるからです。聞き取れたのは一言だけ、〝泡〟と〝気泡〟で、プサモテティックスはその言葉を何度も繰り返して言っていました。

反対に、偉大なる記念日に参加したほかの人たちはプサモテティックスの発表を興味津々に聞いており、発表が終わると、キチン甲羅を合わせて鳴らしたり、太鼓を打ったり、点灯したり、変色したり、肢体をぶつけ合ったりと十人十色に好評を表しました。

女王マルハナバチは、ロウソクの灯りのなかで金色に耀いている小さな斧、あるいは棍棒を掲げ、テーブルを打ち鳴らしてこう告げました。

「認可しましょう！」

そう言うと同時に、スリの方へ振り向いて手振りで始めるように促しました。

「一度外国に行った」と、スリが小声で話し始めました。ほかの変人たちが「嘘だ！　嘘だ！」とやじを飛ばしているときは、見たところ神経を尖らせているようでした。すると、斧が再び音を立て、ほかの者は静まり返るとスリが話を再開しました。

「一度、外国に、大都会に行った。職業柄、あるデパートに足が向いたんだ。でかい祝日の前日で、人だかりは凄かった。音をガンガン鳴らしてさ、買い物客の目は、派手な売り場や実演販売者の叫び声に釘づけだった。状況は申し分なかった。その日は、俺の業績のうちで一番伸びたと言ってもいいくらいだ」

と、ここでテーブルの周囲で雑音が聞こえ始めたのでスリは話を中断し、女王マルハナバチが口を尖らせているのを見たのです。

「認可できません」

女王からこう言われて、スリが慌てふためいて叫びました。

「俺はまだ止めてないぜ。まだ、全部話しきってない。デパートが閉まる直前、俺はブツと一緒に立ち去ろうとしていた。そうしたら、着飾ったおばさんがさっとよぎったんだ。その肩には真珠がちりばめられた小さなバッグがかかっていた。鍛えられた俺の目にはすぐに、銀の鍵が見せかけにすぎないと気づいたんだ。瞬間、俺はおばさんの隣に滑り込んだ。俺がこうやると（すると、彼は鋭い爪を宙に揺らしました）、バッグが音もなく開いて、自分のポケットには膨大な量のお札が入っていた、と思っていた……。だが、（そして、スリは静粛を仰ぐように肢体を上に掲げました。聞き手から声が漏れ始めていたからです）なんてこった、人目のないところで自分のブツを確かめたら、一枚以外に何もありゃしない。それ以外は全部薄っぺらい紙切れだったんだ。そして、そこに書かれていたのは、そこに書かれていたのは……」

そこでスリの声が沈み、女王マルハナバチを拝むように見つめながら、席上で身じろぎし始めました。

「さあ続けなさい」と、女王が穏やかにうなずきながら言いましたが、スリは納得がいっていないようでした。

「いやだ、できない、こんなみんなの見ている前でなんか」

私たちテーブル客を指差しながら、もごもご言っていました。

「記憶を忘れてしまったんだ！」

そんな叫び声が聞こえ、「からっきし、良い記憶なんかじゃない！」という声も聞こえました。

「こちらに来なさい！」と、女王マルハナバチが命じました。

「私に耳打ちしなさい。私が判断します」

すると、スリが女王マルハナバチのもとへ行って、その耳に二言、三言囁きました。私は耳を研ぎ澄ましたのですが、あまりにも離れすぎていました。自分の席次選択を悔やみました。紙に何が書かれていたのか、スリの絶望を良い記憶へと変換させた言葉は何であったのか、私はどうしても知りたかったのです。

「認可いたしましょう！」

女王マルハナバチは承認しました。そして恐ろしいことに、女王は振り返って私を見たのです。その個眼のレンズが妙な色合いで光を放っていました。

そのとき、予期せぬ事態が私の身に降りかかりました。私の過去が消滅してしまったのです。それは何百万というそのほかの過去の群れのなかへ沈下し、無数の記憶のなかから自分の記憶を一つも（良い記憶以上に悪い記憶でさえも）見分けることができなくなっていました。

私は壁と化し、柵が倒れてしまった堤防のようでした。きわめて必要なものが崩壊してしまい、その洪水のなかで昔に忘れてしまった会話の断片が浮遊していました。小説の対話や映画の会話を端から追い、人間の容貌や運命の渦は、飛沫を上げる航路にできた泡のように駆け抜けていったのです。

それを通して、目の前で居丈高と主君として待ち続けている女王マルハナバチのぴくりとも動かない顔を見ていました。その表情には、すでに不満の影がちらついていました。絶望のなかで、その辺に飛び跳ねている記憶のなかの一つを引ったくりました。驚いたことに、私はその経緯を知っていたのです。それは、ある週刊誌の読者インタビューで、読者には人生の輝かしい瞬間を思い出させるというものでした。女王のお気に召すように、そして自分の詐欺がばれないようにと心のなかで祈りつつ、口を開きました。

「これは、一〇年前のことです。恋人が私の顔を撫でていました。そのとき、突然、私は心が軽くなったのです。私の目の前に扉が開かれ、その向こうには光の射す部屋がありました。今まで、もしくは、これからも見ないほどの光が溢れる部屋でした。部屋に行き、かつて味わったことのない心地良さを感じました」

それで全部です。映像のように鮮明に動いた記憶から、あのインタビューの文を次々に並べ立てていると詐欺でも何でもないことが分かったのです。起こったこと、それはすべて私に起こったことであったのです。恋人の指の匂いも、その日が長い夏を過ぎた最初の清涼な昼下がりであったことも覚えていたのです。

自分の人生の膨大さに口を閉ざし、金色の斧の打音を待っていました。

「認可しましょう」

女王マルハナバチのどっしりした低い声が響き、何か筆舌に尽くしがたい甘いものが口蓋にぽとりと零れ落ちたかのように、彼女の顔に広がってゆく覆いのかかった微笑みを見たのです。盗んだものでありながら、私の記憶も彼女のコレクションに加わったのでした。女王の生計基盤である巨大な花蜜貯蔵室に、喜びともてなしを汲み出す巣のなかに、盗賊に根こそぎ持っていかれることのない巣のなかに。

夜蛾——第二四の手紙

覚えていますか？　夜蛾を見たと思った昆虫学者のことを？　その人は、嬉々として手に取りましたね。けれど、単なる朽ち果てた木片以外の何ものでもなかったことに気づくと、うな垂れた様子で放り投げました。

どういった理由で、立ち去る間際に屈み直して、自分が投げ捨てた枝の切れ端を再び探し始めたのでしょう？　どれほど熱心に、どれほど間近につぶさに観察しなければいけなかったことでしょう、それが夜蛾であったと分かるまで？

大地は今夜、町をしっかりと抱き、空は動きを止め、家々は深く根を張っています。私は告白します。もう、数えきれないくらい、私は家に戻っては持って帰ってきています。私が見捨ててむげに放り投げてしまったものを。保護色の下で別の色が冴え光っています。そのなかで正しい色を、誰が知っているというのでしょう。

　カーテンを開けると、薄暗い通りが見えます。何の変化もありませんが、足音に乱されない静寂のなかで第一歩の不穏と最後の疲弊が収束します。

　今夜、仄暗いなかで目にします。まるで、冴え渡った日のように。遠く遠く、目を据えて、あなたさえも見分けますよ、夜蛾のあなた。

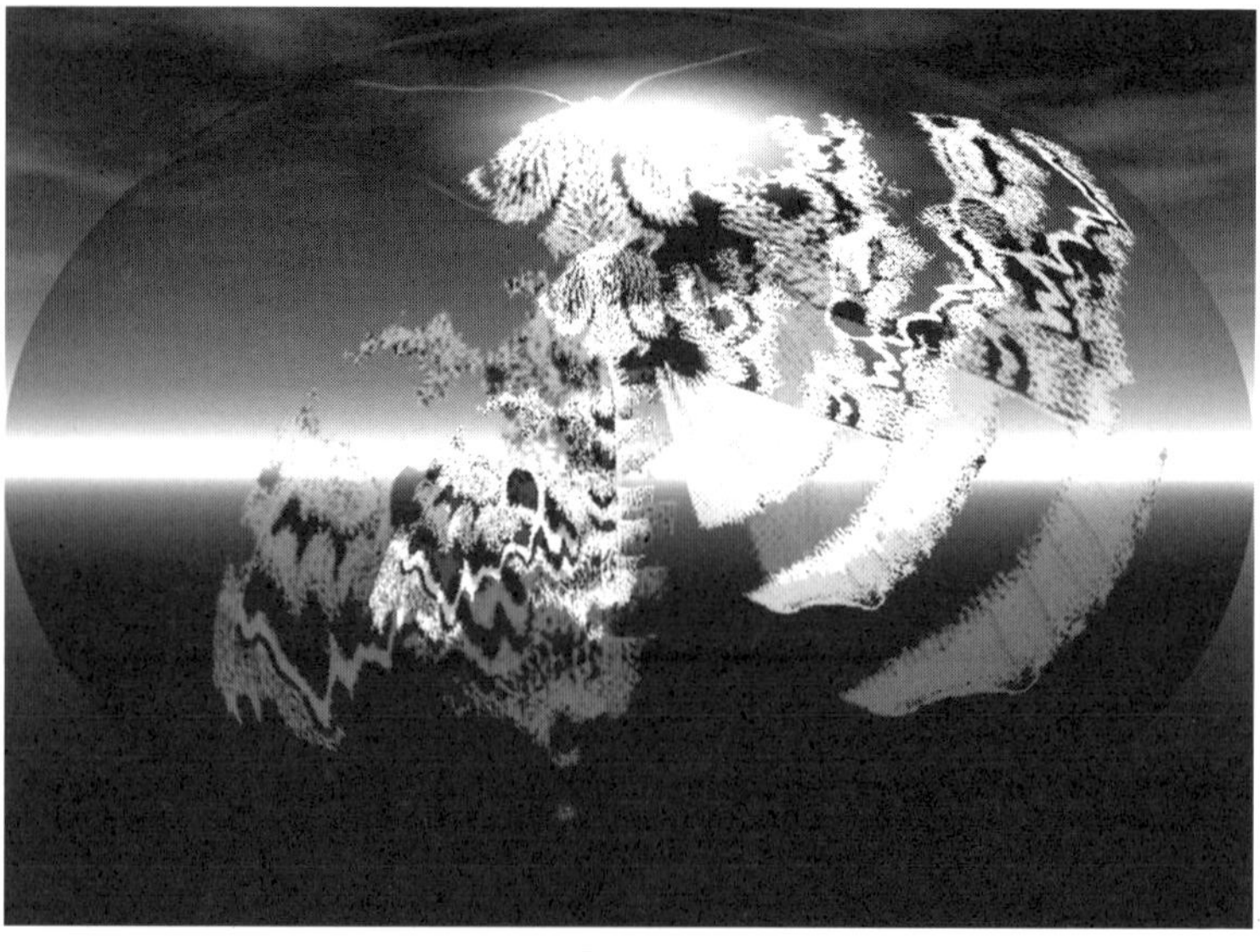

「夜蛾」

薄暮ゲート――第二五の手紙

昨日、ヤーラと市立博物館に行って来ました。私は、反響するホールと廊下を、しばらくの間ぼんやりと歩き続けました。そこには、昔の家財道具、仕事道具、衣服、そして家具などで溢れ返っていました。ヤーラの口から、年号と大公の名前がどっと大量に噴き出してきました。彼の記憶力はたいしたものです。けれども私は、一つ一つの細かいことは頭に入りませんでした。せっかくタイナロンの過去について学ぶ機会が嫌というほどあったのに。

くたくたに疲れて、あるガラス張りの陳列戸棚の前で私はたまたま立ち止まりました。戸棚には、たった一つだけ何らかの帽子が展示されていました。それは漆黒色で、星や月、それに太陽などの刺繍が巧みに施されていました。金と銀の糸が、たった今縫われたかのようにキラリと光を放っていました。しかし、陳列戸棚に貼り付けられていた紙には、その帽子が何百年も前のものであると書かれていたのです。帽子の――というよりも、頭蓋帽と表現した方がよいかもしれませんが――真ん中には小さな穴が開いていました。

「その帽子は何？　どうしてそこに穴が開いているの？」

やっと、興味津々にヤーラに尋ねてみたのです。

「それは、薄暮ゲートと呼ばれています」

ヤーラは、私が関心を示したことに嬉しそうに答え、即座に進んであらゆる情報を与えてくれました。

「その昔、タイナロン人が年をとり、老衰が進んで旅立つときがくると、後継者の誰かがあのような被り物を持ってきていたのです。逝く者がそれを被ると、最後の瞬間を苦しまずにすんだのです」

「一体どうして?」

「その穴がゲートとなって、方向を示しているからです。行く先を示し、決して迷うことなどないんです」

　次の部屋にも、惹かれるものが何かありました。お面の列。民族博物館でよく見かけるような鬼面ではありません。嫌みったらしいものでも、空恐ろしく装飾されたものでもなく、また、血塗られたものでもありませんでした。触覚を優美に伸ばし、穏やかな単眼、または複眼でこちらを見据えている、凡庸な市民の顔をそこに見たのです。まさに、そんなような顔を、私は町を練り歩いているときに何百と見かけるのです。お面として見ると、何とも妙な気がします。

「お面にはどういう意味があるの?」

「そうですね」と、ヤーラは考え込みました。

「タイナロンでいっぷう変わった祭りを秋口に行うという慣わしがあったんです。そう、昼と夜の長さが同じになる日にね。この祭りのときは、お面をつくる職人さんたちには休む暇もありませんでした。祭り人は、三種類のお面を使っていたからです。一つ目は、若い時分の顔を表しているお面。二つ目は、人生半ばの顔のお面。三つ目は、年をとるであろう自分の顔のお面。一つ目のお面は朝方につけて、二つ目は日中に、そして三つ目は夕方から真夜中にかけてつけたのです」

「つまり、あるときに、お面が自分自身の顔を思い起こさせるということ？」

そう理解しました。その習慣は奇妙に思えてなりませんでした。

「そうです、ちょうど昼と夜の長さが同じ日です。その日に一生が入ってしまうのです」

「じゃあ、いつお面を剥ぐの？」

「お面は真夜中に剥ぎます。一日中、彼らは断食をして、やっと食べたり飲んだりできるのです。これでもかと言わんばかりに食べ物がずらりとあって、乞食も自分の好きなテーブルへつくことができるのです」

夕方遅くに、私は町から戻って来ました。天蓋は、昼間に見惚れたあの頭蓋帽のように漆黒色をしていました。町の底光りの向こうから、ごまかしのような別の光の兆しがうかがえます。ここでもその距離は、私たちがしばらくいた港の桟橋と同じくらいひどく違和感があります。

これ以外の薄暮ゲートは、私には必要になるときなどありません。

冬の立ちつくしんぼ――第二六の手紙

私たちは凍えて、縮こまっています。霜が私たちの方に息を吹きかけてきたのですから。町は長い眠りの支度にとりかかっています。季節は過ぎ去り、住民は家に引きこもっています。ドアに鍵をかけ、人との付き合いも減ってきます。通りで歩く姿も、車の往来も次第に見かけなくなり、それぞれがある種の目的を抱いています。

たいていの店の窓には大ざっぱに立てかけられた看板があり、春に営業を再開します、と書かれています。街灯は、その三分の一、もしくは四分の一しか灯されず、聞いたところによると、遅くに広場や交差路に明かりが灯されます。

観光客の姿は皆無です。誰が、暗くて寒い町を練り歩きたいなんて思うでしょう。ああ、つまらない、つまらない。太陽がろくに顔を出さない今こそ、タイナロンの光を溢れんばかりに鮮やかに照らさなければ。それとは裏腹に、町は次第に薄らいでゆき、乏しくなってゆく。人生が、まるで残滙のように薄ら氷のなかで足を止める。稀に見かける通行人の目にチカリと点滅するのは、手に入れた安らぎだけ。けれど、私は落着かない、生きたいのです。行き来したい、この手で何かしたい、目の前で青白くやりきれない様子でテーブルに載っているこの手で。大切なことを話し合い、頬張り、そしてグラスを合わせたい。

遅すぎます！　ヤーラ、願い事を言っても、ただ首を横に振ってなだめるだけです。

「それでは春に！　冬が終わってから」

そして、私は気づくのです。ええ、もちろん、ヤーラの黒真珠の瞳のなかに疲労が映っていることに。できれば自分の家に閉じこもりたがっているのが分かりますし、私がこうして普段はヤーラの客人としているときだけ起きてくれているのが分かります。会う前に決まって言おうとすることがあります。

「行って、行っていいよ、私のために起きている必要はないんだから。私はちゃんとやっているから」

しかし、言葉が舌に絡んでしまうのです。ヤーラが行ってしまうことで、自分が天涯孤独になることを知っているからです。

ヒカリコメツキの姿も、もう見かけません。通りの情景から一匹残らず消え去りました。それは、ほかの何よりも辛い日々が待ち受けているということを物語っています。女王マルハナバチの小屋すら閂《かんぬき》が下ろされた様子で、変人たちはどこへ行ってしまったのか見当もつきません。今日、鍵をかけられた窓ガラスのそばを横切ったのですが、その隙間穴から明かりが漏れていたのを目にしました。爪先立ちしてなかを覗き込みましたが、女王マルハナバチの姿はありませんでした。それでも、空っぽの部屋には温かみのある赤いバラの揺らぎが充溢《じゅういつ》しており、記憶の花蜜巣から放たれていました。おそらく、冬がいくら長くて厳しいものであっても、女王マルハナバチにはその温もりがあれば十分なのでしょう。

ぶら下がりのバルコニーも人気がありません。その下の通りはタイナロンのなかでも交通が激しい幹線道路の一つなのですが、筒抜け状態ですっからかんです。ときどき、慌て者が一人、または二人、身支度に遅れた様子で走り抜けていきます。そのほかの場所は水を打ったようにしんと静まり返っていますが、私の頭のなかには悲しい言葉が喨々と響いているのです。砕石と泥を！　砕石と泥を！

洪水は引き、オケアノスは冬の伝説を轟々と沸き立たせています。そのカーブした外海の向こうを恋しく想って、見つめることはないでしょう。

玄関マットに手紙が落っこちることがあっても、その内容は分かっています。あなたはこう書いているでしょうね。

「どうして、旅に出ないのか？」

あなたが冷淡にそう言っているのが聞こえます、多少諭すように。あたかも、お皿に何かを載せて差し出す一方で、顔を背けるように。以前にも同じ言葉を聞いたことがあったことを認めます。自問したことがあるのです。もし今、誰かの一言があれば出発するのに。爽快で清冽なその言葉を、私はじっくり味わっています。

私には、タイナロンに来る理由がありました。それは重々しい理由であったに相違ありません。けれども、それが何であったのか私は忘れてしまいました。

「来て！」

私があなたにこう言うとしたら？　徒労ですね。まったく、無駄足を踏みます。あなたにお見せできるもの、それは植物園の野原の冬の立ちつくしんぼだけなのですから。

私だって、横臥人たちの土地に背筋を伸ばして留まっているのです。

消印日に――第二七の手紙

今日、扉を開けると、山のように鬱々として朴訥《ぼくとつ》なクワガタムシの姿が目の前に現れました。ヤーラの知り合いですが、私自身はすれ違いざまに見かけただけで、以前に会ったことはありませんでした。

「なかへどうぞ」と声をかけたのですが、彼は体を揺り動かしながらその場に立ちっぱなしで、何をしたいのか私には分かりませんでした。

「最近ヤーラとお会いになりましたか?」

とうとう、私は切り出しました。ヤーラとは、ここ何日間も会っていなかったからです。

「ヤーラが私をここへ寄こしたのです」と、クワガタムシは言うと、再び口をつぐみました。

「それで、ヤーラは何て?」

少々じれったい様子で聞きました。

「彼がここに寄こして、あなたに何かできることはないか尋ねるように命じました」

クワガタムシは言い終えると、ますます体を揺らし、円を描きました。体重は一〇〇キロはゆうに超しているように思えました。

「ありがとう、だけど、お願いすることは何もありません」

訝んで言いました。

「ヤーラ自体、一体どこにいるんです？」

「あなたはご存知だと思っていました」

クワガタムシはそう言うと、突然、揺れを止めました。

「私は何も知りません。ヤーラに何か起こったのですか？」

悪い予感がしました。無言で立ちつくしているクワガタムシを揺さぶりたい気持ちでいっぱいでしたが、あまりにも扁平すぎました。私には分かったような気がしました。

「ああ、つまり、眠っているんですね」と言うと、ひどく機嫌が悪くなりました。おやすみ、の一言さえも言わずに引きこもってしまうなんて失礼だと思ったのです。

「彼はさなぎのなかにいます」

クワガタムシは、ますます頑として言い放ちました。

この報せにはショックを受けました。クワガタムシの手前、何とか自分を抑えてはいましたが、実際は罵詈雑言を浴びせたかったのです。

「あんのカミキリムシ！　ヒゲナガのカミキリムシ！　よくもこんなことできたよね！」

クワガタムシが去った後も、私はまだ玄関口で立っていました。もう二度と、私はヤーラとは会わないでしょう。長いこと、この見知らぬ町での辛抱強い私の案内人だったヤーラとは。彼が戻ってきて目の前に現れたとしても、誰なのか、どんなヤーラなのか私は知らないし、それがいつ起こるとも分からない。ここでは、自分の時間と定刻があって、ほかの者には分からないものなのです。

もう、彼の方に向くこともないでしょう。でも、意地悪くもヤーラが私の眼前に、今しがたクワガタムシが立っていたあの場所に現れて、そこに腰を落ち着けて、そして死者が育つように成長し始めました。

そのとき、私は彼を知らなかったことを知り、知りたいとも思っていなかったことを知りました。成長するにつれ、彼はおぼろんで希薄になっていく。その姿が階段の薄闇に滑り込み、影も形もなくなりました。

けれど、瞳や視線はそのまま残り、以前と変わらず黒くて探るような視線は未知のままなのです。目の闇を見つめると、双子の星のように次第に点滅し始めます。太陽が光を注ぎ、多くの人々が生きることができ、歌うことができるような海や大陸、道や谷、滝や大森林がある惑星のように。

そして私はなかへ入り、気持ちもいくぶんか軽くなってドアを閉めました。彼のそばで始めから終わりまで生きていたとしても、そして一つの生涯だけでなく、二つ、三つの生涯を生きていたとしても、それでも彼をこれっぽっちも知ることはなかったでしょう。これは明らかです。彼に名前を付けてみせようとして、私が描いた彼の輪郭は、今、泡沫となって消え去りました。その輪郭は大きな他人を解き放ちました。私がかつて知っていた、小さくて自立したヤーラよりも、もっと現実味を帯びた他人を。

それが、ヤーラへの別れの言葉です。今日、タイナロンの町での消印日に。

我が家、さなぎの揺り籠――第二八の手紙

昔は何と長い間家を探していたことでしょう。目の前に広がるのは、家具装備の冷たい家。解約された賃貸契約書が落下し、明け渡す建物は崩壊し、不動産仲介事務所の長蛇の列はくねくねと入り組んでいます。

いまや、すべてが過去となりました。私が今、住んでいる部屋には、必要とするものすべてがあるのです。それ以上あるかもしれません。バルコニーに足を踏み入れると、タイナロンの白んだ長旗と金色の円蓋が見えます。山々に帯をかける雲々、そしてオケアノスの蒼い懐水。

それでも、自分の新居を用意しようと、今取り組んでいます。もしものときのために、それだけです。そう、ほぼ転居できる状態です、狭いながらも我がさなぎ。もう失敗は許されません。そこには、泥と藻と葦の爽快な匂いがあり、私は、一度、死の淵に滑り落ちそうになった砂浜から、すべての物質を自分で収集してきたのです。すべてを自分の手でやり遂げました。そのなかを見ると、満たされた気持ちになります。それは、ちょうど私の体型に適しており、締めつける部分がまったくない、体にフィットした服のようです。外見は小さくとも内部はゆったりとしており、よい住まいとはまさにこうあるべきなのです。

そこは暗く、必要なときに内側から閉められる唯一の穴から瞥見《べっけん》すると抗い難い眠気に誘われるのです。狭いから惹かれるということではないと思います。そこに辿り着くと、夜のよう

「深奥で」

にだだっ広いからです。

郵便はまだしばらくは営業しているようですが、町はいまや死んでいるように見えます。続々と冬眠者が増え、ヤーラや私自身なんかもそうですが、数人はもうずいぶんと姿を見せていません。ついさっき眠ることについてお話ししましたが、私たちは単に休むというだけではなく、変化するのです。私にできるでしょうか？　それはきつい仕事でしょうか？　それは苦痛を与えるのでしょうか？　それとも、快楽？　それともあらゆる悔恨の消滅までも意味しているのでしょうか？

目先だけの遅々たる変化で気づかない者もいれば、敏速に一新している者もいます。しかし、すべての者が変態するからこそ、誰の部分が最高かなどと尋ねるのもつまらないことです。

部屋中に三角州のように臭気が立ち込めています！　あなたにまだ話さなければならない何かがあったのに、泥の匂いで私の思考がぼやけます。春になれば再び思い出すでしょう、もうじき、もうじきです、一七度目に、至る所で耀いている雫！　そして、私は目覚め、私たちは再び出会うのです……。

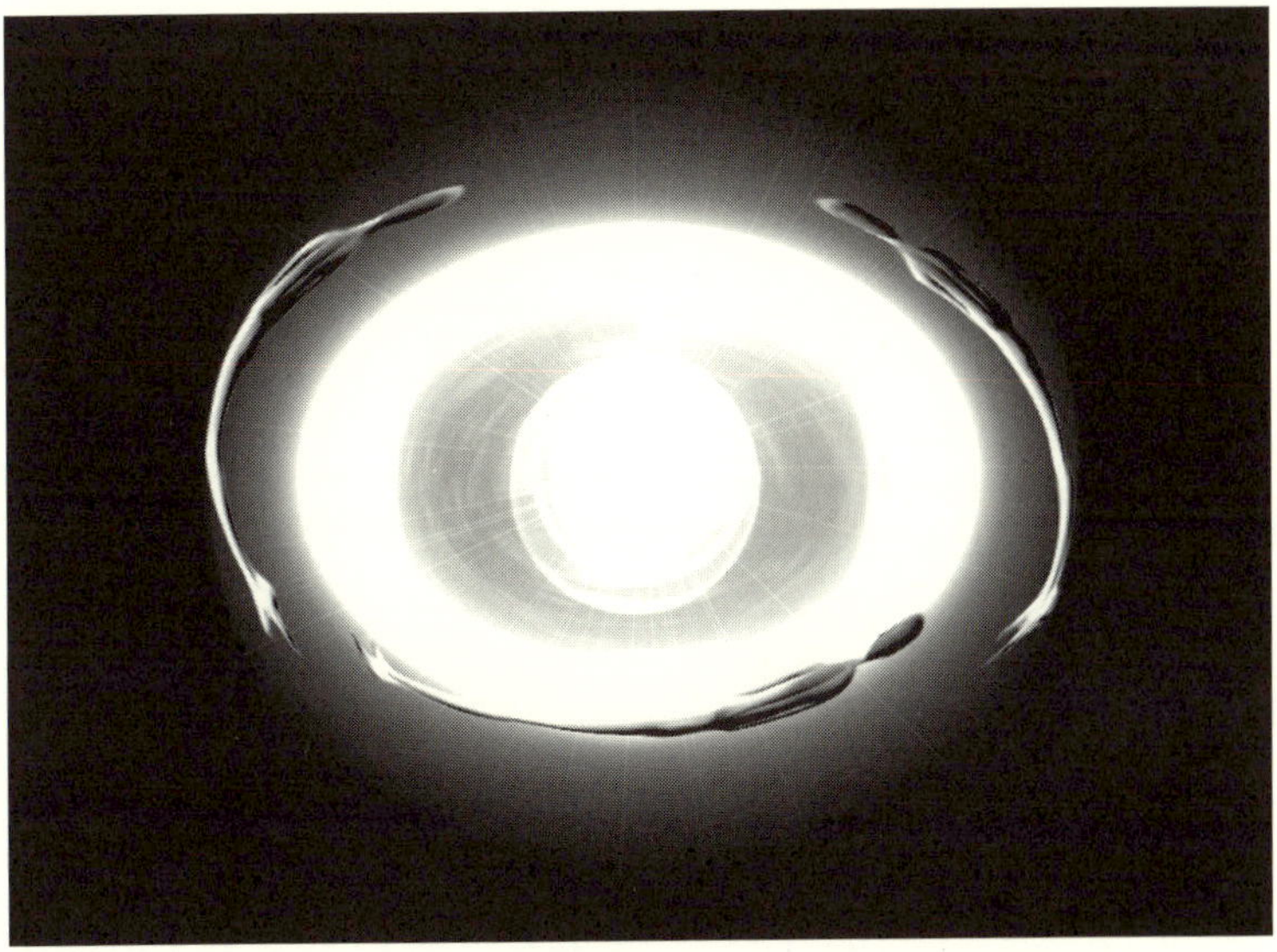

「春に向かって」

訳者あとがき

　リウッタ夫人は不幸せでもあるし、幸せでもあります。あのとき、旦那に声をかけたあの夜の瞬間に、もう一つの世界が生まれたのです。不幸せなリウッタ夫人の歴史も、幸せなリウッタ夫人の歴史も、互いに干渉し合うことはなく一つの宇宙のなかで共存し、そして、同時に並行してゆく。もしかしたらリウッタ夫人たちは、もっとそれ以上に存在しているのかもしれない。可能性のある数だけ、無限にリウッタ夫人は存在するのです。そんな複数が共存する多世界は、一つの宇宙のなかに存在します。氏ンイケが還ってゆく場所も、ウンブラが向かう場所も、根本的には同じ懐なのです。レーナ・クルーンはこう言います。

「どんな文明の背景にも発展の道程があり、人間はそのほかの種と同様に自然と切っても切り離せません。石畳や砂浜は、根本的には同じ物質なのです」(「人間は、そのほかの種と同様に自然の一部である」二〇〇二年二月一九日、アームレヘティ紙より)

　夜は、クルーンの作品のなかで無限のシンボルです。タイナロンの宮殿から消えた大公妃は、別の可能性の世界へと行ってしまっただけのこと。大公の前に夜が増えてゆく。そして、無限に触れてゆく。大公妃の不在は、大公に無限という命題を残してしまった。環状女のアペイロン、ドロステ修道女の果てなき列、メビウスの帯、ウンブラの部屋にあるリトグラフは、ウンブラをカオスのなかへと誘い込んでしまった。事物の本質を認識すれば、ソロモンの結び目ですら解けるかもしれない。

「あなたは場所にいない、場所があなたのなかにいるのだ」

シレジウスの言葉は、その鍵を握っています。あらゆる対立を乗り越えて、自分から時間を取り除けば、永遠を、あらゆる世界を、多くの世界の存在を自覚できます。ただ、時間に拘束され、外的な原因によって駆られていると、時に過ちや罪を犯してしまう。もともと、人は道徳的な責任感情を身につけているのに、その善悪の判断ができなくなってしまうのです。クルーンは、普遍的な道徳の存在を強調しています。つまり、人は、言語を身につけているのと同じように生来ながら道徳的概念を身につけていて、認識や自覚をもたなければならない、と。

「私たちは、何が正しくて何が間違っているのか、言えなければなりません。たとえば、暴力行為はいかなる場合においても受け入れることはできないし、そうしてはならないのです」（前掲紙）

頭のなかで想像することも、そして予め行動の結果を見つめることも、道徳基準の一つとしてクルーンは考えます。

「たいていは、単に想像しているだけだと言われがちですが、それは、決して〝単に〟ではないのです。想像は常に行為を前提とします。たとえば、性的犯罪者は、実際に犯す前に行為を想像しています。けれども、彼らはその結果を想像できないのです」（「果てなき現実」アンナ誌より）

人工頭脳や人工生活といった新たな概念をもたらしたコンピューター、エッケ・ホモ。〝この人〟を介して、これからどこへ進化して何を創造できるのか私たちは考えることになります。

今、私たちが踏みしだいている草も、アスファルトの下の大地も、そして私たち人間も同じ宇宙の一部であって、それは、可能性の数だけ存在するさまざまな世界へと通じています。そして、あらゆる世界に対する私たちの認識や自覚を試すのです。

そのとき、あなたのなかに何が見えますか？

この翻訳本出版の実現に際しまして、多くの方々のご支援とご厚意をうけたまわりました。タンペレ大学文芸学科でフィンランド文学の手ほどきをいただいた恩師の方々、ウルヨ・ヴァルピオ名誉教授、ユハニ・ニエミ教授、そして、マルック・イホネン教育開発センター長には、今回並々ならぬお力添えをいただきました。また、トゥルク大学フィンランド語および一般言語学科キルスティ・シートネン講師、駐日フィンランド大使館第一等書記官サミ・ヒルヴォ氏、そして、恩師である奥田ライヤ氏にも多大なご援助とご厚情をいただき、深く感謝いたしております。

さらに、このレーナ・クルーン著『タイナロン』および『ウンブラ』の翻訳本出版にあたって、フィンランド文学情報センター（Suomen kirjallisuuden tiedotuskeskus）より翻訳助成金を受けたことに対しまして、今一度、感謝の気持ちを表したく存じます。その際、同センター長のイリス・シュヴァンク氏、ハンナ・キイェルベリ氏には大変お世話になりました。また、出版元であるＷＳＯＹ社の著作権担当シルック・クレモラ氏の温かいご支援にも心より感謝申し上げます。

また、今回、明解で思慮深い「解説」および「フィンランド文学概説」を書いてくださったフィンランド文学研究家である末延淳氏には、変わらぬ精神的な支えをいただきました。本当にありがとうございました。

そして、幾つものご質問にも寛大な眼差しで答えてくださり、この日本語の翻訳本に特別にイラストまで描いてくださった著者のレーナ・クルーン氏には、最大の感謝と最高の喜びを申し上げたく存じます。

最後に、「文字を伝ってクルーンの哲学が見えてくる」と言ってくださった、株式会社新評論の武市一幸氏の言葉に喜びを覚え、最後まで温かいご支援をいただいたことに甚大な深謝をここに表したく存じます。

二〇〇二年　九月一日　美しが丘にて

末延　弘子

訳者紹介

末延　弘子（すえのぶ・ひろこ）

文学修士。1997年東海大学北欧文学科卒、1995年トゥルク大学留学（フィンランド語・文化コース）を経て、1997年よりフィンランド政府給費留学生としてタンペレ大学人文学部文芸学科に留学。フィンランド文学を専攻し、2000年に修士課程を修了。

フィンランド文学協会（SKS）正会員。現在、翻訳、通訳、執筆を手がけるほか、都内各所でフィンランド語講師をしている。

2002年、フィンランド文学情報センター（FILI）および国際交換留学センター（CIMO）共催による国際翻訳家セミナーに参加。2002年12月より、フィンランド文学情報センターに翻訳研修給付生として勤務。

訳書に、『ムーミン谷における友情と孤独』（タンペレ市立美術館、2000年）など。

ウンブラ／タイナロン

——無限の可能性を秘めた二つの物語——　（検印廃止）

2002年10月10日　初版第１刷発行

訳　者　末　延　弘　子

発行者　武　市　一　幸

発行所　株式会社　新　評　論

〒169-0051
東京都新宿区西早稲田３-16-28
http://www.shinhyoron.co.jp

電話　03(3202)7391
FAX　03(3202)5832
振替・00160-1-113487

落丁・乱丁はお取り替えします。
定価はカバーに表示してあります。

印刷　フォレスト
製本　清水製本プラス紙工
装丁　山田英春

Printed in Japan
ISBN4-7948-0575-6　C0097

よりよく北欧を知るための本

飯田哲也
北欧のエネルギーデモクラシー　四六 280頁 2400円
ISBN 4-7948-0477-6 〔00〕
【未来は予測するものではない，選び取るものである】価格に対して合理的に振舞う単なる消費者から，自ら学習し，多元的な価値を読み取る発展的「市民」を目指して！

J. S. ノルゴー、B. L. クリステンセン／飯田哲也訳
エネルギーと私たちの社会　A5 224頁 2000円
ISBN 4-7948-0559-4 〔02〕
【デンマークに学ぶ成熟社会】私たち自身が暮らしと価値観を問い直し、一人ひとりの力で社会と未来を変えるための必読の「未来書」。坂本龍一すいせん！「すばらしい本だ」

福田成美
デンマークの環境に優しい街づくり　四六 250頁 2400円
ISBN 4-7948-0463-6 〔99〕
自治体，建築家，施工業者，地域住民が一体となって街づくりを行っているデンマーク。世界が注目する環境先進国の「新しい住民参加型の地域開発」から日本は何の学ぶのか。

K―H.ローベル／高見幸子訳
ナチュラル・チャレンジ　四六 320頁 2800円
ISBN 4-7948-0425-3 〔98〕
【明日の市場の勝者となるために】スウェーデンの環境保護団体の「ナチュラル・ステップ」が，環境対策と市場経済の積極的な両立を図り，産業界に持続可能な模範例を提示。

河本佳子
スウェーデンののびのび教育　四六 256頁 2000円
〔02〕
【あせらないでゆっくり学ぼうよ】意欲さえあれば再スタートがいつでも出来る国の教育事情（幼稚園～大学）を「スウェーデンの作業療法士」が自らの体験をもとに描く！

河本佳子
スウェーデンの作業療法士　四六 264頁 2000円
〔00〕
【大変なんです，でも最高に面白いんです】スウェーデンに移り住んで30年になる著者が，福祉先進国の「作業療法士」の世界を，自ら従事している現場の立場からレポートする。

伊藤和良
スウェーデンの分権社会　四六 263頁 2400円
ISBN 4-7948-0500-4 〔00〕
【地方政府ヨーテボリを事例として】地方分権改革の第２ステージに向け，いま何をしなければならないのか。自治体職員の目でリポートするスウェーデン・ヨーテボリ市の現況。

藤井　威
スウェーデン・スペシャル（Ⅰ）　四六 258頁 2500円
ISBN 4-7948-0565-9 〔02〕
【高福祉高負担政策の背景と現状】前・特命全権大使がレポートする福祉大国の歴史、独自の政策と市民感覚、最新事情、そしてわが国の社会・経済が現在直面する課題への提言。

A.リンドクウィスト，J.ウェステル／川上邦夫訳
あなた自身の社会　A5 228頁 2200円
〔97〕
【スウェーデンの中学教科書】社会の負の面を隠すことなく豊富で生き生きとしたエピソードを通して平明に紹介し，自立し始めた子どもたちに「社会」を分かりやすく伝える。

B.ルンドベリィ＋K.アブラム=ニルソン／川上邦夫訳
視点をかえて　A5変 224頁 2200円
ISBN 4-7948-0419-9 〔98〕
【自然･人間･全体】太陽エネルギー，光合成，水の循環など，自然システムの核心をなす現象や原理がもつ，人間を含む全ての生命にとっての意味が新しい光の下に明らかになる。

※表示価格は本体価格です。